藤原公任

天下無双の歌人

小町谷照彦

角川文庫
23870

藤原公任　天下無双の歌人　目次

図版出典はすべて ColBase（https://colbase.nich.go.jp/）より。

第一章　三舟の才人、天下無双の歌人

嵐山《あらしやま》の紅葉

藤原公任《ふじわらのきんとう》というと、まず思いうかぶのは三舟《さんしゅう》の才の故事である。

ある年の秋、藤原道長《みちなが》は都の西郊大井川におもむき、舟遊びをした。今の嵐山の渡《と》月橋《げっきょう》のあたりである。趣向をこらして、漢詩・管絃《かんげん》・和歌の三つの舟を仕立て、それぞれ得意なものに人びとを乗せて、才芸を競わせた。同行の人びとは公任に注目した。公任は漢詩・管絃・和歌のいずれにも堪能《たんのう》だったからである。

すでに秋深く紅葉が散りしきって人びとの袖《そで》に降りかかっていた。道長が公任にどの舟に乗るかとたずねると、公任はためらわず和歌の舟を選ぶと答えて、人びとの期待どおりの歌を詠んだ。

歌の言葉は伝えられる作品によって若干の相違がある。もっとも流布しているのは『拾遺《しゅうい》和歌集』秋の、

朝まだき嵐の山の寒ければ紅葉の錦《にしき》着ぬ人ぞなき

である。朝まだ早くて嵐山は寒いから、山風で散る紅葉の錦の衣を着ない人はいない、という意で、散りかかる紅葉を錦の衣に見立てたところに工夫がある。肌寒い早朝に落葉が散る光景を、当時の歌人たちはそのままには詠まなかった。どのように趣向をこらして詠むかに、人びとの関心があった。「嵐の山」という地名があれば、「嵐」、はげしい「山風」を連想するのも、王朝和歌の常識である。

公任の歌は、このような王朝和歌の枠内で、可能なかぎりの工夫を試みたものである。公任の歌に共感するかしないかは、紅葉の衣を着るという趣向を容認するかどうかということになる。あたり一面に散りかかる紅葉を、華麗な錦の織物と見る想像力の展開が果たせれば、言葉の魔術によって、王朝和歌はじつに興深い世界をくりひろげてみせてくれることになる。

『大鏡《おおかがみ》』では、

小倉山《をぐらやま》嵐の風の寒ければ紅葉の錦着ぬ人ぞなき

となっている。「小倉山」は「小暗い」を連想させる。このかたちでは、木の葉がほの暗いほど生い茂っている小倉山に、はげしい山風が吹いてきて紅葉をいっぱいに散らすという光景となり、早朝という時間意識はなくなる。

『公任集』では、

朝ぼらけ嵐の山の寒ければ散る紅葉ばを着ぬ人ぞなき

となっている。「朝ぼらけ」では、時刻ではなく、明るさという視覚性に重点がおかれることになる。「散る紅葉ばを」では、錦の衣という装飾性がうしなわれて、紅葉が散るという動きをともなった実際的な光景となる。

「散る紅葉ばを」については、藤原清輔《きよすけ》の歌学書『袋草紙《ふくろのそうし》』に説話がある。公任の私《し》撰集《せんしゅう》『拾遺抄』秋に、

朝まだき嵐の山の寒ければ散る紅葉ばを着ぬ人ぞなき

となっていたのを、花山院《かざんいん》が『拾遺和歌集』を編纂《へんさん》したときに「紅葉の錦」に変えたので、公任が抗議してもとのかたちに訂正させたというのである。ただ、『拾遺和歌集』の現存伝本では、どれも「紅葉の錦」となっており、訂正したかたちではない。「紅葉の錦」がよいか、「散る紅葉ばを」がよいか、そのどちらを採るかはなかなかむずかしい。「紅葉の錦」は当時よくみられる趣向で陳腐だという批評も多いが、華

麗な錦の衣服という装飾性から、「紅葉の錦」の本文にしたがっておきたいと思う。ほんのわずかな本文の相違で歌の世界がかなり変化するものであり、歌の解釈の微妙さや多様さはじつに奥深く興味がつきない。ひとつの和歌であっても、享受する人の姿勢によって、無限の解釈の可能性があるのである。言葉に遊ぶことも、王朝和歌を味読する楽しみのひとつといえよう。

公任の才名はこの歌を詠んだことでいちだんと高まったが、『大鏡』では、公任はのちになって、漢詩の舟に乗ればよかった、そうすれば名声がもっと高まったのに、残念だった、道長からわざわざたずねられたので、ついうぬぼれて、軽はずみなことをしてしまった、と後悔していた、という。公任が漢詩をつくればよかったといったのは、宮廷文学としては、たてまえは漢文学のほうが和歌よりも地位が上だったからである。漢文学は律令《りつりよう》官人の必須《ひつす》の教養であり、宮廷貴族の表芸だった。和歌は現実では漢文学を凌駕《りようが》していたかもしれないが、あくまで私的な趣味であり、遊戯的なものであった。和歌は歌会や歌合《うたあわせ》など、漢文学に匹敵するような公的な場で詠まれることもあったが、多くは恋愛や交友など私的な場でのあいさつの言葉だった。公任は表芸での名声を欲したことになる。

ところで、この歌は『公任集』には、「法輪寺《ほふりんじ》に詣《まう》でたまふ時、嵐山にて」という詞書《ことばがき》で収められており、史実としては、公任が法輪寺参詣《さんけい》のときの詠作ということになろう。

だが、公任の三舟の才は、けっして歴史物語や説話集だけに伝えられた絵空事だったわけではない。寛和《かんな》二年（九八六）十月十三日、円融院《えんゆういん》が大井川に御幸し、詩歌管絃の舟を浮かべて風雅の遊興を催したときに、公任は左大臣にいたった源《みなもとの》重信《しげのぶ》の子相方《すけかた》とともに、そのいずれにも才能を発揮して、おおいに面目をほどこしたというのである（『日本紀略《にほんきりやく》』、大日本史料所引『楽書』、『古事談《こじだん》』第一）。

白河《しらかわ》天皇朝の歌壇の重鎮だった源経信《つねのぶ》にも三舟の才の説話があり、公任と併称される。経信は三舟の才を誇示するためにわざわざ遅参し、管絃の舟に乗って詩歌を詠作したというから、手がこんでいる（『古今著聞集《ここんちょもんじゅう》』巻五、『十訓抄《じっきんしょう》』第十）。

才芸が重んじられた平安時代において、三舟の才を兼ね備えているのは、王朝貴族の理想像であり、公任はその具現者として崇拝され、憧憬《しょうけい》の対象であった。公任の才芸はさまざまな分野で発揮され、著作も多いが、そのなかでもよく知られているのは、『和漢朗詠集《わかんろうえいしゅう》』であろう。『和漢朗詠集』は、和歌や漢詩句のすぐれたものを集め、四季や雑に類別した詞華集《しかしゅう》であり、公任の博識によってはじめて成ったものといえよう。『和漢朗詠集』というと、『徒然草《つれづれぐさ》』にこんな笑話がある。

ある人が小野道風《おののとうふう》の書いた『和漢朗詠集』というたいへんな代物をもっていた。それを聞いた人が、その人に、先祖伝来の品物だから根拠のないことではないかもしれないが、公任が選んだ書物を道風が書くというのは時代があわないから気になる、というと、その人は、だからこそめずらしい物ではないか、と答えてますます秘蔵したというのである。

道風が死んだ康保《こうほう》三年（九六六）に、ちょうど公任が生まれている。『和漢朗詠集』を、道風が書けるはずがない。この持ち主がおもしろいのは、偽物と知らずにもっているばかりらしさではなく、存在すべきはずがないものが存在するから珍重すべきだ、という理屈を通していることにある。詭弁《きべん》の論理としては、それこそ古典的なものではあるまいか。

公任はまた三十六歌仙を選びだした人でもある。三十六歌仙は公任の『三十六人撰』という著書で、その名前がはじめてあげられた。公任が三十六歌仙を選んだからこそ、『西本願寺《にしほんがんじ》本三十六人集』や『佐竹《さたけ》本三十六歌仙絵巻』など、国宝級の著名な美術品も生みだされたのである。

紀貫之《きのつらゆき》は六歌仙を『古今和歌集』の「仮名序」であげ、藤原定家《ていか》は『百人一首』ですぐれた歌人と名歌を選びだしている。公任も貫之や定家と並ぶ、秀でた歌人であり、批評家であった。六歌仙も三十六歌仙も、後世には『百人一首』とともに、古典の入門的な教養として、必須の知識となっていく。

宮廷社会の花形

公任をたんなる歌人として理解しようとしては、ものたりないかもしれない。公任が生きた時代は、一条天皇朝という王朝文化が頂点に達して、絢爛《けんらん》と開花した時代であり、藤原摂関家の内部抗争のなかで、道長《みちなが》が最終的に政権の座についた時代である。この時代を公任は生きぬき、政界で頂点に立つことを断念した反面、文化面で指導的地位に立ったのである。公任という人間を把握するには、たんに個人の生涯として追求していくのではなくて、政治史と文学史との両面から、ひとつの時代の多数の人間との関連のなかで意味づけしていったほうがよいと思われる。公任の存在は個人としてよりも、時代の人として意義があるのである。

平安時代で聖代というと、まず延喜《えんぎ》・天暦《てんりゃく》の時代、すなわち醍醐《だいご》・村上《むらかみ》天皇朝があげられるが、寛弘《かんこう》期の一条天皇朝もそれらに勝るとも劣らない文化の最盛期であり、多くの優秀な人材が輩出した。大江匡房《おおえのまさふさ》の『続本朝往生伝《ぞくほんちょうおうじょうでん》』には、一条天皇の時代について、「時之人《これ》ヲ得ル也《なり》。斯《ここ》ニ於《お》イテ盛ント為《な》ル」と記して、すぐれた人物として、親王は具平《ともひら》親王、大臣は藤原道長・藤原伊周《これちか》、公卿《くぎょう》は藤原実資《さねすけ》・藤原斉信《ただのぶ》・藤原公任・源俊賢《みなもとのとしかた》・藤原行成《ゆきなり》・源扶義《すけよし》・平惟仲《たいらのこれなか》・藤原有国《ありくに》、殿上人は藤原実成《さねなり》・源頼定《よりさだ》・

源相方《すけかた》・源明理《あきまさ》、管絃《かんげん》は源道方《みちかた》・源済政《なりまさ》・源時中《ときなか》・藤原高遠《たかとお》・源信義《のぶよし》、文人は大江匡《まさ》衡《ひら》・大江以言《もちとき》・紀斉名《きのただな》・菅原宣義《すがわらののぶよし》・高階積善《たかしなのもりよし》・源為憲《ためのり》・藤原為時《ためとき》・源孝道《たかみち》・高岳相《たかおかのすけ》如《ゆき》・源道済《みちなり》、歌人は藤原道信《みちのぶ》・藤原実方《さねかた》・藤原長能《ながとう》・大中臣輔親《おおなかとみのすけちか》・和泉式部《いずみしきぶ》・赤染衛《あかぞめえ》門《もん》・曾禰好忠《そねのよしただ》などの名をあげている。このほかにも、画工・舞人・異能《いのう》・近衛《このえ》・陰《おん》陽《みょう》・有験《うげん》の僧・真言《しんごん》・能説《のうせつ》の師・学徳・医方《いほう》・明法《みょうぼう》・明経《みょうぎょう》・武士などの項目にわたってすぐれた人物の名前を列挙しているが、公任はこのような多士済々《たしせいせい》のなかで、とりわけ才名が高かったのである。

公任は当時俊英の誉れが高かった四人の大納言のひとりに数えられ、『十訓抄《じっきんしょう》』第一に、

　中にも四納言と聞《きこ》えしは、斉信・公任・俊賢・行成也。漢の四皓《しかう》の世に仕へたらむも、此《こ》の人々にはいかが優らむとぞ見えける。

とある。「四皓」は、漢の高祖の時代に、世をのがれて商山に隠れ住んだ四賢人のことで、「皓」は眉《まゆ》とひげが白い老人の意。この四人は中国の四賢にも匹敵する才人だというのである。『大日本史』列伝百四十一は公任を、「為人聡敏《ひととなりそうびん》、衆芸ヲ博綜《はくそう》シ、善ク詩ヲ賦シ、音楽ニ工《たくみ》ニシテ、最モ和歌ニ長ズ」と評し、『尊卑分脈《そんぴぶんみゃく》』（主要な諸氏の

系図）にも、「才人、和漢ヲ博覧ス」と記している。公任は和歌にももちろんすぐれていたが、広く才芸の人と考えて、多方面から評価すべき存在だろう。

一条天皇朝はまた女流が活躍した時代であるが、清少納言《せいしょうなごん》や紫式部《むらさきしきぶ》などの閨秀《けいしゅう》からも、公任は畏敬《いけい》されているのである。『枕草子《まくらのそうし》』には、二月末ごろの、「風いたう吹きて、空いみじう黒きに、雪少しうち散りたるほど」に、公任からの使いがやってきて、

少し春ある心地こそすれ

という歌の下句を贈ってよこし、清少納言に応答を求める話がある。清少納言は公任への返事をどうしていいかげんにできようかと思いわずらって、ようやく、

空寒み花にまがへて散る雪に

と、緊張におののきながら書いて使いに渡したというのである。春になってもまだ寒く雪が降るのを花に見立てた連歌の応酬だが、どちらもその背後に、『白氏文集《はくしもんじゅう》』巻十四「南秦雪」の、

三時雲冷ク多ク雪飛ビ
二月山寒ク少シ春有リ

という詩句を踏まえているところに、当代の才子才女の機知くらべがある。清少納言の絶妙な応答に、同じく参議だった源俊賢が掌侍《ないしのじょう》に推薦しようと絶賛したという。『公任集』には、同じ歌句を用いた、

人に春の始めなり
少し春ある心地こそすれ
とのたまひければ
吹きそむる風もぬるまぬ山里は

という贈答があるから、公任は何度かこの歌句を用いていたらしい。

清少納言が晩年に父清原元輔《きよはらのもとすけ》の月の輪にあった別邸に住んでいたころまで、公任と親交があったことが、『公任集』から知られる。

清少納言が月の輪に帰り住む頃《ころ》

ありつつも雲間にすめる月の輪をいくよ眺めて行き帰るらむ

返り事も聞えで、ほどへてうれふることありて、御文を聞えて、そのこといかに、と聞えければ

返　し

何事も答へぬこととならひにし人と知る知る問ふや誰《たれ》ぞも

答なきは苦しきものと聞きなして人の上をば思ひ知らなむ

とてなむ、とあれば、黄なる菊に挿したまひて

返　し

梔子《くちなし》の色にならひて人言《ひとごと》をきくとも何か見えむとぞ思ふ

おしなべてきくとしもこそ見えざらめこはいとはしき方《かた》に咲けかし

公任が清少納言に、「月の輪をたずねて幾夜行き帰りしたことか」といってやったが、清少納言から応答がない。その後、清少納言から悩みごとがあって相談の手紙が贈られてきた。公任は返歌がなかったことの腹いせに、「返事をしないことにきめている自分にわざわざ聞いてくるのはだれか」というと、清少納言は、「返事がないのはつらいと思うわが身を考えて、人の気持ちを思いやってほしい」と答える。さらに

公任は、梔子色の黄菊の花に添えて、「梔子」「口無し」、「菊」「聞く」を掛けた歌を贈る。「口無しにならって、人のいうことを聞くようにはみせまいと思う」といってやると、清少納言は、「いちがいに菊（聞く）ともみえない、これはどうも気にくわない咲きかたをしているようだ」とへらず口をたたく。おたがいに舌鋒《ぜっぽう》がさえたやりとりとなっている。

紫式部も公任に一目おいていたことは、『紫式部日記』からもうかがわれる。寛弘五年（一〇〇八）九月十五日、敦成《あつひら》親王（後一条天皇）誕生五日目の祝いの席で、歌が詠まれたが、紫式部は公任を意識して非常に緊張する。

　　歌どもあり。「女房、盃《さかづき》」などあるをり、いかがはいふべき、など、くちぐち思ひこころみる。
　　珍しき光さし添ふさかづきはもちながらこそ千代もめぐらめ
「四条の大納言にさし出《い》でむほど、歌をばさるものにて、声づかひ用意いるべし」など、ささめきあらそふほどに、事多くて、夜いたう更けぬればにや、とりわきてもささでまかでたまふ。

和歌が詠まれ、「女房、盃を」などといわれたら、どんな歌を詠みそえたらよいだろうか、とそれぞれ心のなかで詠みながら考える。「新しい光がさし加わった栄えある月のような、皇子誕生を祝う宴席での盃は、人の手から手へ望月《もちづき》さながら千代もめぐりつづけることでしょう」。

公任に盃をさしだすときは、歌の上手下手はともかく、声づかいも心くばりしなければならない、とひそひそいいあっているうちに、行事も多く、夜が更けたので、とくに指名することもなく退出してしまった。紫式部は才芸に秀でた公任に気づかいするが、その場は無事過ぎてしまった。紫式部の歌は、「光」「さす」「望」「めぐる」など、「月」にまつわる縁語をちりばめて、掛詞《かけことば》じたての趣向をこらしたもので、かなりの自信作だったのだろう。

十一月一日には、誕生五十日の祝宴があった。上達部《かんだちめ》たち（大臣・大中納言・参議など）は酔い乱れ、公任は、「あなかしこ、このわたりに若紫や候《さぶら》ふ」と、女房たちがいるあたりにやってきて、ようすをうかがう。「若紫」は「わが紫」と解釈する説もあるが、いうまでもなく『源氏物語』の女主人公、光源氏の永遠の妻紫の上である。公任は『源氏物語』の作中人物になぞらえて、才女紫式部の応対ぶりをみようとしたのだろう。内向的な紫式部は清少納言のように気軽にふるまえない。沈黙を押しとおして、心中で光源氏のような男性もいないのに紫の上なんているはずはないと思っている。公任のたわむれかけは無視されたのだが、『源氏物語』を話題にするなど、才子の面目躍如たるものがある。

和泉式部も帥宮敦道親王《そちのみやあつみち》との愛情が深まったころに、公任の白河《しらかわ》の別荘を訪問して、歌の贈答をしている。『公任集』に、

帥宮、花見に白河におはして
我《われ》が名は花盗人《はなぬすびと》と立たば立てただ一枝は折りて帰らむ
とありければ
山里の主《ぬし》に知らせで折る人は花をも名をも惜しまざりけり
また、宮より
知られぬぞかひなかりける飽かざりし花に換《か》へてし名をば惜しまず
返し
人知れぬ心のほどを知りぬれば花のあたりに春は住まさむ
「花をも名をも」と聞くに賜《たま》へりける御返りにつけて、
道貞妻《みちさだのめ》の聞えける
折る人のそれなるからにあぢきなく見し山里の花の香ぞする
返し
知るらめやその山里の花の香のなべての袖《そで》に移りやはする

知らせじと空に霞《かすみ》の隔てしを尋ねて花の色も見てしを

返　し

今さらに霞閉ぢたる白河の関を強ひては尋ぬべしやは

また、聞えたりける

帥宮が白河にやってきて、「花盗人という悪名がたってもよいから一枝折って帰ろう」というと、公任は、「主人にも知らせずに折る人は、花も名も惜しまないのだな」と応じ、さらに帥宮は、「花を愛するのが知られないのはかいがない、花に換えたこの名は惜しくない」というと、公任は、「あなたの本心はわかったから、春は花のあたりに住まわせよう」と答えるのである。

道貞妻は橘《たちばな》道貞と結婚していた和泉式部のことである。当時和泉式部と道貞とは別居状態にあった。この一連の贈答は『和泉式部集』にもすこしかたちを変えて収められており、最後の歌は、道貞が和泉式部をおいて陸奥守《みちのくのかみ》として単身で赴任した折のものとなっている。和泉式部のはじめの歌は、公任の帥宮への返歌「山里の主に知らせで」にたいするもので、「折る人がすばらしい帥宮だからこそ、味わいがないと思って見ていた山里の花の香が、袖に移ってよい薫《かお》りがするのだ」というと、公任は、「山里の花の香はいいかげんな人の袖には移らないことを知っているか」とやりかえし、さらに、和泉式部が、「知らせまいと霞が隠していたのを、わざわざたずねて花の色を見たのだ」というと、公任は、「霞がとざした白河の関をいまさら強引にたずねてよいものか」と応酬する。花見にかこつけた、たわいない歌のやりとりだが、社交的な会話に和歌が十二分に活用されており、機知的な言葉をもてあそぶことが和歌の詠作の中心となっていた当時において、公任の機才がもてはやされて、宮廷社会の花形になっていたことが、これらの才女たちとの交渉から、うかがい知られるのである。

公任の歌は座の文学であり、折と場に即応してこそ、その意義があるのであって、かならずしも叙情詩として自立したものではなかった。現代的な文芸意識で単純に評価しようとすれば、公任の歌、あるいは公任が身をおいた時代の歌は、ほとんどその存在意義をうしなってしまうかもしれない。逆に『蜻蛉日記《かげろう》』『枕草子』『源氏物語』のような王朝文学の作品世界のなかに、公任の歌をおいてみれば、たちまちに蘇生《そせい》し、俄然《がぜん》として生彩を発揮することであろう。

公任の歌が詠まれた場は、『古今和歌集』が支配する文学空間でもあった。言葉の掛詞的な連想と、映像性豊かな比喩《ひゆ》とによって築きあげられた、想像力の磁場であり、即興的な機知と繊細な美意識によってもたらされた、言語遊戯の世界である。王朝の雅《みやび》によって彩られた宮廷社交界を離れて、公任の存在は考えられない。花山院《かざんいん》の文芸愛好と藤原道長の権力によってささえられた、一条天皇朝の文化の興隆のなかに、公任が花形となる場がもうけられたのである。

多芸多才な足跡

まず最初に和歌以外の公任の才芸について、目を向けてみよう。

漢詩文については、後述するように、公任は藤原道長《みちなが》の主催する作文会《さくもんえ》などにしばしば出席しており、当代有数の詩人だった。『二中歴《にちゅうれき》』の「詩人歴」の条に、公卿《くぎょう》として四条大納言とあり、「詩作者」の条に、『本朝麗藻《ほんちょうれいそう》』の作者三十四人のうちのひとりとして左金吾《さきんご》とある。四条大納言は四条宮に住んでいた権《ごん》大納言公任の通称であり、左金吾は左衛門督《さえもんのかみ》の唐名《とうみょう》（中国ふうの官職のよび名）で、公任は長保《ちょうほう》三年（一〇〇一）十月三日より寛弘《かんこう》六年（一〇〇九）三月四日に権大納言に転じるまでその地位にあった。『二中歴』は有職故実《ゆうそくこじつ》の知識に必要な項目をあげて、関連する人名・物名・系譜などを記した室町時代の書物であり、『本朝麗藻』は寛弘六、七年ころに高階積善《たかしなのもりよし》が撰述《せんじゅつ》した、一条天皇朝の文人の作品を集めた漢詩集である。

『江談抄《ごうだんしょう》』（大江匡房《おおえのまさふさ》の談話を聞き書きした平安後期の説話集）巻五には、

又、帥《そち》殿常ニ示シテ云《い》ハク、公任ト斉信《ただのぶ》トハ詩敵ト云フベキカ、若《も》シ相撲に譬《たと》フレバ、公任ハ善ク擲《なげう》ツトイヘドモ、斉信ヲ打ツベカラズ。

とある。藤原斉信は四納言のひとりで、公任と昇進を競いあった俊秀である。公任と斉信は詩作の好敵手で、相撲にたとえれば、公任は斉信を打棄《うっちゃ》ることはできても、徹底的にうちまかすことはできないというのである。

後世の公任にたいする評価は概してきびしい。公任の作品としてよく引用されるのは、次の「晴レテ後山川清シ」（『本朝麗藻』）で、長保五年（一〇〇三）五月二十七日、道長の宇治《うじ》遊覧に同行したさいの詠作である。

山霽《は》レ川清ク景趣幽《かす》カナリ
近ク雨脚ヲ望ミ東流ニ対ス
嶺《みね》ハ毛女ヲ模シテ唯《た》ダ青黛《せいたい》
浪《なみ》ハ漁翁ニ伴ツテ自ラ白頭
雲霧靄《くもきりもや》収マル松月ノ曙《あけぼの》
菰蒲《こほ》煙巻ク水風ノ秋
仁ト云ヒ智《ち》ト云ヒ相楽シムニ足ル

宜《よろ》シキカナ登臨勝遊ヲ促ス

江《え》村北海《むらほっかい》はその著の『日本詩史』で、この詩を酷評している。

大納言公任、世にその多才を称す。大江匡衡《まさひら》（房の誤り）嘗《かっ》て一時の詩人を評し、公任を以《も》って斉信に敵す。余其《そ》の遺篇《いへん》を求むるに、寥寥《れうれう》として伝ふるもの罕《まれ》なり。夫《そ》の山川の晴景に題すの七律の若《ごと》きは穉拙《ちせつ》章をなさず。

公任の詩は雨後の宇治の山川の景色を詠じたものであり、雨がしだいにあがり、姿をあらわした嶺を、西施《せいし》と併称される中国の美女毛嬙《もうしょう》の青い眉墨《まゆずみ》の色にたとえ、はげしく流れる川浪を、老いた漁夫の白髪の頭によそえ、晴れてきた夜明けの空に松越しに見える月や、秋の川風に真菰《まこも》や蒲《がま》の枯れ葉をたく煙が巻くようすを賞し、人びとが心からうちとけて楽しみながら、高所に登って美しい風光をながめることのすばらしさをつづっている。

林鵞峰《はやしがほう》も『本朝一人一首』でこの詩を評している。

林子曰《い》ハク、公任ハ清慎公《せいしんこう》ノ孫ニシテ廉義公《れんぎこう》ノ子ナリ。実ニ是《こ》レ摂家ノ正嫡ナリ。

然《しか》レドモ道長ノ強大ヲ以ツテ、執柄《しつぺい》ニ任ズルコト能《あた》ハズ。寛弘ノ初メ、中納言ヲ以ツテ左衛門督ヲ兼ヌ。貴族ト曰ヒ才調ト曰ヒ、黄門《くわうもん》（中納言の唐名）金吾ノ職ヲ屑《もののかず》トセズ。故ニ宦仕《かんし》ノ勤メ稍懈《ややおこた》ル。此《こ》ノ詩ヲ見レバ、則《すなは》チ目ヲ山水ニ遊バシメテ、不平ノ懐《おも》ヒヲ遣《や》ルカ。二聯《にれん》稍好《よ》シ。唯ダ末句未《いま》ダ可ナラザルコトヲ覚《おも》フナリ。

清慎公は祖父実頼《さねより》、廉義公は父頼忠《よりただ》、いずれも摂政関白太政大臣にいたった。公任は摂関家の嫡男として生まれながら、藤原道長の勢力に圧倒されて、中納言左衛門督（のちに権大納言にいたった）の地位に甘んじていた。鵝峰はこの詩を、公任が不遇の身の心慰めに詠んだものとして、同情的に解釈しているのである。二聯の青黛白頭の句はすこしよいといっているが、末句は未熟だとして、やはり消極的な評価にとどまっている。

市河寛斎《いちかわかんさい》の『日本詩紀』には、公任の作品として、『本朝麗藻』十一首、『類聚句題《るいじゅうくだい》抄《しょう》』二首、『江談抄』一首を掲げている。『本朝麗藻』の詩の題を示すと、次のようである。

花鳥ハ春ノ資貯ナリ　上・春　寛弘三年（一〇〇六）三月二十四日

水ヲ度《わた》リ落花舞フ　上・春　寛弘三年三月四日
四月未ダ全ク熟サズ　上・夏
夏ノ月秋ノ月ニ勝ル　上・夏
晴レテ後山川清シ　下・山水（前掲）
諸知己銭塘水心寺《せんたうすいしんじ》ニ餞《せん》スル之《の》作ニ同ズ　下・仏事
白河山家眺望ノ詩　下・山荘
冬ノ日飛香舎《ひぎやうしや》ニ陪《ばい》シ、第一皇子始メテ御注孝経ヲ読ムヲ聴キ、教ニ応ズル詩　下・書籍
　寛弘元年十一月十三日
夏ノ日、同ジク未ダ風月ノ思ヒニ飽カザルヲ賦ス　下・詩
閑中左親衛員外将軍両度宇治川ニ遊ブヲ聞キ、聊《いささ》カ懐ヲ述ベ、偸《ひそ》カニ下風ヲ呈ス　下・贈答
冬ノ日、般若寺《はんにやじ》ニ往詣《わうけい》シ、故蔵闍梨《じやり》ノ旧房ヲ見、中心之感、緒ニ触レ禁ジ難ク、遂《つひ》ニ所懐ヲ書キ、覚《かく》上人ニ寄ス　下・懐旧　長保四年四月二十九日以前

平安時代後期成立の漢詩集『類聚句題抄』には、『本朝麗藻』と重複する「晴レテ後山川清シ」のほかに、次の二首が収められている。

水清ク晴漢ニ似タリ　寛弘元年九月十二日

葉ノ声風ノ外ニ遠シ

『江談抄』巻五には、「四条大納言野行幸屏風《びやうぶ》詩事条」に、

徳ハ飛沈ヲ照ラス雲夢ノ月

という詩句がみえる。「飛沈」は、鳥と魚。「雲夢」は、楚《そ》の沢地の名。『日本詩紀』は『新撰朗詠集《しんせんろうえいしゅう》』に四条大納言とある左の五つの詩句を、公任の子の定《さだ》頼《より》の作としているが、やはり公任の作とすべきだろう。この中で「(八月) 十五夜」は、鎌倉時代の詩歌集である『和漢兼作集《わかんけんさくしゅう》』にも公任の作として収められている。

望メバ疲レヌ雲嶺《うんれい》ノ千条ノ雪

跡ハ入ル煙村ノ一道ノ霞《かすみ》

上・春・花・暮春花ヲ尋ヌ

四五月ノ交雲外ノ語

二三更ノ後雨中ノ声
琴詩酒ノ客ノ千家ノ思ヒ
上・夏・郭公《ほととぎす》

三十六旬一夜ノ情
草創ノ主人雲ニ臥《が》シテ後
上・秋・十五夜

竹編メル客舎ノ雨ニ堕《お》ツルノ時
下・雑・山家・北山山窓
禅定水清シ寒谷ノ月
閼伽《あか》ノ花老イタリ故園ノ霜
下・雑・山寺・法住寺ニ遊ブ

公任の漢詩文の師として、『江談抄』は高岳相如《たかおかのすけゆき》の名をあげ、そのために『和漢朗詠集』には相如の詩句を多く採っているという。相如は当時慶滋保胤《よししげのやすたね》と併称された文人だが、『和漢朗詠集』には保胤が十九句、相如が五句で、とくに相如を優遇しているわけではない。

『江談抄』には、次のように記されている。

又、四条大納言ハ高相如ノ弟子ナリ。仍《すなは》チ朗詠集ヲ撰セラルルノ時、多ク相如ノ作ヲ入ル。所謂《いはゆる》、蜀茶《しよくちや》ハ漸《やうや》クニ浮花ノ味《あぢは》ヒヲ忘ル、幷《なら》ビニ楚練《それん》ノ往反ノ句、何《なん》ゾ秀発有ランヤ。

匡房が酷評している相如の句は、秋部の「秋興」の項目に収められている。涼しい秋になって、暑い夏に飲んだ茶の味を忘れ、冬に備えて雪のように白い練り絹を砧《きぬた》でうつ音が聞こえる、というのである。

公任の音楽の才能については、やはり『二中歴』巻十二の「管絃人《かんげん》」の条に、「公任　雙調」「四条大納言公任」と記され、鎌倉時代中期の楽書『吉野吉水院楽書《よしのきつすいいんがくしよ》』に、管絃者として「四条大納言公任」の名前がみえ、永正《えいしよう》九年（一五一二）に豊原統秋《とよはらのむねあき》が著した楽書『体源抄《たいげんしよう》』巻十一「管絃名人等事条」にも、「四条大納言公任頼忠大臣男」とある。また、『御遊抄《ぎよゆうしよう》』の中殿御会の寛弘四年四月二十五日条に、公任が管絃に加わっていることが記されている。

催馬楽《さいばら》については、『催馬楽師伝相承』に、公任は源時中《みなもとのときなか》の弟子として、「源氏催馬楽師伝相承」のなかの系譜にはいっている。また、天福《てんぷく》元年（一二三三）ころに狛《こまの》近真《ちかざね》が著した最古の楽書『教訓抄《きょうくんしょう》』巻五の「雙調曲　地久」の項に、「此ノ楽、呂《ろ》ノ催馬楽桜人ニ合ヒタリ」として、次のような説話が伝えられている。

コレニ物語侍《はべ》リ。昔、公任大納言、南殿《なでん》ノ桜ノ盛リニテ面白ク侍リケルニ、南殿ニ早旦ニ出《い》デタマヒテ、柱ヲ拍子ニ打チタマヒテ、桜人ヲ歌ヒスマシタマヒタリケレバ、多政資《おほのまさすけ》ガ陣直勤《じんちょく》メテ候《さぶら》ヒケルガ、地久ノ破ヲ舞ヒテ出デタリケルニゾ、メデタキ例《ためし》ニ申シ伝ヘテ侍ル。サゾ面白ク侍リケム。

南殿の花盛りに公任が早朝出仕し、拍子をとって催馬楽の「桜人」を歌っていたところ、宿直《とのい》していた政資が、それにあわせて「地久」を舞ったというのである。『体源抄』にもみえる。『宝物集《ほうぶつしゅう》』や『古今著聞集《ここんちょもんじゅう》』などに、まったく同じような内容の説話なのに、大宮右大臣俊家《としいえ》と多政方《まさかた》（賢）とのあいだのこととなって伝えられているので、公任に付会された話だろうが、催馬楽にまつわるものとしていちおうあげておく。

風俗歌《ふぞくうた》についても、『体源抄』巻十に、「四条大納言ノ仰セラレケルハ、風俗歌ハヌ人雨ノ日ノ徒然《つれづれ》ヲイカニシテカ暮スラムト」とみえる。風俗歌は無聊《ぶりょう》の慰めには最適だというのである。また、中御門内大臣家能《いえよし》が語った話として、風俗歌の「ソノ狛《こま》ノカノ山ノヤウ」は、公任が法成寺《ほうじようじ》修復の夜に退出したときに、前がつかえていたので、門のところにたたずんで扉を拍子にして歌っていたのを、まだ若輩だった堀河《ほりかわ》右大臣頼宗《よりむね》がうしろに立っていて聞きつけ、教えを請うて聞き伝えたもので、中御門家にしか相承されていない、という説話も収められている。

仏教音楽についても、『吉野吉水院楽書』に、次のような話が記されている。

九条ノ錫杖《しやくぢやう》ハ、金峯《きんぶ》山ノ日蔵《にちぞう》上人ニ大神ノ吉持伝ヘテ、四条大納言公任ニ伝フ、ト右近将監《うこんのじようげん》久行《ひさゆき》ガ説クト云々《うんぬん》。

錫杖は僧侶《そうりよ》が持ち歩く金属製の杖《つえ》で、頭部に数個の輪がついており、振ると荘重な音をたてて鳴る。儀式のときに偈《げ》（仏の功徳をたたえる韻文）を唱えながら錫杖を振って鳴らすが、偈が九節より成るものが九条の錫杖である。簡略して三条のものもある。鎌倉時代の歌学書『野守鏡《のもりのかがみ》』下にも、公任が声明《しようみよう》（仏教の儀式にうたわれる声楽）にはげんでいたとある。「公任大納言も声明の徳により、才能人にすぐれたりける」。公任の多才も声明の功徳だというのである。

『体源抄』巻五には、藤原忠実《ただざね》の話として、柯亭《かてい》という名笛は、頼忠から公任に伝えられ、さらに公任の女婿の藤原教通《のりみち》に渡った、とある。狛近真の孫朝葛《ともかず》の著『続《ぞく》教訓抄』巻十二にも同じ伝承が収められている。

これらの伝承や説話は、中世において、音楽の相承を権威づけるために発生したものだろうが、公任の才芸についての世説がすでに伝説化していたことをうかがい知らせるものがあり、その根本には公任の多才があったことになる。また、一面には社交場化していた宮廷社会が公任のような人物を求めていたともいえよう。宮廷官人や女房たちは、いずれも自己の才知を認められようとして、たがいに鎬《しのぎ》を削っていたのであり、もはや漢文学のみが万能ではなく、漢詩文・和歌・管絃のどれにも通暁していて、随時その才能を発揮することが要求されていたのである。

鎌倉時代の説話集『古事談《こじだん》』第一に、清暑堂《せいしよどう》の神楽で公任をだしぬいた藤原斉信の説話が出ている。

後一条院ノ御時、清暑堂ノ御神楽ニ、公任卿《きやう》拍子ヲ取ルベキニテアリケルニ、臨時ニ斉信卿ノ上ニ坐《ざ》サレタリケルニ、笏《しやく》ヲサシ遣《や》リテ、気色バカリ譲ル由ヲセラレケルニ、ヤガテ笏《しやく》ヲ取リテ、拍子ヲ取ラルト云々。公任アヘナク思ヒテ、始終コレヲ聞キケリ。一失ナケレバ、事畢《をは》リテ後、「何時ヨリコノ事ハ御沙汰《さた》候フヤ」ト問ヒケレバ、「コレマデハ公事ナレバ習ヒテ候フナリ」ト答ヘラレケルト云々。

斉信はぬけめのない俊敏な人物で、なかなかのやり手であって、道長に重用され、公任より一歳年下だったが、寛弘元年（一〇〇四）に官位で公任より上にたち、公任は衝撃のあまり一時籠居《ろうきょ》するにいたった。以後、斉信はつねに公任の上席にあり、このときは拍子をとるために公任は臨時に斉信の上座にいたのである。公任はまさか斉信が拍子をとるまいと思っていたので、かたちばかりの敬意を表して、拍子をとるための笏を斉信のほうにさしだしたところ、意外にも斉信は笏を受けとって拍子をとりはじめた。公任が呆然《ぼうぜん》としていたところ、斉信はとうとう終わりまですこしの間違いもなくやりとげてしまった。公任がびっくりして、いつから拍子をとるようになったかと聞くと、斉信は平然として、公事だから日ごろから用意していたのだ、と答える。公任は斉信にまんまと一杯くわされて、芸能事でも優位にたてなくなってしまった。

清暑堂は豊楽殿《ぶらくでん》と不老門《ふろうもん》とのあいだにあった殿舎で、大嘗会《だいじょうえ》のさいに神楽がおこなわれるなどした。後一条天皇のときには、長和《ちょうわ》五年（一〇一六）十一月十七日におこなわれ、斉信や公任が名をつらねている（『御遊抄』）。この説話はこのときのものだろう。前代の三条天皇のとき、長和元年（一〇一二）十一月二十四日には、公任は拍子の役をつとめている。

風流文事優先の宮廷社会において、自己の無芸無才を披露することは、とりもなおさず、社交の場からの脱落者であることを表明することであった。斉信が拍子の習練をつんでいたのは、宮廷社会における生存競争を勝ちぬくための生活の知恵であった。斉信は公任よりも一枚上手《うわて》だったのである。

公任の子の定頼は書道の名手として知られ、『帝王編年記《ていおうへんねんき》』の長元《ちょうげん》元年（一〇二八）十一月十七日条には大嘗会の屏風を書いたという記事があり、『中古歌仙三十六人伝』には長久《ちょうきゅう》三年（一〇四二）正月二十二日に殿門の額を書いた賞によって正《しょう》二位に叙せられたとある。公任も書道に秀でていたことは、『入木抄《じゅぼくしょう》』にみえる。『入木抄』は文和《ぶんな》元年（一三五二）に尊円《そんえん》親王が著した書道書である。

公任卿は殊勝なれども、行成《ゆきなり》卿抜群の同時たる故に人も用ゐず、我も思ひくたして書役を勤めず、其《そ》も定頼卿は父には劣りたれども、其の時行成卿ほどの抜群の仁なければ、門殿額以下書役に随《したが》ひ、其賞に預る。これにて其の意得べき事か。

公任は定頼よりも書にすぐれていたが、抜群の能書の行成がいたので、めだたなかったというのである。

公任が「坤元録《こんげんろく》屏風」の色紙形を書いたことが『古今著聞集』巻十一にみえ、『本朝能書伝』にも定頼と並んでその名前が記されている。伝公任筆という書跡はいくつか伝えられているが、確実なのは『北山抄《ほくざんしょう》』の草稿本の零本（欠巻があり、一部だけ残った本）だけである。

『北山抄』は公任が著した有職故実書で、源高明《たかあきら》の『西宮記《さいぐうき》』、大江匡房の『江家次第《ごうけしだい》』などと並ぶ名著である。有職故実は宮廷の儀式や慣例などについての知識を研究する学問で、公任はその権威であった。当時有力な家門はそれぞれ流儀やしきたりを持ち伝えており、公任の家系を祖父実頼以来小野宮《おののみや》流とよぶが、小野宮流は有職故実の名門だった。

伝統的な格式作法を重視する貴族社会では、先例を墨守することが最関心事で、すこしでも慣例からはずれたことをすると、周囲の人びとから非難され嘲笑《ちょうしょう》された。したがって、儀礼を執行する人間にとっては、先例を調べてすこしでも過失のないようにすることが急務であった。

有職故実の知識は典礼を重んじるいっぽうで流儀によって異なり、場合によっては、意見を述べる人によって全部が相違することもあった。『江談抄』巻二には、藤原実資《さねすけ》・公任・源俊賢《としかた》・藤原行成に公事について意見を求めたところ、四人それぞれに見解が異なっていたという話が収められている。

『類聚雑要抄《るいじゅうざつようしょう》』も有職故実書のひとつだが、巻二の「薫物ヲ香壺筥《かうごのはこ》ニ納ムル事」に、香の道具の用途について記している部分がある。

同ジク四条大納言ニ問ハル。大納言申サレテ云ハク、次ノ一合ノ中、小筥二合ニハ薫物、飾《ふるひ》ニハ糟《かす》ヲ入レルトイヘリ。右府此《こ》ノ由ヲ聞キタマヒテ、之《これ》ヲ嘲《あざけ》ラル。詳シクハ清慎公御記ヲ見ヨト云々。

公任の意見にたいして、右大臣の実資が嘲笑し、実頼の『清慎公記』を見よといったというのだが、実資も同門なのに、公任と意見を異にしているのである。

無住《むじゅう》の『雑談集』巻七には、公任の料理の食べかたについての話がある。

四条大納言公任卿、大臣ノ大饗《たいきやう》ノ時、マヅ膾《なます》ノ汁ヲ吸ハレタリケルヲ、鼻先生ト云フ名人ノ雑色《ざふしき》ヲ召シ仕ヒケル、是《これ》ヲ見テ、「マサナキ上達部《かんだちめ》ナリケリ」トテ、ウトミテ彼ノ内ヲ出デニケリ。洛中《らくちゆう》ノ沙汰ナリケル。一両月世間ニ沙汰シフリテ後、先生召シテ、「実ニ汝《なんぢ》、我ヲ疎ミテ出デタルカ」ト問ハレケレバ、アリノママニ申シケリ。サテ、「洛中ノ上下、イカガ沙汰スルゾ」ト問ハレケレバ、「先生美シク出デタリ。上郎マサナクオハシマスト申シアヘリ」ト申シケレバ、「サテハ京中ニ日記ノ家ナキニコソ。我ガ家ノ日記ニハ、四十ヨリ後ハ、マヅ汁有ル物ヲ吸ヘト云ヘリ。日記伝ヘタル人ノナキニコソ」ト申サレケレバ、先生、「不覚仕《つかまつ》リテ候ヒケル」トテ、又宮仕ヘケリ。年タケテ後、食ニムスル事アリ。ソノタメト云ヘリ。
人トシテ礼ナクハ、必ズ夭亡《えうばう》スベシトイヘリ。礼儀尤《もつと》モ存知スベシ。出仕ノ人コトニ用意アルニコソ。

公任が大臣披露の宴《うたげ》に招かれて、まず膾の汁を吸ったのを、仕えていた鼻先生というあだ名のすぐれた雑色が見ていて、公任の行為を不見識だと出仕をやめ、都中にうわさをふりまいた。二か月ばかりして公任は先生を召して、都の評判を聞いたところ、都の人は皆、先生をほめ、公任を悪くいっている、と答えた。すると、公任は、都には日記の家はないのか、わが家の日記には、四十歳を過ぎたら、まず汁のある物を食べよ、と書いてある、といった。そこで、先生は自分の非を知って、ふたたび出仕した、というのである。

日記の家というのは、有職故実の資料として、儀式の次第や礼儀作法の心得を、漢文の日記として記録し保存しておく家門であり、宮廷貴族はそれを典例として用いた。年老いたら食物にむせやすいから、まず汁の物を口にする。公任の作法はこまかい心づかいにまでおよんでいて、すぐれていたのである。宮仕えには、このような心くばりが礼儀として求められた。

公任の祖父実頼には、現在は散逸しているが、『清慎公記』という日記があった。公任は有職故実の知識を集大成して、『北山抄』という名著にまとめた。

『北山抄』は、「年中要抄上・下」「拾遺雑抄上・下」「践祚抄《せんそ》」「備忘」「都省雑事《としようぞうじ》」「大将儀《だいしようのぎ》」「羽林要抄《うりん》」「吏途指南《りとしなん》」の十巻より成り、年中行事および臨時の朝儀、太政官の政務、近衛《このえ》の大将・中将などの作法、国司に関する事項など、宮中の行事や官人の職務などについての知識を記したもので、その評価は高かった。

文明《ぶんめい》十二年（一四八〇）に一条兼良《かねら》が著した有職故実書『桃花蘂葉《とうかずいよう》』には、

西宮抄ハ古礼ナリ。北山抄ハ一条院以来ノ儀式ナリ。江次第ハ延久《えんきう》以後ノ礼儀ナリ。但シ誤リノ事等有リ。北山抄ノ勝レタル書ト為《な》スノ由、知足院《ちそくゐん》（忠実）ノ仰セナリ。

とあり、その忠実の『富家語《ふけご》』には、

仰セラレテ云ハク、作法ハ西宮幷《なら》ビニ四条大納言ノ書委細ナリ。其ノ中、四条大納言ノ書ヲバ故殿事ノ外ニメデタガラセ給《たま》ヒキ。其故ハ大（小）二条殿（教通）御聟《むこ》ニ取リテ、九条殿御記ヲ引キテ作リタル書ナリ。然レバ此ノ家ニ尤モ相叶《かな》フナリ。江次第ハ後二条殿（師通《もろみち》）ノ料ニ匡房卿ノ所作ナリ。神妙ノ物ナリ云々。
但シ、サトク物ヲ見ルバカリニテ、サカシキ僻事《ひがこと》等相交ルト云々。

とあり、『古事談』第一にも同様に記され、忠実が『北山抄』を『江家次第』よりも高く評価していたことが知られる。

また、『富家語』や『古事談』の記述から、公任が『北山抄』を、長和元年四月に教通を婿取りしてから、師輔《もろすけ》の『九暦《きゅうれき》』などを参考にして執筆したことがうかがわれるが、和田英松氏の『本朝書籍目録考証』では、長和・寛仁《かんにん》年間（一〇一二～一〇二一）の成立と推定されている。

有職故実家公任は宮中で重用され、『江談抄』巻一には、「此ノ人々皆朝議ニ達セシト雖《いへど》モ、式目ヲ造ラルニ於《お》イテハ、多ク公任ガ作リ献ゼラル」とある。公任の多芸多才は、宮廷社会で不可欠の存在として、もてはやされることになったのである。

公任はまた仏教の知識にも深く、『大般若経字抄《だいはんにゃきょうじしょう》』という経典の注釈書の著述もあり、一代の碩学《せきがく》であった。

歌壇の第一人者

漢詩文・管絃《かんげん》・書道・有職故実《ゆうそくこじつ》における公任の多芸多才ぶりをみてきて、『和漢朗詠集《わかんろうえいしゆう》』や『北山抄《ほくざんしよう》』などの名著があることを述べたが、なんといっても公任の存在を大きく位置づけさせているものは、歌人・歌学者としての公任である。

藤原俊成《しゆんぜい》の『古来風体抄《こらいふうていしよう》』は、

拾遺《しふゐ》の後、久しく撰集《せんしふ》はなくて、世に歌詠みは多く積もりにければ、公任卿《きやう》をはじめとして、長能《ながたふ》・道済《みちなり》・道信《みちのぶ》・実方《さねかた》等の朝臣《あそん》、女は小大君《こだいのきみ》・和泉式部《いづみしきぶ》・紫式部《むらさきしきぶ》・清少納言《せいせうなごん》・赤染衛門《あかぞめゑもん》・伊勢大輔《いせのたいふ》・小式部《こしきぶ》・小弁《こべん》など多くの歌人どもの歌積もれる頃《ころ》ほひ。

と、一条天皇朝の歌人の筆頭に公任をあげ、順徳院《じゆんとくいん》の『八雲御抄《やくもみしよう》』にも、

彼《か》の輩《やから》の後は、ただ公任卿一人天下無雙《むさう》、万人これにおもむく。また、道信・実方・長能・道済などを歌人とす。女歌には、赤染衛門・紫式部・和泉式部・相模《さがみ》、

上古に恥ぢぬ歌人なり。その外も、道綱母《みちつなのはは》・馬内侍《うまのないし》やうの歌人、多く侍《はべ》りしも、皆失《う》せ侍りにし後は、天下に歌人なきがごとし。我も我もと思ひたる人は多かれど、上にもさしてその沙汰《さた》あることなし。公任卿、無二無三の人にてあるばかりなり。

（上略）公任卿は寛和の頃より天下無双の歌人とて、すでに二百余歳を経たり。在世の時言ふに及ばず、経信《つねのぶ》・俊頼《としより》以下、近くも俊成が在世までは、空の月日の如《ごと》くに仰ぐ。

と記している。順徳院は近年になって公任の評価が下がりはじめたというところまで筆を進めているのだが、ともかく俊成のころまでは、「天下無双の歌人」として「空の月日の如くに」尊崇されたというのだから尋常ではない。

公任の和歌関係の著述を次に掲げてみよう。

㈠私撰集

『拾遺抄』　十巻　春・夏・秋・冬・賀・別・恋上下・雑上下の巻に部立《ぶだて》されている。歌数は五百九十首ほど。長保《ちょうほう》元年（九九九）には、すでに成立流布していた。『拾遺和歌集』と構成・撰歌《せんか》ともに密着しており、全歌が収められ、勅撰集《ちょくせんしゅう》として考えられていた時期もある。散逸して断簡だけ伝えられている『如意宝集《にょいほうしゅう》』をもとにして増補して成立したともいわれる。作者では紀貫之《きのつらゆき》を重視し、柿本人麿《かきのもとのひとまろ》をも重視する『拾遺和歌集』と対照をなしている。

『金玉集《きんぎょくしゅう》』　春・夏・秋・冬・恋・雑の部立より成り、歌数はもっとも多い穂久邇《ほのくに》文庫本で七十八首。寛弘《かんこう》四年（一〇〇七）ごろまでに成立し、そののちに若干補訂されたものらしい。撰者名を、倭歌《やまとうた》 得業生《とくぎょうしょう》 柿本末成《すえなり》と戯書する。

『深窓秘抄《しんそうひしょう》』　『金玉集』と部立が同じで、歌数は百一首、そのなかで五十八首が一致。『金玉集』を増補したかたちとなっている。寛弘五年ごろ成立か。

(二)秀歌撰《しゅうかせん》

『前《さきの》十五番歌合《うたあわせ》』　先輩歌人三十人を選び、その秀歌一首を掲げて、十五番三十首の歌合形式をとって配列したもの。寛弘四、五年ごろの成立か。

『後《のちの》十五番歌合』　『前十五番歌合』と同じ形式で、同時代の歌人三十人の歌三十首を配列したもの。同じころの成立か。撰者には、花山院《かざんいん》など別人撰者説もある。

『三十六人撰』　公任が『前十五番歌合』を選んだ後で、紀貫之と柿本人麿との優劣を具平《ともひら》親王と論じあい、それぞれが三十人の歌人を選んで秀歌を何首か掲げるという『三十人撰』を選んだ。具平親王の『三十人撰』は現存するが、公任の『三十人撰』は散逸してしまったという。公任が『三十人撰』を増補したものが『三十六人撰』だという。三十六人の歌人、いわゆる三十六歌仙を選び、柿本人麿・紀貫之・

凡河内躬恒《おおしこうちのみつね》・伊勢・平兼盛《たいらのかねもり》・中務《なかつかさ》の六人は十首ずつ、ほかの三十人は三首ずつ歌を掲げ、歌合的に配列したもの。具平親王の没した寛弘六年以後、長和《ちょうわ》初年（一〇一二）ごろの成立か。

㈢歌学書・歌論書

『新撰髄脳《しんせんずいのう》』「心」と「詞《ことば》」とが一体となって「姿」を形成するところ、形象声調が整った歌に美を求める、心姿の美学を主張する歌論書。ほかに、作法論・秀歌例・歌病論・歌体論・歌語論などより成るが、現存伝本には若干の脱落があるようである。成立未詳。長保三、四年（一〇〇一、一〇〇二）ごろとする説もある。

『和歌九品《わかくほん》』和歌を上品上より下品下までの九品に段階づけし、例歌を二首ずつ掲げて、評語を加えたもの。「余りの心」、余情の美を最高のものとしている。「姿」の整った歌に余情美がかもしだされているとすれば、公任の歌論が体系立てられる。優美平淡の美学というべきものであろう。成立未詳。寛弘六年以後とする説がある。

ほかに公任には、『古今集注』『歌論義』（『和歌九品論義』『四条大納言和歌論義』『四条大納言抄』『四条大納言問答抄』ともいう）、『四条大納言歌枕《うたまくら》』（『諸国歌枕』ともいう）などの歌学書があったが、いずれも散逸している。

㈣私家集

『公任集』自撰《じせん》ではないが、公任には私家集がある。「前大納言公任卿集」「四条大納言公任集」などという書名で伝えられる。歌数は五百六十五首、前半は四季・雑などに部類されているが、後半は未整理状態で混乱している。巻末は勅撰集からの増補らしく、伝本によってその部分に五首ばかりの異同があり、途中にも一首の増減がある。重複歌にも六首ばかりの出入りがある。

公任の歌は、『拾遺和歌集』に十五首、『後拾遺和歌集』に十九首、三奏本『金葉《きんよう》和歌集』三首（流布本の二度本にはない）、『詞花《しか》和歌集』に四首、『千載《せんざい》和歌集』に十一首、『新古今和歌集』に六首、『新勅撰和歌集』に一首、『続後撰《しょくごせん》和歌集』に三首、『続古今和歌集』に四首、『続拾遺和歌集』に二首、『玉葉《ぎょくよう》和歌集』に九首、『続千載和歌集』に三首、『続後拾遺和歌集』に二首、『風雅《ふうが》和歌集』に三首、『新千載和歌集』に三首、『新拾遺和歌集』に一首、『新後拾遺和歌集』に二首、『新続古今和歌集』に一首、三奏本『金葉和歌集』を除いて八十九首が勅撰集に収められている。公任の歌は流布本『金葉和歌集』と『新後撰和歌集』を別にして、『拾遺和歌集』以下、二十一代集のなかの十七の勅撰集に収められているのであり、入集数こそ少なくなっているが、その評価は後世までずっと続いていたことが知られる。

主要な私撰集に入集している公任の歌をあげてみると、『拾遺抄』四首、『金玉集』一首、『玄玄集《げんげんしゅう》』六首、『麗花集《れいかしゅう》』（零本）一首、『新撰朗詠集』五首、『後葉和歌集』六首、『後六々撰《のちのろくろくせん》』三首、『続詞花和歌集』四首、『百人一首』一首、『万代和歌集』二十二首、『秋風《しゅうふう》和歌集』二首、『雲葉《うんよう》和歌集』一首、『夫木《ふぼく》和歌抄』十四首、『新時代不同歌合』三首、『二八要抄《にはちようしょう》』二首、『和漢兼作集《けんさくしゅう》』四首などで、『御堂関白記《みどうかんぱくき》』や『栄《えい》花《が》物語』などにも公任の歌が収められ、歌人としての足跡も大きい。

公任は名門の出身であり、多芸多才で風流文事にすぐれた才能を発揮し、和歌関係の著書も多かったから、宮廷社会の人びとから多大の尊敬を受け、歌壇の指導者として仰がれた。和歌をめぐる説話も多く伝えられている。

当時の歌人たちは、詠歌にたいする公任の批評に一喜一憂していたのであり、『俊《とし》頼《より》髄脳』には、公任の家で三月末に人びとが集まり、春の終わりを惜しんで歌を詠んでいたときに、藤原長能が、この年はたまたま三月が二十九日だったのを、

心憂き年にもあるかな二十日あまり九日といふに春の暮れぬる

と詠み、公任から春は三十日と決まっているものかといわれたのを苦にして、病床につくようになり、食物ものどを通らなくなって死んでしまったという（『袋草紙《ふくろのそうし》』、『十《じっ》訓抄《きんしょう》』巻四、『古今著聞集《ここんちょもんじゅう》』巻五、『沙石集《しゃせきしゅう》』にもいう）。

また、長能と源道済とが鷹《たか》狩《が》りの歌を、

霰《あられ》降る交野《かたの》の御野《みの》の狩衣《かりごろも》濡れぬ宿借す人しなければ　長能
濡れ濡れもなほ狩り行かむはし鷹の上毛の雪を打ち払ひつつ　道済

とそれぞれに詠み、いずれも秀歌との評判が高く、両者は優劣を論じあったが、決着がつきがたくて、公任の判定を受けた。公任は長能の歌を、霰が降ってもそんなに濡れるはずがないから、すぐに中止して宿を借りるというのは事実にあわない、と退け、道済の歌を、雪に濡れてもなお狩りを続けようとするのこそ鷹狩りの趣旨にかなうし風情がある、とほめたので、道済は非常に喜び、小躍りして歌を口ずさみながら退席したという。

公任に子の定頼《さだより》が、和泉式部と赤染衛門との優劣を質問すると、公任は、和泉式部は、

津の国のこやとも人をいふべきに隙《ひま》こそなけれ芦《あし》の八重葺《やへぶき》（後拾遺和歌集・恋二）

という歌を詠んだ歌人だから、赤染衛門と同列に論ずべき歌人ではないと答える。定頼は公任の応答にたいいして、和泉式部の歌は、世評ではもっぱら、

暗きより暗き道にぞ入りぬべき遥《はる》かに照らせ山の端の月　（拾遺和歌集・哀傷）

を秀歌といっているようだが、とかさねて質問すると、公任は、世間の人はよくわかっていない、「暗きより」は法《ほ》華経《けきょう》の文言「冥《くら》キヨリ冥キニ入ル」をそのまま引いたものであり、下句はそれから自然に詠みだされる、それにたいして津の国の「昆陽《こや》」から「来や」をみちびき、そこから「小屋《こや》」を連想して、「隙」「八重葺」と縁語を続けていくのは、凡庸の歌人のおよぶところではない、と説明する。公任は和泉式部の歌の技巧を高く評価したのである（『無名抄《むみょうしょう》』にもいう）。

公任が重病で臥《ふ》していたときに、藤原高遠《たかとお》がやってくる。公任は高遠が病気の見舞いにきたかと思っていると、高遠は病気のことはひと言もいわないで、紀貫之の歌と自分の歌との優劣について質問する。

逢坂《あふさか》の関の清水に影見えて今や引くらむ望月《もちづき》の駒《こま》　貫之
逢坂の関の岩角踏みならし山立ち出《い》づる霧原の駒　高遠

一、二度吟じたときは自分の歌のほうがよいように思われるが、三、四度とくりかえしていると、貫之の歌のほうがはるかにすぐれているように聞こえてくるのはなぜか、というのである。どちらも諸国の牧場から献上された馬を天皇にみせる駒引《こまひき》の行事を詠んだ歌で、四月と八月に催されたが、秋の歌題となり、両歌とも『拾遺和歌集』の秋に並んで収められている。公任は自分が死んだら歌道にうちこむ人がいなくなると心配していたが、高遠のような人がいて安心だ、とおおいに喜び、さっそく説明する。貫之の歌はなんの技巧もなくてさらりと詠んでいるのにたいして、高遠の歌は趣向をこらして言葉が巧みに配置されている。だから、ちょっと聞いたときはすばらしいが、だんだんと技巧が気にかかるようになる。貫之の歌はいくらくりかえして聞いても、淡々として飽きがこない。高遠は公任の説明に納得して帰り、翌日改めて見舞いにきた、という。『愚秘抄《ぐひしょう》』に伝えられる話である（『西行上人談抄《さいぎょうしょうにんだんしょう》』『慈元抄《じげんしょう》』にもいう）。和泉式部の場合と主張が逆で、趣向を排斥しているが、公任の見識を伝えるものである。

『八雲御抄』六には、公任が忠命《ちゅうめい》法師の、

煙絶え雪降りしける鳥辺野《とりべの》は鶴の林の心地こそすれ　（後拾遺和歌集・哀傷）

という歌の初句について、「薪《たきぎ》つき、と言はばや」と添削した、とある（『栄花物語』の「鶴の林」にもいう）。言葉ひとつにも、繊細な感覚をはたらかせているのである。

『袋草紙』には、和歌六人党（後朱雀《ごすざく》・後冷泉《ごれいぜい》朝に活躍した六人の歌人のグループ。範永《のりなが》のほかに、平棟仲《むねなか》・源頼実《よりざね》・源兼長《かねなが》・藤原経衡《つねひら》・源頼家《よりいえ》など）のひとり藤原範永が、遍照《へんじよう》寺《じ》で月の夜に、

住む人もなき山里の秋の夜は月の光もさびしかりけり

と詠み、北山長谷《ながたに》に隠遁《いんとん》していた公任に、定頼を介してみせたところ、公任は、「範永誰人《たれびと》ぞや。和歌其《そ》の体を得たり」と激賞し、感激した範永はその歌を錦《にしき》の袋に入れて宝物として持ち歩いていた、という（『十訓抄』巻一にもいう）。

公任の美意識については、『古今著聞集』巻十九に、頼通《よりみち》と春秋の花の優劣を論じて、頼通が春は桜、秋は菊を第一に推奨したのにたいして、公任は梅を主張し、頼通が相手だったので自説を強く押しだすようなことはしなかったが、「なほ春の曙《あけぼの》に紅梅の艶《えん》なる色捨てられがたし」といったという。

『公任集』の冒頭におかれた公任の代表的名歌、

春来てぞ人も訪《と》ひける山里は花こそ宿の主《あるじ》なりけれ　（拾遺和歌集・雑春）

も梅の花を詠んだ歌であろう。『今昔物語集《こんじやく》』巻二十四や『古本説話集』にも収められている。主人よりも花を目的にやってくる人を風刺したものだが、間接的に山里の梅の美しさが詠まれており、紀貫之の名歌、

人はいさ心も知らず故里《ふるさと》は花ぞ昔の香ににほひける　　（古今和歌集・春上）

と相並ぶものともいえよう。『夫木和歌抄』春三の藤原道信《みちのぶ》の歌、

咲き初《そ》むる山辺の梅の香に愛《め》でば花のたよりと君や思はむ

は、この公任の歌への返歌という。『宇治拾遺物語《うじしゆうい》』には、藤原通俊《みちとし》が『後拾遺和歌集』を選んでいるときに、秦兼久《はたのかねひさ》がやってきて、自作の、

去年《こぞ》見しに色も変らず咲きにけり花こそ物は思はざりけれ

をみせたところ、通俊が「けり」や「花こそ」という用字がよくないと酷評したので、兼久がこの公任の歌をあげて反論した、という説がある。

公任が活躍した時代の宮廷歌壇は、花山天皇や具平親王が中心となっていた時代から、藤原道長《みちなが》が後援者となっていた時代へと移行していくが、公任はそのいずれもと交渉をもちながら歌壇を主宰していくのであり、藤原仲文《なかぶみ》や小大君から能因《のういん》や和歌六人党にいたる、長い時期にわたって多くの歌人と親交し、新しい美意識に裏打ちされた歌論を体系づけて、和歌史を大きく前進させたのである。公任は個の叙情を歌う歌人というよりも、ひとつの時代の文学を担った指導者だったのであり、そのカリスマ性に意義があったといえよう。歌道をめぐる説話の多くは、公任という超越的人間を主役にすることによって、はじめて生彩を放つことになる。それでは公任の実像はいかなるものであったか、以下その生涯を追ってみよう。

第二章　栄光の家系

摂関家の嫡男

『公卿補任《くぎようぶにん》』（公卿の官位の任命の月日を年次に記した書）から逆算すると、藤原公任が生まれたのは、康保《こうほう》三年（九六六）ということになる。時は村上《むらかみ》朝の末であり、翌四年には冷泉《れいぜい》天皇が即位し、公任の祖父実頼《さねより》は関白太政大臣となった。『尊卑分脈《そんぴぶんみやく》』にみられるように、公任の家系は良房《よしふさ》以来、基経《もとつね》・忠平《ただひら》・実頼・頼忠《よりただ》と、五代にわたる摂関家として、当代屈指の名門であった。公任の父頼忠も、円融《えんゆう》朝の貞《じよう》元《げん》二年（九七七）に関白、翌天元《てんげん》元年に太政大臣となっている。公任は摂関家の嫡男として、将来かがやかしい地位につく可能性を秘めて出生したのである。

公任の曾祖父《そうそふ》忠平は貞信公《ていしんこう》と諡《おくりな》され、『百人一首』に収められている秀歌、

小倉山《をぐらやま》峰のもみぢ葉心あらば今一度の行幸《みゆき》待たなむ

を残していることでも知られる。『拾遺《しゆうい》和歌集』雑秋《ぞうのあき》に、「亭子院《ていじゐん》（宇多《うだ》上皇）大井川に御幸ありて、行幸もありぬべき所なりと仰せたまふに、事の由奏せむと申して」と

いう詞書《ことばがき》をつけて収められており、『大和《やまと》物語』『大鏡《おおかがみ》』『古今著聞集《ここんちょもんじゅう》』などに説話をともなって伝えられている。宇多上皇が大井川（今の保津川《ほづがわ》、桂川《かつらがわ》。嵐山《あらしやま》のあたり）に御幸されたときに、折からの紅葉があまりにみごとだったので、醍醐《だいご》天皇の行幸があってもいいようなすばらしいところだと、供をしていた忠平に仰せられた。そこで、忠平は事の次第を醍醐天皇に奏上しようとして、この歌を詠んだというのである。

歌の意は、小倉山の峰のもみじ葉よ、もしおまえに人並に物事の情理がわかる心があるならば、もう一度の行幸があるまで、散らずに待っていてほしい、ということで、小倉山を擬人化して口語的によびかけている。複雑な技巧もない淡々とした詠みぶりだが、ひきつづいての行幸を願いすすめるあいさつの言葉の背後に、秋色深く満山紅葉した華麗な小倉山の景色が暗示されており、おっとりとして格調の高い歌である。

忠平は時平《ときひら》や仲平《なかひら》の弟だが、性格が温厚で世間の信望も厚く、藤原北家の主流となった。延長《えんちょう》八年（九三〇）朱雀《すざく》天皇が即位すると摂政となり、承平《じょうへい》六年（九三六）太政大臣、天慶《てんぎょう》四年（九四一）関白にうつり、村上朝のはじめの天暦《てんりゃく》三年（九四九）に七十歳で没するまで、その地位にあって、小一条《こいちじょう》太政大臣とよばれた。『古事談《こじだん》』第六によると、醍醐天皇の御代《みよ》、あるときに相人（人相見）がやってきて、皇太子の保《やす》明《あきら》親王は容貌《ようぼう》が、時平は思慮深さが、菅原道真《すがわらのみちざね》は才能が、いずれも国政を担当するには過ぎていてふさわしくないといい、末席にいた忠平に注目して、才能・思慮・容貌のどれもがかなっていて、末長く宮中に奉仕することになるだろうと、予言したという。

忠平の長男が公任の祖父実頼である。忠平にはほかに九条右大臣師輔《もろすけ》・桃園《ももぞの》（枇《び》杷《わ》）大納言師氏《もろうじ》・小一条左大臣師尹《もろただ》など、有力な子弟が輩出し、やがては師輔の一門が主流に躍りでていくことになる。実頼の一門を小野宮流《おののみや》という。小野宮とよばれるのは、実頼の邸宅が小野に晩年隠居した惟喬《これたか》親王の住居を伝領したものだったからである。『拾芥抄《しゅうがいしょう》』（鎌倉時代末期の百科事典的な雑録）には、「小野宮大炊御門《おほひのみかど》南烏丸《からすま》西、惟喬親王家、実頼公之《これ》ヲ伝領ス」とある。惟喬親王は文徳《もんとく》天皇の第一皇子だったが、母が紀《き》氏出身だったために、藤原氏の圧迫によって帝位につけなかった、悲劇の親王であった。伝説化された一面は、『伊勢《いせ》物語』に業平《なりひら》との交友の姿として描きだされている。

小野宮は現在の京都御所の西南のすぐ近くにあたる。小野宮は公任の父頼忠の弟斉《ただ》敏《とし》の子、公任のいとこの実資《さねすけ》に伝えられた。実資は後《のちの》小野宮殿とか賢人右府《けんじんうふ》とかよばれ、反骨の人といわれ、漢文日記『小右記《しょうゆうき》』の筆者として知られる。祖父の実頼にかわいがられ、名前の字もあたえられ、その財宝や家屋敷を相伝した。実資は邸内に御《み》堂《どう》を建て金色の仏像をすえ、多くの僧を住まわせて供養や勤行《ごんぎょう》をさせ、いつも大工を七、八人使って改修させ、『大鏡』にも、「世の中に手斧《てをの》の音する所は、東大寺とこの宮とこそは侍《はべ》るなれ」と記されているほどだった。

実頼は摂政太政大臣となった藤原忠平の長男として、昌泰《しょうたい》三年（九〇〇）に生まれ、天禄《てんろく》元年（九七〇）五月十八日に七十一歳で没した（『公卿補任』『日本紀略《にほんきりやく》』。『尊卑分脈』では七十二歳）。生母は、宇多天皇皇女 源 順子《みなもとのじゅんし》である（『公卿補任』『本朝皇胤紹運録《ほんちょうこういんじょううんろく》』）。小野宮殿と号せられ、謚を清慎公《せいしんこう》という。

実頼は兄として官位はつねに弟の師輔や師尹の上にあり、天暦元年（九四七）四月二十六日から康保四年（九六七）十二月十三日まで、二十年間も左大臣をつとめているが、政治家としては師輔のほうがすぐれていて、人望もあったようである。『栄花《えいが》物語』「月の宴」には、忠平なきあとの政情を、

世の中のことを、実頼の左大臣仕うまつりたまふ。九条殿二の人にておはすれど、なほ九条殿をぞ一苦しき二に人思ひきこえさせためる。

と記している。実頼が一の人として政治をとりおこなっていたが、二の人の師輔のほうが政治的な手腕もあり人望を集めていて、一の人がその座にあるのがつらいように思うほどすぐれた二の人だ、と世評がたったというのである。

さらに、『栄花物語』では、実頼・師輔・師尹の人がらをそれぞれ語っており、実

頼については、

小野宮の大臣《おとど》は歌をいみじく詠ませたまふ。すきずきしきものから、奥深くわづらはしき御心にぞおはしける。

歌が上手で、風流人ではあるが、気心が知れず、気がおかれる性格だといっている。文学的な資質はすぐれているが、わだかまりがあって人にうちとけがたい狭量な人物だったらしい。これにたいして、師輔については、鷹揚《おうよう》で人づきあいは親疎の区別なく、しばらくごぶさたしていて参上した人でも、はじめて出会ったかのように親しく応対して、とても気軽にもてなしたので、忠平に仕えていた人びともほとんど師輔のもとに集まった、といっている。どんな人間でも受けいれる度量の大きな人物だったようである。師尹は論外で、人にたいして親疎好悪の区別をはっきりと態度にあらわして、気にいらない人は意地悪くもてなしたという、ひとくせのある人物だったと記されている。

実頼の杓子定規《しゃくしじょうぎ》的な融通のなさを物語るものとしてよく知られている話は、『古事談』第四や『十訓抄《じっきんしょう》』第十に伝えられる、平将門《たいらのまさかど》の乱ののちにおこなわれた論功行賞のときの藤原忠文《ただぶみ》にたいする態度である。乱がなかなか平定しないので、あらためて忠文を大将軍として派遣したところ、到着する前に将門が討たれてしまって、下向の道の途中からやむなく帰京した忠文に賞をあたえなかったというのである。

実頼が疑わしい賞はあたえないと主張したのにたいして、師輔は罪は軽く賞は重くと反論したが認められなかった。忠文はこの評定のいきさつを聞き、師輔には富家殿《ふけどの》の権利書をたてまつって感謝し、実頼には物の怪《もののけ》となって子孫を滅ぼそうと呪咀《じゅそ》したという。実頼の意見にも一理あるが、人情の機微にはうとかったということになろう。

人がらの偏狭さはともかくとして、実頼が政治の主導権を手にすることができなかったのは、不運がかさなって外戚《がいせき》になりえなかったからである。実頼は娘の慶子《けいし》を朱雀天皇の女御《にょうご》に、述子《じゅつし》を村上天皇の女御に入内《じゅだい》させたが、いずれも皇子を出産することもなく早世してしまった。慶子は天慶四年（九四一）七月十六日に女御となり（『日本紀略』）、天暦五年（九五一）十月九日に死去した（『一代要記』）。

『今昔物語集《こんじやくものがたりしゅう》』巻二十四には、慶子にかわいがられた助《すけ》という女房が常陸守《ひたちのかみ》の妻となって下り、土産に美しい貝がらを拾って慶子に見せようと思って上京したところ、すでになくなっていたので、実頼と哀悼の歌の贈答をしたという話が伝えられている。

然《しか》レドモ甲斐无《かひな》クシテ、其《その》貝一箱ヲ「此《こ》レ御誦経《じゆきやう》ニセサセ給《たま》ヘ」トテ、大キ大臣ニ奉リタリケルニ、貝ノ中ニ助此《かく》ナム書入レタリケル。

拾ヒ置キシ君モナギサノウツセ貝今ハイヅレノ浦ニヨラナムト。大キ大臣此レヲ見給ヒテ、涙ニ噎返《むせかへ》リテ泣ク泣ク御返シ此ナム。
玉匣《たまくしげ》ウラミウツセルウツセ貝君ガ形見ト拾フバカリゾ
ト。実《まこと》ニ其比《ころほひ》ハ此レヲ聞キテ不泣《なかぬ》人无カリケルトナム語リ伝ヘタルトヤ。

助の歌は、「渚」に「亡き」を掛け、献上しようと拾っておいたこの貝だが、君なき今、この貝のようにうつろな私はいったいどこに身を寄せたらよいか、という意で、突然思いやり深い主人をうしなった悲しみを詠んでおり、これにたいして、実頼の歌は、枕詞《まくらことば》「玉匣」で、「浦見」「恨み」をみちびきだし、助の万感の思いがこもったこの貝がらを娘の形見として拾うだけだと、子をうしなった親の悲しみをうたいあげている。

いっぽう、述子は天慶九年（九四六）十二月二十五日に女御となり（『一代要記』）、翌天暦元年（九四七）十月五日にわずか十五歳で死去している（『日本紀略』）。死後、従《じゅ》四位上《じょう》を追贈された（『大鏡裏書』）。『拾遺和歌集』哀傷に、実頼の歌がある。

むすめにまかりおくれて又の年の春、桜の花盛りに家の花を見ていささかに思ひを述ぶといふ題を詠み侍りける

桜花のどけかりけりなき人を恋ふる涙ぞまづは落ちける

春風駘蕩《しゅんぷうたいとう》のなか、のんびりと桜花が咲いているのと対照的に、まず涙が散る花のように落ちるというのである。『続《しょく》古今和歌集』哀傷にも、

女御述子かくれての春、花を見て

見るからに袂《たもと》ぞ濡《ぬ》るる桜花空よりほかの露や置くらむ

桜花を見ると袂が濡れる、空の露とは別の露、涙が置いているのだろう、という歌が収められている。『玉葉《ぎょくよう》和歌集』雑四にも、実頼の歌が収められているが、これは慶子死没のときの歌ともいわれる。

むすめの女御失《う》せての後、他人《ことびと》参りはべりけるを聞きて、
内に候ふ女房のもとに遣はしける

九重も花の盛りになるなかに我が身一つや春のよそなる

宮中は、またひとり后妃を加えてにぎやかだが、私ひとりはそんな華やかさと無縁

だ、というのである。慶子がなくなった翌年には朱雀上皇が崩御する。述子のなくなった翌年に斎宮《さいぐう》女御徽子《きし》女王が入内するので、やはりこの歌も述子の死去したさいの歌と考えてよいだろう。

師輔は天徳《てんとく》四年（九六〇）五月四日に五十三歳で死去するが、娘の安子《あんし》は村上天皇の皇后としてのちの冷泉天皇や円融天皇を産んでおり、伊尹《これただ》・兼通《かねみち》・兼家《かねいえ》など師輔の子供たちが外戚として政治の実権を掌中にすることになる。実頼は冷泉朝になって関白太政大臣の地位につくが、名前ばかりで浮きあがった存在だった。一条兼良《かねら》の『源《げん》語秘訣《ごひけつ》』には実頼の日記『清慎公記』康保四年（九六七）七月二十二日条が引用されている。実頼が関白になったのはこの年の六月二十二日だから、任官してわずかひと月後ということになる。

除目《じもく》がせまってきたので、関白の実頼をさしおいて、外戚たちが思うままに官職を競いあって決め、自分の知らぬまにもうあらかた決まってしまったと聞いて、実頼は「揚名《やうめい》ノ関白、早ク停止《ちやうじ》セ被《ら》ル可《べ》キノ者也《なり》」と自嘲《じちよう》している。揚名とは名目だけの名誉職ということで、『源氏物語』「夕顔」にも「揚名の介《すけ》」という呼称がみられる。自分のような名前だけの関白は早くやめさせられたほうがよい、となげいているのである。実頼は有名無実の関白の身を恨みながら三年後に没することになる。

文雅風流の人、祖父実頼《さねより》

実頼は政治家としては、狭量な性格と外戚《がいせき》になれなかった不運もあって、関白太政大臣にはなったものの、師輔《もろすけ》一門に圧倒されていた。実頼がその存在を示したのは、むしろ文雅の世界、とくに和歌においてであった。公任はこの実頼の文学的な血筋を受けついだといってよいだろう。

『大鏡《おおかがみ》』実頼伝には、

和歌の道にもすぐれおはしまして、後撰《ごせん》にもあまた入りたまへり。

とあり、『栄花物語《えいがものがたり》』「月の宴」にも、

この殿大方歌を好みたまひければ、今の帝《みかど》この方に深くおはしまして、折折にはこの大臣《おとど》もろともにぞ詠みかはさせたまひける。

とある。有名な天徳《てんとく》四年（九六〇）三月三十日「内裏歌合《だいりうたあわせ》」には、実頼は判者をつとめている。

実頼の家集として『清慎公集《せいしんこうしゅう》』が残されている。百七十首ばかりの小歌集で、しかも後半の三分の一あまりの部分に『義孝集《よしたかしゅう》』が混入していて、その本体は百十首ほどということになる。内容は恋歌が多く、醍醐《だいご》天皇の女御《にょうご》で、天皇の崩御後に実頼と結婚した、藤原定方《さだかた》の娘で三条御息所《きんじょうみやすんどころ》とよばれた仁善子《にんぜんし》との贈答歌がめだっている。ほかに中務《なかつかさ》や馬内侍《うまのないし》などとの贈答歌もみられる。実頼の私的生活の一面を示すものといえよう。

実頼の勅撰集《ちょくせんしゅう》入集歌は三十五首、『後撰和歌集』十首、『拾遺《しゅうい》和歌集』九首、『新古今和歌集』以下十六首となっている。

『和漢朗詠集《わかんろうえいしゅう》』の「女郎花《おみなえし》」の項目に収められている実頼の歌、

女郎花見るに心は慰までいとど昔の秋ぞ恋しき

は、『新古今和歌集』の詞書《ことばがき》によれば、妻の藤原時平《ときひら》の娘がなくなったときの歌で、眼前の花を見て愛妻の追憶にふける、こまやかな思いがこもった心やさしい歌である。ただ、『伊勢集《いせしゅう》』では藤原師輔の妻となり、公季《きんすえ》などを産んだ、醍醐天皇の皇女康子《やすこ》内親王の裳着《もぎ》（女子の成人を祝い、はじめて裳を着用させる儀式）を祝って、藤原忠平《ただひら》の娘でいとこの貴子《きし》が贈った屏風歌《びょうぶうた》として、伊勢が詠んだ歌となっている。『時代不同歌合《うたあわせ》』には、実頼の歌として三首の歌が収められ、崇徳院《すとくいん》の歌と番《つが》えられている。権門の歌人らしい格調の高いものとして、崇徳院という皇室の歌人と配されたものであろう。

今さらに思ひ出《い》でじと忍ぶれど恋しきにこそ忘れわびぬれ

『後撰和歌集』恋三の歌、宇多《うだ》天皇の皇子敦慶《あつよし》親王に仕えていた大和《やまと》という女房に贈ったものである。恋の思いを断ちきろうとして相手のことを思いだすまいとこらえていても、恋しさに負けて忘れられずに苦しんでいるという思いをうったえた歌である。

人知れぬ思ひは年を経にけれど我のみ知るはかひなかりけり

『拾遺和歌集』恋一の歌、ある女性に贈ったものとある。心中に思いを秘めて年月が過ぎたが、知っているのは自分だけで相手に伝わらないのでは、なんのかいもない、となげいた歌である。

あな恋しはつかに人をみづの泡の消えかへるとも知らせてしがな

『拾遺和歌集』恋一の歌、醍醐天皇の更衣で藤原兼輔《かねすけ》の娘桑子《そうし》に贈ったもの。「人を見つ」と「水の泡」とが掛詞《かけことば》になっている。ああ恋しい、ちらっとあなたを見かけてから、水の泡のように、今にも身が消えてしまいそうなほど、恋の思いに苦しんでいると知らせたいものだという求愛の歌である。

いずれも思慕の情を、はげしい情熱をこめてうたいあげており、多情多感な人がらをしのばせるものがある。このような文人的で奔放不羈《ふき》な性格が、政治家としてはそぐわない面をもたらしたのかもしれない。公任は多分にこの血筋を受けていた。『大鏡』頼忠伝には、公任を評して、

小野宮《をののみや》（実頼）の御孫《むまご》なればにや、歌の道すぐれたまへり。よにはづかしく心にくきおぼえおはす。

実頼の孫だからか、和歌の道にすぐれ、たいそう立派で奥ゆかしい人という評判がある、といっている。

『大鏡』に語られている説話も、実頼の細心で謹直な人がらを示すものであろう。

実頼は自邸の南面には髻《もとどり》をさらしたまま、つまり冠をつけずに出ることはなかった。自宅にいながらなぜかといえば、南がわに稲荷《いなり》神社の杉が見えるからで、威儀を正さなければ明神にたいして失礼だといって、いつも注意しており、つい失念したときにはあわてて袖《そで》で頭を隠して大騒ぎをした、というのである。実頼の平生の行動の折り目正しさを賞賛した説話だろうが、やはり豪放さといった性格からはほど遠いものであろう。

実頼は和歌ばかりではなく、多方面に文雅の才を示し、公任の才芸にかようものがある。実頼の詩句が市河寛斎《いちかわかんさい》の『日本詩紀』に二聯《れん》収められている。ひとつは『和漢朗詠集』の「款冬《かんどう》」にみられる、

雌《し》黄《わう》ヲ点着《てんちゃく》スルコト天意《なさけ》アリ
款冬誤《あやま》テ暮春《ぼしゅん》ノ風ニ綻《ほころ》ブ

である。「款冬」は本来秋から冬にかけて黄色の花をつける石蕗《つわぶき》のことをさすが、日本では山吹《やまぶき》に誤用された。雌黄は黄色の顔料で、黄色の紙に書写した文字の誤りを訂正するのに用いられた。詩句の意は、款冬は冬の花という名なのに、まちがって暮春に咲いているから、天も考えて雌黄を点々とつけて訂正しているのだろう、というの

である。だが、この詩句は現存の伝本には作者が表記されておらず、『江談抄《ごうだんしょう》』にも作者不詳とあって、信阿《しんあ》の『和漢朗詠集私注』に清慎公とあるものの、実頼の作とするにはやや疑問の点がある。

もうひとつは、『新撰《しんせん》朗詠集』の「菊」の、

菊ハ是《こ》レ孤叢《こそう》臣ハ数代
霜ヲ戴《いただ》イテハ共ニ玉欄《ぎょくらん》ノ前ニ立テリ

で、わびしげに咲く一群《ひとむら》の菊と数代の帝に仕えて年老いた自分とが、頭に霜を置いてともに欄干の前に立っているの意。白髪が生えるまで宮仕えしてきたわが身を、晩秋初冬にいたるまで孤独な姿をとどめている菊によそえてうたった秀句である。

実頼の音楽の才能については、『体源抄《たいげんしょう》』の「管絃《かんげん》名人等事」条にその名がみえ、『古今著聞集《ここんちょもんじゅう》』巻六の天暦《てんりゃく》五年（九五一）正月二十三日の内裏管絃の記事のなかにも登場する。実頼は重明《しげあきら》親王・源博雅《みなもとのひろまさ》・源延光《のぶみつ》・藤原朝忠《あさただ》・藤原朝成《ともなり》といった管絃の名手に伍《ご》して、催馬楽《さいばら》の曲を合奏している。

実頼には有職故《ゆうそくこ》実《じつ》の書として漢文日記の『清慎公記』の著があった。『水心記《すいしんき》』ともよばれるが、散逸して現在は伝わっていない。儀式の典範として尊重されたことは、

『小右記《しょうゆうき》』の正暦《しょうりやく》四年（九九三）五月二十日条に、「藤相公（公任）ノ御許之故殿御日記（『清慎公記』）在ルヲ書写ス」とあることからもうかがい知られる。実資《さねすけ》は公任の所持していた『清慎公記』を借覧して書写したというのである。『小右記』が一名『続水心記』とよばれるのは、実頼の『水心記』を受けつぐものという意味からといわれる。

このように、実頼は和歌をはじめとして、漢詩文・管絃・有職故実などに多才を発揮し、文化面で活躍した小野宮一門の祖にふさわしい足跡を残しているのである。

実頼《さねより》の子女たち

実頼の小野宮《おののみや》一門は、藤原師輔《もろすけ》の九条一門に比して子孫が少なく、そのことが両者の繁栄の差につながっていった。

師輔には、伊尹《これただ》・兼通《かねみち》・兼家《かねいえ》・高光《たかみつ》・為光《ためみつ》・公季《きんすえ》・安子《あんし》・登子《とうし》・愛宮《あいみや》など、政治史・文学史などで著名な人物が子女として多数おり、『尊卑分脈《そんぴぶんみゃく》』では男子十二人、女子七人に達する。これにたいして、実頼は男子三人、女子三人だけで、しかも早世している者も多いのである。

朱雀《すざく》天皇女御慶子《にょうごけいし》や村上《むらかみ》天皇女御述子《じゅつし》が皇子誕生もなく夭折《ようせつ》したことはすでに述べ

たが、実頼の子女の死をめぐる哀話としてよく知られているのは、長男敦敏《あつとし》のものである。『栄花物語《えいが》』『大鏡《おおかがみ》』『宝物集《ほうぶつしゅう》』などに説話化されて収められているが、ここには『古本説話集』所載のものを掲げておこう。

今は昔、小野宮殿（実頼）の御子に少将なる人（敦敏）おはしけり。佐理《すけまさ》の大弐《だいに》の親なり。はかなくわづらひて、失《う》せにければ、小野宮殿泣きこがれたまふことかぎりなし。さて忌み果てがたになるほど、この少将の御乳母《めのと》の陸奥守《みちのくにのかみ》の妻《め》になりて行きたりけるが、若君かく失せたまへりとも知らで、恋しくわびしき由を書きて、馬《む》奉《ま》りたりけるに添へて、御文参らせたりける。返り事、小野宮殿ぞ書きて遣しける。「その人はこのほどにはかなくわづらひて失せにしかば、ここには今まで生きたることをなむ心うくおぼゆる」とばかり書きて歌をなむ詠みて遣しける。

まだ知らぬ人もありけり東路《あづまぢ》に我も行きてぞ住むべかりける

と書きて遣しけるを見て、乳母いかなる心地しけむ。

敦敏は正《しょう》五位下《げ》左少将にいたったが、天暦《てんりゃく》元年（九四七）十一月十七日に三十六歳の若さで没した。述子がなくなってわずかひと月後であり、実頼としては、この年左大臣の地位について政権をようやく掌中に収めようとしていた時期に、その足がかりになるふたりの子供をうしなったのは大きな痛手であり、落胆ぶりもはなはだしかったはずである。文中にもその名がみえるが、敦敏の子に書の上手で三蹟《さんせき》のひとりの佐理がいる。文雅の一門小野宮家のなかでもひときわめだつ存在である。

敦敏の死後に陸奥からそれと知らずに馬が贈られてきて、その馬を見て実頼が悲嘆の歌を詠むというのが、この説話のあらましだが、『古本説話集』は潤色の度合いが大きく、登場するのが陸奥守の妻として下向した乳母ということになる。当時の主人と乳母とのむすびつきが、むしろ実の母子以上に親密だという事実を考慮すれば、この配役がいかに演出効果のすぐれたものか、うかがい知られよう。若君恋しさを連綿とつづってきた乳母への返事は、子に先立たれた悲しみを訴えた手紙であり、その中心をなすのは実頼の絶唱であり、それを読む乳母の心情を推測させるかたちで、話を終えている。

実頼のこの歌は『後撰《ごせん》和歌集』慶賀哀傷や『金玉集《きんぎよくしゆう》』にも収められている。『古本説話集』では第五句が「過ぐべかりける」となっているが、一般的なかたちの「住むべかりける」に訂正した。

実頼の歌は、敦敏の死をまだ知らない人もいたのか、悲しみの知らせもとどかないような、さいはての地陸奥へ自分も行って住めばよかった、という意である。なんの技巧もなく、あるがままの心情をうたいあげたものだが、二句切れの律調がおのずから憂愁をかもしだしていて、切実な哀調をもたらしている。

敦敏にはふたりの娘がいたが、姉のほうは為光《ためみつ》の室となり、のちに公任と才名を競いあうことになる斉信《ただのぶ》、花山院《かざんいん》女御となった忯子《しし》、花山院の外戚《がいせき》として権力をふるった義懐《よしちか》の室となった女子などを産んでおり、花山朝が長く続けば、また別の運命の展開があったかもしれない。佐理の娘も能書家として知られる。

三男の斉敏《ただとし》も従三位《じゅさんみ》参議右衛門督《うえもんのかみ》にいたったが、実頼の没後三年の天延《てんえん》元年（九七三）二月十四日に四十六歳で没している。斉敏には正三位大宰《だざい》大弐にいたった、中古三十六歌仙のひとりとして和歌にすぐれた高遠《たかとお》、前にも述べた従一位右大臣実資《さねすけ》、正三位権《ごん》中納言右衛門督にいたった懐平《かねひら》の三人の子がおり、家門としては懐平の子孫がもっとも広がっていく。

斉敏の子供たちが参加した言葉遊び的な歌合《うたあわせ》に、天元《てんげん》四年（九八一）四月二十六日に催された「故右衛門督斉敏君達謎合《きんだちなぞあわせ》」がある。謎なぞをあわせて、その解答にちなんだ和歌を詠みあったものだが、謎なぞのまとまったものとしては早い時期のもので、注目してよいのではないか。

この謎合にちなむ曾禰好忠《そねのよしただ》の歌が『拾遺《しゅうい》和歌集』雑下に収められている。

謎々物語しけるところに
我がことはえも岩代《いはしろ》の結び松千年《ちとせ》を経《ふ》とも誰《たれ》か解くべき

これは「岩代」に「えも言はじ」をいいかけ、「結び松」から「松」の齢《よわい》の「千年」、「結ぶ」と「解く」との対比をみちびきだして、わがほうの謎なぞには答えられまい、千年経ても解けまいという挑戦の歌であり、相手かたも、作者はわからないが、

晩稲《おくていね》の今は早苗と生ひ立ちてまくてふ種もあらじとぞ思ふ

と、稲の種を「蒔《ま》く」とかけて、「負く」種はないと応酬する。ここから勝負がはじまって謎なぞの解答を双方が歌で詠みあうことになる。

この歌合に参加した人物は記されていないが、斉敏の君達とすれば、高遠・懐平・実資といった同腹の兄弟が当然参加しているはずであり、好忠のほかに源順《みなもとのしたごう》や清《きよ》原元輔《はらのもとすけ》も参加していたのではないかといわれる。とすれば、当時の有力歌人が多数関与した、注目すべき行事だったということになる。

実頼の子女たちは人数も少ないうえに早世する者がかなりいて、政治的な場では師輔一門に圧倒されていたが、風流文事の場では見るべきものが多いのである。

謹直の人、父廉義公頼忠《れんぎこうよりただ》

　公任の父頼忠は実頼《さねより》の次男で、敦敏《あつとし》や斉敏《ただとし》と同じく時平《ときひら》の娘を母として、延長《えんちょう》二年（九二四）に生まれた。応和《おうわ》三年（九六三）従《じゅ》四位上《じょう》参議、康保《こうほう》三年（九六六）正《しょう》四位下《げ》、安和《あんな》元年（九六八）従三位《さんみ》中納言、天禄《てんろく》元年（九七〇）権《ごん》大納言、天禄二年正三位右大臣、天延《てんえん》元年（九七三）従二位、貞元《じょうげん》二年（九七七）正二位関白左大臣、天元《てんげん》元年（九七八）太政大臣、天元四年従一位、永祚《えいそ》元年（九八九）六月二十六日に六十六歳で没した。諡《おくりな》を廉義公という。頼忠の邸宅は三条の北、西洞院《にしのとういん》の東にあったので、三条殿とよばれる。

『大鏡《おおかがみ》』頼忠伝には、「大臣《おとど》の位にて十九年、関白にて九年、この生、きはめさせたまへる人ぞかし」とある。大臣や関白の地位に長くあって、この世で栄華をきわめた人だというのである。死後、正一位を贈られた。

　頼忠は清廉で謹直な人として、世の信望を得ていた。『大鏡』には、頼忠の慎みぶかい性格が語られている。頼忠はふだん参内するときに、略式の直衣《のうし》姿ではなく布袴《ほうこ》姿で出かけていったというのである。布袴は束帯《そくたい》につぐ正装で、表袴《うえのはかま》を指貫《さしぬき》に変えた服装である。帝《みかど》に対面するときも、帝が殿上の間に接した鬼の間まで出てこられてお召しになる時はともかく、いつもは殿上の間の東の入り口に置いてある年中行事障子のもとにいて、しかるべき蔵人《くろうど》などを取り次ぎにして帝に用件を奏上したという。頼忠は円融《えんゆう》天皇・花山《かざん》天皇のいずれとも外戚《がいせき》でなかったという遠慮もあったのであろうが、頼忠本人が折り目正しい性格であったことがこのように謹直な態度をとらせたのであろう。『古事談《こじだん》』第一には、花山天皇がたわむれて藤原惟成《これしげ》の冠を取りあげたのを、頼忠が見てたしなめたという話も伝えられている。

頼忠の生真面目さは、反面において鷹揚《おうよう》さや豪放さといった点に欠け、政治力をたくましくふるって衆にぬきんでるような性格とはかけ離れた、小心で凡庸な人物であるということになりかねない面もある。事実、『大鏡』の増補本系の岩瀬《いわせ》本には、その始末屋ぶりを伝える話が収められている。前夜に使った灯油の残りを頼忠みずから屋敷中を女房の局《つぼね》にいたるまでくまなくまわって回収し、翌日に用いるぶんのたしまえにしたというのだが、どうもけちくさい話である。

頼忠が関白太政大臣という時の最高権力の座についたのも、本人の器量やはたらきによったわけではない。頼忠の無難な性格が先任の藤原兼通《かねみち》に気にいられただけで、兼通・兼家《かねいえ》兄弟の不和からたまたま転がりこんできたという、漁夫の利のような僥倖《ぎようこう》によるものなのである。

兼通は関白の地位に足かけ六年あって、貞元二年十一月八日に没するが、兼通が重態になったときに、すでになくなったといううわさが流れ、兼家は後任の人事のために参内した。兼通は兼家が見舞いにくるかと思い、たずねてきたら後事を託して関白を譲ろうと考えていた。ところが、案に相違して兼家が自邸の前を通りすぎて内裏のほうに行ってしまったので激怒し、瀕死《ひんし》の身をかえりみずに参内して、関白を頼忠に譲り、兼家を右大将から閑職の治部卿《じぶのきょう》に左遷し、権中納言だった藤原済時《なりとき》を右大将につけた、というのである（『古事談』第二）。

頼忠の関白就任は、その器量や才覚からではなく、兼通の八つあたり的な気まぐれ人事によるものだった。こうして、かたちだけは実頼・頼忠の二代にわたる摂関の地位が実現し、公任の若少期を華やかに彩ることになる。だが、内実は揚名関白の身をなげいたり、必要以上に天皇に遠慮するといったようなものだった。政治的手腕はともかくとして、外戚になりえないことが小野宮《おののみや》家の宿命だった。

頼忠は実頼ほどには文学史的な事跡はないが、勅撰集《ちょくせんしゅう》に四首ばかり入集している。『拾遺《しゅうい》和歌集』賀に、

小野宮太政大臣家にて子《ね》の日しはべりけるに、下﨟《げらふ》にはべりける時詠みはべりける

行末も子の日の松のためしには君が千歳《ちとせ》を引かむとぞ思ふ

『新古今和歌集』恋三に、

人のもとにまかり初めて、あしたに遣しける

昨日まで逢《あ》ふにし換《か》へばと思ひしを今日は命の惜しくもあるかな

『新千載《せんざい》和歌集』恋四に、

人の裳《も》の腰を取りて、返し遣はすとて

幾そたび人の解きけむ下紐《したひも》をまれに結びてあはれとぞ思ふ

『新拾遺和歌集』哀傷に、

清慎《せいしん》公かくれて後、かの造りておきて侍《はべ》りける住の江の形を見て詠みはべりける

長き世のためしと聞きし住の江の松の煙となるぞ悲しき

が、それぞれ収められている。

父の実頼関係の歌が二首、恋歌が二首である。「子の日の松」は、正月初子《はつね》の日に野に出て小松を引きぬいたり、若菜を摘んだりして、長寿健康を予祝する行事だが、長寿の例として父実頼を引こうという歌である。「住の江の形」は、住の江の景色をかたどった洲浜《すはま》（島台）と思われるが、実頼の死後に残されてあるのを見て、むなしく火葬の煙となってしまったのをなげく歌で、松は住の江の代表的景物で、長寿の松に反した死を悲しんでいるのである。恋の歌のひとつは後朝《きぬぎぬ》の歌で、命をかけて逢瀬《おうせ》を願ったのが、思いがかなったあとは逆に命が惜しくなる、という心情の微妙な変化をうたった秀歌である。もうひとつは、裳の腰紐を題材としたたわむれの歌で、「解く」と「結ぶ」を対比させた趣向が中心となっている。

頼忠は貞元二年八月十六日に「前栽歌合《せんざいうたあわせ》」、永延《えいえん》年間（九八七〜九八九）に「石山寺歌合」を主催している。後者は『公任集』からその開催がうかがい知られるだけだが（道長主催の歌合とする説もある）、前者は「水の上の秋の月」「草むらの中の秋の虫」「岸のほとりの秋の花」の三題で、大中臣能宣《おおなかとみのよしのぶ》・平兼盛《たいらのかねもり》・紀時文《きのときふみ》・源　順《みなもとのしたごう》・清原元輔《きよはらのもとすけ》・源重之《しげゆき》・藤原為頼《ためより》・菅原輔昭《すがわらのすけあきら》・慶滋保胤《よししげのやすたね》ら有力歌人が結集した大規模のものだった。のちに曾禰好忠《そねのよしただ》も歌を詠進しており、頼忠自身も二首の歌を残している。

水底《みなそこ》に宿れる月はあしひきの山の端《は》にさへ入らむものかな
いにしへを思ひや出《い》づる鈴虫の草むらごとに声の聞こゆる

頼忠は歌人としても政治家としても、むしろ凡庸だったのであろうが、謹直で温厚な人がらが現世の最高の栄華をもたらし、それが公任の人生にさまざまなかたちで影響をおよぼすことになったのである。

公任の母と姉妹たち

公任の母は、醍醐《だいご》天皇の第三皇子代明《よあきら》親王の三女厳子《げんし》女王である。厳子の事跡はあまりあきらかではない。

『小右記目録《しょうゆうきもくろく》』によると、厳子の没した日が、長和《ちょうわ》三年（一〇一四）七月十六日であることが知られる。『御堂関白記《みどうかんぱくき》』の長和四年六月二十九日条に、「四条大納言（公任）来月故母ノ法事也《なり》。仍《すなは》チ絹百疋《ひき》ヲ送ル」とある。藤原道長《みちなが》が、公任が母の法事を催したときに、供物として絹百疋を贈ったというのである。一疋は二反にあたる。また、同年の閏《うるう》六月二十四日条に、「四条大納言ノ母堂ノ法事、僧前ヲ送ル」とあり、この日に法事があったことが知られる。僧前とは法事をつとめた僧侶《そうりょ》をもてなすお膳《ぜん》のことである。

代明親王は本名を将観《しょうかん》といい、三品中務卿《さんぽんなかつかさきょう》にいたり（『本朝皇胤紹運録《ほんちょうこういんじょううんろく》』）、承平《じょうへい》七年（九三七）三月二十九日に没している。代明親王の母は伊予介《いよのすけ》藤原連永《つれなが》の娘更衣鮮子《せんし》で、同母の姉妹に、斎院恭子《さいいんきょうし》内親王・斎院婉子《えんし》内親王・敏子《びんし》内親王などがいる。

代明親王は醍醐寺《だいごじ》の運営の中心になっていたらしく、『醍醐寺雑事記《ぞうじき》』には再三にわたって登場する。

厳子の兄弟には、正三位権《しょうさんみごん》大納言にいたった源 重光《みなもとのしげみつ》、従二位中納言にいたった源保光《やすみつ》、従三位にいたった源延光《のぶみつ》がいる。

重光は『後撰《ごせん》和歌集』『続《しょく》後撰和歌集』に三首、延光は『拾遺《しゅうい》和歌集』『続後撰和歌集』『新千載《せんざい》和歌集』『新拾遺和歌集』に五首入集している勅撰《ちょくせん》歌人である。延光は、天徳《てんとく》四年（九六〇）の「内裏歌合《だいりうたあわせ》」で、歌を吟詠して披露する講師《こうじ》の役をつとめている。講師は歌合の中心となる花形的な役だが、このときの相手かたの講師となった、管絃《かんげん》の名手源博雅《ひろまさ》が誤って鶯《うぐいす》の題にたいして柳の歌を読みあげて負けになったりしており、なかなか責任の重い役でもあった。この歌合には重光や保光も応援役の方人《かとうど》として参加している。

厳子の姉妹には、藤原伊尹《これただ》の妻となった恵子《けいし》女王、村上《むらかみ》天皇の女御《にょうご》となって具平《ともひら》親王・斎宮楽子《さいぐうらくし》内親王を産んだ荘子《そうし》女王がいる。

厳子を母とする公任の姉妹に、円融《えんゆう》天皇の皇后で四条宮とよばれた遵子《じゅんし》、花山院《かざんいん》の女御諟子《しし》がいる。『大鏡裏書《おおかがみうらがき》』によれば、遵子は天元《てんげん》元年（九七八）四月十日に入内《じゅだい》し、同年五月二十二日に女御となり、天元五年三月十一日に中宮、正暦《しょうりゃく》元年（九九〇）十月五日に皇后に立ち、長徳《ちょうとく》三年（九九七）三月十九日に出家し、長保《ちょうほう》二年（一〇〇〇）二月二十五日に皇太后、長和元年（一〇一二）二月十四日に太皇太后となって、寛仁《かんにん》元年（一〇一七）六月一日に六十一歳で没している。

遵子は子宝には恵まれなかったが、仏道の信心深く、身を慎んで勤行《ごんぎょう》にはげんでいた。毎年の春秋に四日間にわたって宮中で『大般若経《だいはんにゃきょう》』を講じる季御読経《きのみどきょう》もおろそかにせず、奉仕する二十人の僧侶の房を立派に飾り、入浴させ、食事も豪華にし、供物も心配りの品物を出し、みずからも精進潔斎し、布施も十分に点検してあたえた。恵《え》心《しん》（源信《げんしん》）が托鉢《たくはつ》にきたときに銀製の食器を用意してあたえたので、恵心はあまり派手すぎて見苦しいといって、托鉢を中止してしまったという（『大鏡』）。

諟子は永観《えいかん》二年（九八四）十二月二十五日に女御となり（『一代要記《いちだいようき》』）、長元《ちょうげん》八年（一〇三五）六月二十一日に没している（『左経記』）。尼となって四条宮に住んでいたというから、諟子も信心深かったのであろう（『大鏡』）。

遵子の歌は『公任集』にもみられるが、勅撰集には、『後拾遺和歌集』に一首、『詞《し》花《か》和歌集』に二首、入集している。これらの歌を諟子の作とする説もあるが、四条中宮と作者表記されているので、遵子の歌とするほうが適切だろう。『後拾遺和歌集』の歌は公任との贈答歌で、『公任集』にも収められている。

前大納言《さきの》公任

鈴虫の声を聞きて詠める

年経ぬる秋にも飽かず鈴虫のふり行くままに声のまされば

返し

尋ね来る人もあらなむ年を経て我が故里《ふるさと》の鈴虫の声

「鈴虫」は今の松虫といわれる。「鈴」の縁語「振る」をどちらの歌にも響かせている。響かせるというのは、掛詞《かけことば》よりもうすこし軽いものと考えておきたい。鈴が振られて鳴るような鈴虫の声をどこかで感じとればよいのである。公任の歌は、秋が長年たってもすこしも飽きることがない、鈴虫が年がたてばたつほど声がますますよくなるからの意。遵子の歌は、たずねてくる人がいればよい、年がたって私も年老い、さびれてしまったわが家だが、鈴虫がよい声でないているからの意。過ぎ去っていく時間のなかで、静かに鈴虫の声に耳をかたむけているさまが、さりげない技巧をこらしながら感慨深くうたいだされている。

『詞花和歌集』雑下の二首はいずれも能因《のういん》の『玄玄集《げんげんしゅう》』に収められている。

心地例ならずおぼされける頃《ころ》、詠みたまひける

よそに見し尾花が末の白露はあるかなきかの我が身なりけり

病気のさいに詠んだ歌で、はかないわが身をすすきの花に置く白露に見立てたものだが、類型的な比喩《ひゆ》によりながらも映像性の鮮やかな詠みぶりである。

新参《にひまゐ》りしてはべりける女の、前許されて後、ほどなく身まかりにければ、詠みたまひける

悔しくも見初《みそ》めけるかなべて世のあはれとばかり聞かましものを

新参の女房がおめみえしてすぐ死んでしまったのを悼んだ歌で、なまじっか知りあってしまったばかりに、その死を他人事として聞けなくなってしまったと悔やんでいるという意。心やさしい女主人の心遣いを伝えるものである。『今鏡《いまかがみ》』には、藤原頼《より》通《みち》の娘四条宮寛子《かんし》の歌として、

悔しくぞ聞きならしけるなべて世のあはれとばかり言はましものを

のかたちで収められているが、資料的には遵子の歌とするのが正しい。ほかに、『万《まん》代《だい》和歌集』に二首、遵子の歌が収められている。

白河《しらかは》におはしましける時、按察使《あぜち》公任のもとに遣しける

植ゑしより下待つものを山里の花見に誘ふ人のなきかな

白河は公任一門の山荘があったところで、花の名所だった。遵子が滞在中に山里の無聊《ぶりよう》のなぐさめに、花見にかこつけて公任をさそったものであろう。

堀河《ほりかは》中宮失《う》せさせたまひたることを歎《なげ》き申さるとて　円融院御製

亀《かめ》の上の山を尋ねし人よりも空に恋ふらむ君をこそ思へ

御返事

尋ぬべき方《かた》だにもなき別れには心をいづちやらむとぞ思ふ

天元二年（九七九）六月三日に没した円融天皇皇后で藤原兼通《かねみち》の娘媓子《こうし》の死を悼んで、天皇を弔問した贈答歌である。「亀の上の山」とは蓬萊山《ほうらいさん》のことであり、白楽天《はくらくてん》

の『長恨歌《ちょうごんか》』に記されている、唐《とう》の玄宗《げんそう》皇帝が安禄山《あんろくざん》の乱で殺された楊貴妃《ようきひ》の魂を道士に探し求めさせ、蓬萊山でようやくめぐりあったという故事を踏まえて、蓬萊山をたずねあてた玄宗皇帝よりも、亡き皇后の行方をあてどなく恋い慕っている天皇に同情するという歌である。天皇はこれに応じて、たずねていく方角もわからない死別には心の晴らしようもない、と悲しみを訴える。遵子は『大鏡』に記されているように道心深く、人の世の無常にことさら関心が深く、その一端が詠歌に示されているように思われる。

公任には遵子や諟子のほかに、三人の異母兄弟がいる。ひとりは頼任《よりとう》で、『尊卑分脈《そんぴぶんみゃく》』によれば、母は明祐《めいゆう》大徳の娘で、従《じゅ》四位上土佐守《じょうとさのかみ》治部少輔《じぶのしょう》と官職が記されている。ひとりは最円《さいえん》（寂円《じゃくえん》とも）で、天台《てんだい》高徳とあり、権少僧都《そうず》となって、永承《えいしょう》五年（一〇五〇）二月四日に没しているが、母の名は記されていない。

もうひとりは女子で、左大臣源重信《しげのぶ》の妻となっており、『大鏡』に、「さるは、帥《そち》中納言殿の上の六条殿（重信）の姫君は、母は三条殿の御女《むすめ》にておはすれば、御孫ぞかし」とあるので、嫁したのちに娘をひとり産み、その娘が帥中納言すなわち藤原隆家《たかいえ》と結婚していることが知られる。隆家は道隆《みちたか》の子で、一条天皇の皇后となった定子《ていし》の兄弟である。

それにしても、頼忠《よりただ》の子女はわずかに六人、外戚《がいせき》の地位をあらそうには微力の感は否めない。兼家《かねいえ》が中関白道隆《なかのかんぱく》・粟田関白道兼《あわた》・御堂関白道長《みどう》・冷泉女御超子《れいぜい》・円融女御東三条院詮子《ひがしさんじょういんせんし》・右大将道綱《みちかねちょうし》など有力な子女が多数いたのにくらべると、頼忠一門はいかにも劣勢である。公任の一生を大きく支配したものは、この家門の人数の多少だったともいいうるのである。栄光の家系に生を受けた公任の将来は、かならずしも明るいものではなかった。

第三章　得意と失望とのはざま

華麗なる元服

藤原兼通《かねみち》と兼家《かねいえ》の兄弟の反目は、藤原公任の父頼忠《よりただ》に関白の地位という幸運をもたらしたが、それはそのまま公任の栄光に結びつくものだった。公任ははからずも一躍摂関家の嫡男ということになったからである。順調に事が運べば、公任も摂関の道を歩む可能性が多分にあった。

公任が五歳の年、天禄《てんろく》元年（九七〇）に摂政太政大臣だった実頼《さねより》が没して、摂関の地位はしばらく伊尹《これただ》・兼通と師輔《もろすけ》の子弟の手にあったが、貞元《じょうげん》二年（九七七）頼忠が関白となって、公任に光明がもたらされたのである。

円融《えんゆう》天皇には兼通の娘の媓子《こうし》が皇后としていたが、頼忠と兼家は競いあうように自分の娘を入内《じゅだい》させた。兼家はいったん右大将から治部卿《じぶきょう》に追いやられたが、一年後の天元《てんげん》元年（九七八）には、頼忠が太政大臣にうつるにともなって右大臣に昇進している。

『栄花《えいが》物語』「花山たづぬる中納言」には、

東三条殿（兼家）の罪もおはせぬを、かく怪しくておはする、心得ぬ事なれば、太政大臣（頼忠）度々奏したまひて、やがてこの度右大臣になりぬ。これはただ仏神のしたまふと思《おぼ》さるべし。

とあり、兼家が罪もなく左遷されたのは納得できないと、頼忠が天皇になんども奏上して、兼家が右大臣に昇任したとある。兄弟すら政権をめぐっていがみあいをする時流のなかで、頼忠の態度はいかにも鷹揚《おうよう》である。頼忠の人がらの高潔さを物語るものだろうが、生存競争のはげしさのなかでは、しょせんたち遅れることになるのである。

頼忠と兼家が昇任したのは天元元年十月二日のことだが、頼忠はこの年の四月十日に娘の遵子《じゅんし》を入内させ、五月二十二日には女御《にょうご》としており、いっぽう、兼家も八月十七日に娘の詮子《せんし》を入内させ、十一月四日に女御としている。ふたりの政権をめぐる競争はすでに始まっていたのである。兼通の娘の皇后媓子は、翌天元二年六月三日に、三十三歳の若さで没している。

『栄花物語』は、遵子の入内については、次のように記している。

その冬関白殿の姫君（遵子）内に参らせ奉りたまふ。世の一の所におはしませば、いみじうめでたきうちに、殿の御有様なども奥深く心にくくおはします。梅壺《むめつぼ》

（詮子）は大方の御心有様け近くをかしくおはしますに、この度の女御はすこし御おぼえのほどやいかにと見えきこゆれど、只今《ただいま》の御有様に上も従はせたまへば、疎《おろ》かならず思ひきこえさせたまふなるべし。

『栄花物語』では、遵子の入内は詮子に一年ほど遅れて、天元二年冬となっている。詮子は梅壺女御とよばれ、愛嬌《あいきょう》があってかわいらしい美人で、円融天皇の寵愛《ちょうあい》が深かった。これにたいして、遵子は関白の娘という身分のほうが個人的な魅力を上まわっていたようである。遵子の入内は、関白頼忠の権勢を背景に盛大におこなわれた。頼忠家のようすは、関白にふさわしい奥ゆかしさをそなえていた。親しみやすく愛らしい詮子とくらべて、天皇の遵子にたいする寵愛はどうかとみなが注目していたところ、天皇も頼忠に敬意を払って、遵子を疎略なくあつかった、というのである。

天元三年（九八〇）二月二十五日、公任は清涼殿で元服した。時に十五歳であった。『日本紀略《にほんきりやく》』には次のように記されている。

太政大臣息男、清涼殿ニ於《お》イテ元服ヲ加フ。右兵衛督《うひやうゑのかみ》（藤原）遠度《とほのり》理髪。左大臣（源雅信《みなもとのまさのぶ》）加冠。即《すなは》チ正五位下ニ叙《じやう》ス。名ハ公任也《なり》。天皇入御。又大臣以下殿上人ニ被物《かづけもの》有リ。太政大臣儲《まう》ケ了《をは》ンヌ。又、中殿ニ於イテ諸陣ニ屯食《とんじき》ス。此《こ》ノ間、新冠者公任弓場殿ニ於イテ慶《よろこ》ビヲ申ス。

清涼殿で臣下が元服するのは異例のことであり、屯食は強飯《おこわ》を盆の上に丸く盛りあげたものだが、諸陣すなわち衛兵たちに屯食を供応するのも親王の元服と同等のあつかいだった。元服のさいに臣下にあたえられる官位は通常従《じゅ》五位下であり、『公卿補《くぎょうぶ》任《にん》』に、

天皇ノ御前ニテ元服ヲ加フル日、叙スル所也。

とわざわざ注記されているように、正五位下に叙せられたのも破格なことであった。『扶桑略記《ふそうりやつき》』には、

関白太政大臣藤原頼忠朝臣《あそん》嫡子公任、殿上ニ於イテ元服、天皇手自《てづか》ラ冠ヲ授ケ首ニ加フ。

とあり、加冠役の左大臣源雅信はそれとして、天皇自身加冠されたとすれば、このうえもなく光栄な儀式だったことになる。名前も幼名から公任に改められ、ここで公任

は社会的に認められた存在となった。

事態がこのままの状況で続いていけば、公任の前途は洋々たるものだった。その名前のとおり公事に任務して摂関の地位につく道筋にあったからである。元服の日に昇殿を許され、三月七日(『公卿補任』。『日本紀略』では三月三日)に禁色《きんじき》(天皇の許可がなくては使用できない衣服の色)を許され、七月一日には侍従となって、官位の昇進はまったく順調ではなばなしかった。翌天元四年正月七日には従四位下にのぼり、正月十日に昇殿している。ちなみに、藤原道長《みちなが》はこのころまだ従五位下だった。

『大鏡《おおかがみ》』道長伝には次のような話が伝えられているが、この時期のことだろう。四条大納言公任が万事に非凡な才能を発揮して優秀なのをみて、兼家が自分の子供たちと比較して、「どうしてこんなにすぐれているのだろう。うらやましいことだ。わが子たちは公任の影法師も踏むことができそうもない、およばぬどころか、後についていくこともできないのは残念だ」と慨嘆すると、道隆《みちたか》や道兼《みちかね》は父兼家がそう思うのももっともだ、とはずかしそうにして黙っていたが、道長だけは意気高らかに、「影などは踏まないで、顔を踏んでやろう」と答えた。のちには、ほんとうにそうなってしまって、公任は道長の二男の教通《のりみち》にさえも官位ではおよばない、というのである。

公任の元服は華麗な盛儀だったが、頼忠一門には、すでにこの時点から暗影が投じられはじめていた。天元三年六月一日に詮子が懐仁《やすひと》親王を出産したからである。懐仁親王はのちの一条天皇である。円融天皇は皇子に恵まれず、『本朝皇胤紹運録《ほんちょうこういんじょううんろく》』に記載されているのは懐仁親王だけで、兼家はよほど幸運だったということになる。兼家の娘の超子《ちょうし》は冷泉《れいぜい》天皇の女御として居貞《おきさだ》親王（三条天皇）・為尊《ためたか》親王・敦道《あつみち》親王などの生母であり、ここに詮子が懐仁親王の生母となって、兼家は二代の天皇の外祖父となったのである。公任の前途は容易ならざる事態になりつつあったのであるが、当面まだ楽観していた。遵子に皇子誕生を期待していたからである。

素腹《すばら》の后遵子《きさきじゅんし》

天元《てんげん》五年（九八二）正月二十八日に、兼家《かねいえ》の娘で冷泉《れいぜい》上皇の女御《にょうご》であった超子《ちょうし》が頓《とん》死《し》した（『小右記《しょうゆうき》』、『栄花物語《えいがものがたり》』「花山たづぬる中納言」）。

超子の死は、娘が村上《むらかみ》天皇の第一皇子広平《ひろひら》親王を産みながら、師輔《もろすけ》の娘安子《あんし》が産んだ冷泉天皇や円融《えんゆう》天皇に押しのけられて皇位につくことができなかったのを恨んで悶《もん》死《し》した、藤原元方《もとかた》の死霊のしわざといわれた。兼家の落胆は大きかったが、さらに衝撃を受ける出来事がくわわった。公任の姉遵子が皇后になったことである。『栄花物語』「花山たづぬる中納言」には、次のように記されている。

天元五年三月十一日、遵子が皇后に立つことになり、頼忠《よりただ》は大騒ぎをして準備をした。兼家はあきれはてたことと、事のなりゆきを聞いていたところ、とうとう立后してしまった。頼忠にとっては、言葉もおよばないほどめでたいことで、自分の娘を皇后にしたいのは人情からいって当然のことである。しかし、関白太政大臣頼忠にはばかって遵子を皇后にした円融天皇のはからいにたいして、世間の人も、まともにみられないほどあきれはてたこと、といったり思ったりした。また、第一皇子の母女御をさしおいて、このように皇子もいない女御が立后することは穏当なことではないと非難して、「素腹の后」、すなわち子産まぬ后というあだ名をつけた。けれども、皇后になったということは、それだけですばらしいことだ、というのである。

『小右記』には、頼忠が極秘に立后への手はずを着々と進めていったことが記されている。中宮大夫《ちゅうぐうだいぶ》には中納言で右大将を兼ねていた藤原済時《なりとき》、中宮亮《すけ》には蔵人頭《くろうどのとう》だった藤原実資《さねすけ》がなった。

超子の死にくわえて、詮子《せんし》を越えて遵子が皇后になったことは、兼家にとって大きな打撃だった。兼家は円融天皇の処置を兼通の仕打ち以上の冷遇と恨み、宮中に出仕せずに籠居《ろうきょ》することが多くなった。

遵子の「素腹の后」というあだ名は、いかにも悲しいものであった。子産まぬ后とは、現在いかに皇后という栄光に満ちた地位にあっても、しょせん一代限りのものであって、やがてはとり残されていかなければならない運命をひきずった存在だったからである。天元三年十一月二十二日に内裏が焼亡して、天元四年七月七日から九月十三日まで、円融天皇は頼忠の邸宅に滞在された。『日本紀略《にほんきりやく》』には、「天皇四条後院ニ遷御セラル。太政大臣（頼忠）四条坊門大宮第也《なり》。之《これ》ヲ以《も》ッテ後院ト為《な》ス」とある。

遵子も当然天皇のそば近くいたはずだが、懐妊する気配はなかった。実頼《さねより》・頼忠と二代にわたった小野宮《おののみや》一門の摂関の地位も、外戚《がいせき》となることなく終わったのである。遵子の立后は、頼忠の事態にたいする憂慮と、円融天皇の関白頼忠への思惑とから、実現したものだった。

だが当面は、ともかく遵子の立后は公任の官位昇進へとつながってくる。公任は天元五年五月八日に皇后入内賞として従《じゅ》四位上《じょう》に叙せられた。このとき公任はまだ弱冠十七歳で、異例の昇任だった。ちなみに、公任と同年の道長《みちなが》が従四位上になったのは永延《えいえん》元年（九八七）正月七日のことで、公任より五年後である。五月七日に遵子は皇后としてはじめて参内したが（『日本紀略』）、供奉《ぐぶ》した公任は得意のあまり心ない言動をした。『大鏡《おおかがみ》』頼忠伝に次のように記されている。

この大納言殿（公任）、無心の言《こと》一度そのたまへるや。御姉《いもうと》の四条宮（遵子）の后に立ちたまひて、初めて入内したまひしに、洞院上《とうゐんのぼ》りにおはしませば、東三条の前を渡らせたまふに、大入道殿（兼家）も故女院《にようゐん》も胸痛く思《おぼ》しめしけるに、按察《あぜち》大納言は后の御弟《せうと》にて御心地のよく思されけるままに、御馬をひかへて、「この女御はいつか后には立ちたまふらむ」と、うち見入れて宣《のたま》へりけるを、殿をはじめ奉りて、その御族《ぞう》安からず思しけれど、男宮《をのこみや》おはしませば、たけくぞ。よその人人も、「益なくも宣ふかな」と聞きたまふ。

遵子が立后後初入内したときに、西洞院通を北に向かって行き、兼家の東三条殿の前を通りかかったときに、兼家や詮子の心痛をかえりみることなく、公任は皇后の弟で得意になっているあまり、馬を留《とど》めて、「この女御はいつ立后なさるのか」と屋敷のなかをのぞきこみながら放言した。兼家をはじめとして一族の人たちは不快に思ったが、こちらには皇子がいるから心強いと聞き流していた。世間の人びとも、「将来のことも考えず、つまらないことをいうものだ」と聞いていた、というのである。

公任が、詮子には皇子がいるのに姉の遵子にはいないという事実をわきまえずに、当面の官位の昇進を手放しで喜んでいたとすれば、ずいぶん甘い態度だったということになる。兼家の不満をはばかった円融天皇は、これから二年後の永観《えいかん》二年（九八四）八月二十七日には退位して、花山《かざん》天皇に御代《みよ》を譲ってしまう。兼家一門の栄華は目前にせまっている。公任が道長に官位を越えられてしまうのも、時間の問題であった。

それでも、公任の官職はとりあえず昇進がかさねられていく。永観元年正月二十六日には讃岐守《さぬきのかみ》を兼ね、十二月十三日には左近衛権中将《さこんえのごん》となり、永観二年二月一日には尾張《おわり》権守を兼ねた。関白頼忠、皇后遵子の勢威の賜物《たまもの》だった。

早熟な文才

『撰集抄《せんじゆうしよう》』巻八に、公任の早熟な文才を伝えるものとして、次のような話を収めている。

昔、村上《むらかみ》のみかどの末の頃《ころ》、二月の十日の初めつ方《かた》、雪いみじく降り重なりて、月ことに明《あ》かくて、暁《あかとき》、梁王《りやうわう》の苑《ゑん》に入らざれども、雪四方に満つ。夜、庾公《ゆこう》が楼《ろう》にものぼらねども、月千里を照らす。木ごとに花咲く心地して、いづれを梅と分きがたきに、公任の中将を召して、「梅の花折りて参れ」とて遣《つかは》しけるに、ほどなく雪を散らさず折りて参りたまへりけるに、みかど「いかが思ひつる」と仰せのありけるに、「かくこそ詠みてはべりつれ」とて、

しらじらししらけたる夜の月影に雪かき分けて梅の花折る

と申されければ、大いにめでたがらせたまひて、叡慮《えいりよ》ことに感じて、ゆかしきまでにほめ仰せのはべりけるに、公任その座にてけしからぬまでに落涙せられ侍《はべ》りければ、主上も御涙かきあへさせおはしまさざりけり。公任は君のかくほどまで思《おぼ》しめしけるかたじけなさに、袖《そで》をしぼらるれば、君は中将の心をはからせおはしまして、袂《たもと》を濡《ぬ》らさせたまひぬる、かたじけなくぞ侍る。四条の大納言の「この世の思ひ出はこれに侍り」とて宣《のたま》ひ出すたびには、袖をしぼりかねていまそかりけるぞ、さこそあるべきと覚えて侍れ。世の末にはかやうの例《ためし》もあるまじきにや。

公任が生まれたのは村上天皇の最晩年で、二歳のときに天皇が崩御しているから、公任の中将時代、永観《えいかん》元年（九八三）より正暦《しようりやく》三年（九九二）、十八歳より二十七歳までとは年代があわない。二月中旬のある夜、梅の花が咲いているところに、雪が降りつもり、花か雪か区別しがたいありさまなのに、さらに月があかあかと照らす。もっとも、雪を散らさないでという公任の行動からすれば、あくまでも雪を花に見立てたうえのことと考えてもおもしろい。

「梁王の苑」は「梁苑」、竹の多いことで知られる梁の孝王《こうおう》の庭園で、修竹園《しゆうちくえん》ともよばれ、司馬相如《しばしようじよ》らが招かれて住んだという。また、「庾公の楼」は「庾楼」、晋《しん》の庾亮《ゆりよう》が建てたといわれる楼である。梁苑も庾楼も古来詩文にうたわれた名所であり、宮中の雪や月がそれら名所の光景にかようというのである。歌に詠まれたのは文字どおり雪月花の世界であり、奇妙なまでに白一色の超現実的な時空だった。村上天皇はこの歌を激賞し、感激した公任は涙にむせび、天皇も共感のあまり感泣した。公任は今生の思い出はこのことにつきると語ったという。『撰集抄』の筆者は、末世にはみられない出来事と感想を記している。

「しらじらし」の歌は『和漢朗詠集《わかんろうえいしゅう》』の末尾に作者名を記さずに収められており、その位置も特異である。『撰集抄』はほかにも、

　嬉《うれ》しさを昔は袖に包みけり今宵《こよひ》は身にも余りぬるかな

　唐衣擣《う》つ声聞けば月清みまだ寝ぬ人を空に知るかな

の二首を公任の歌とするが、前の歌は『新勅撰《しんちよくせん》和歌集』賀に読人しらずの歌として収められ、後の歌は『貫之集《つらゆきしゆう》』にあり、貫之の歌である。「しらじらし」の歌は、公任の祖父実頼《さねより》の著に仮託されている歌学書の『類聚証《るいじゆうしよう》』には凡河内躬恒《おおしこうちのみつね》の作とされており、公任の歌とはいいがたいが、発想の奇抜さや色彩感覚の独自性などのなかに、なにか暗示的なものがただよっており、公任的な雰囲気をもつ歌として説話化されたの

ではあるまいか。

公任の文学的な足跡は、円融《えんゆう》朝にはいって明確になってくる。『円融院御集』に、

実資《さねすけ》の大将と公任の侍従と碁打ちて、負物《まけもの》に銀の籠《こ》に松虫を入れて弘徽殿《こきでん》に

万代《よろづよ》の秋を待ちつつ鳴き渡れ巌《いはほ》に根ざす松虫の声

という実資の歌があり、『新勅撰和歌集』賀にも公任を中将として収められている。負物というのは負わざともいい、勝負に負けた者が勝った者にごちそうしたり引き出物をあたえたりすることで、負けた実資が公任の姉弘徽殿女御遵子《にょうごじゅんし》に銀の籠《かご》に鈴虫を入れてたてまつったのである。当時の松虫は現在の鈴虫のことという。実資が大将になったのは後年だが、公任が侍従で遵子の立后以前とすれば、天元《てんげん》三、四年（九八〇、九八一）の秋のことということになる。『円融院御集』では、遵子が実資から贈られた松虫を一品宮資子《いっぽんのみやしし》内親王にたてまつり、これにちなんで内親王と天皇との贈答歌がさらにつけくわえられている。

仮《かり》そめの宿りなれども松虫の千代をならせる声にもあるかな

今や知る仮ねなりつる松虫の一夜に千代をこめて鳴くとは

天皇の歌は『続千載和歌集《しょくせんざい》』賀に収められている。社交のあいさつとしては慶賀の歌を詠むのが通常であり、松虫の声が「万代」「千代」の寿命を予祝するものとして詠まれている。ここから円融天皇と公任の一門とが文雅を楽しむ円居《まどい》の場を形成していたことがうかがい知られるのであり、公任の青春における最良の日のひとこまだったことであろう。

『公任集』には、『うつほ物語』の主人公の優劣を論じあっている場面の歌も収められている。

円融院の御時にや、うつほの涼《すずし》、仲忠《なかただ》といづれ勝れると論じけるに、親王《しの》ばらは涼の方にやありけむ、女一宮は仲忠が方におはしけるにや、いづれを入るるなどあるに、「物な言ひそ」と仰せられければ、ともかくも言はでおはしけると、言ひおこせたまうければ

という長い詞書《ことばがき》で、冷泉院《れいぜいいん》の皇子女たちが参加したらしく、師貞《もろさだ》親王（花山《かざん》天皇）・為尊《ためたか》親王・敦道《あつみち》親王・宗子《そうし》内親王・尊子《そんし》内親王など兄弟姉妹が集まって、文学趣味を

満喫していたところに、才人公任が一役かったのだろう。公任の歌は、

沖つ波吹上《ふきあげ》の浜に家居《いへゐ》してひとり涼しと思ふべしやは

と、紀伊《きい》国（今の和歌山県）吹上の浜に住んでいた、一世の源氏で仲忠と匹敵する琴の名手涼を、海風が吹き上げるようなところにいて、ひとりだけ涼しがっていてよいものだろうか、と詠んだもので、仲忠に肩入れしたものだろう。

円融院に関するものでは、次のような歌も『公任集』にみえる。

円融院、橘《たちばな》の籠に入れたる夏虫を据ゑて、これ詠めと仰せられければ

夏虫は花橘に宿りしてこの中《うち》ながら千代も経ぬべし

『万葉集』では「橘」は巻六の聖武《しょうむ》天皇の歌、

橘は実さへ花さへその葉さへ枝に霜降れどいや常葉《とこは》の樹《き》

などにみられるように、常緑で長久の印象があるが、平安時代にはいってからは時鳥《ほととぎす》の宿り場所や追憶回想のよすがとして詠まれることが多く、公任の歌のように賀の意識がこめられている例はめずらしい。「夏虫」ははかないものという印象があり、『古今和歌集』恋二の紀友則《きのとものり》の歌、

宵の間もはかなく見ゆる夏虫に惑ひまされる恋もするかな

など、火に飛びこんではかなく身をこがすものと詠まれるのが通常だが、公任は花橘にあやかって命はかない夏虫が千代を過ごすだろうと、趣向をこらして詠んでいる。指示語の「こ」に「籠」を掛けた技巧もある。

花山院の春宮《とうぐう》時代には、藤原朝光《あさみつ》が大夫《だいぶ》だったのをはじめとして、藤原高遠《たかとお》・藤原為頼《ためより》・藤原惟成《これしげ》・藤原長能《ながとう》など有力な歌人や文人が春宮職にあって、和歌にたいする関心が高まり、歌会などもしばしば催された。花山院の母懐子《かいし》の弟の義懐《よしちか》は、母の恵子《けいし》女王が公任の母厳子《げんし》女王と姉妹であり、公任とはいとこという縁から、公任も花山院に親しく出入りしていた。『公任集』には、この時期の歌として、

花山院まだ春宮と申しける時、水に花の色浮かぶといふことを、人々に詠ませたまふに

花の色を浮かぶる水は浅けれど千年《ちとせ》の春の契り深しな

闇《やみ》はあやなしといふ題を

春の夜の闇にしあればにほひ来る梅よりほかの花なかりけり

が収められている。

「闇はあやなし」は『古今和歌集』春上の凡河内躬恒の歌、

春の夜の闇はあやなし梅の花色こそ見えね香やは隠るる

からとったものだろう。春の夜の闇が梅の花を隠そうとしたって、梅の色は見えなくても、香は隠れようもないから無意味だ、という意で、逆説的に梅の花の香を賞美した歌である。公任の歌は視覚的に闇を強調することによって、梅の花の香を印象づけ、梅の花の存在のみが暗黒の時空のなかで浮かびあがるという効果をもたらしている。

「花の色を」の歌は、水の浅さと千年の春も続く交情の深さという、深浅の対比の妙が趣向のおもしろさとなっている。折おりのなにげない歌にも、公任の歌才が発揮さ

れており、家門の高さとあいまって、名望がしだいに高まっていくのである。

公任は春宮時代の花山天皇の周辺でも歌を詠んでいるが、『公任集』の歌のかなり多くが、遵子を中心とした宮中サロン的な場で、優雅な社交遊戯のなかで詠みだされたことが知られる。のちに諟子《しし》が入内した花山天皇の治世がはかなく終わったのにたいして、円融朝はかなり長く続き、遵子が出仕したのは末期の六年ばかりだったが、皇后になったことによって、その地位は確固としたものになり、文雅の場もおのずから形成されたはずであり、公任も社交の花形として活躍することが多く、文才も早くから花開いたことであろう。

妹諟子《しし》入内《じゅだい》

永観《えいかん》二年（九八四）八月二十七日、円融《えんゆう》天皇が退位された。頼忠《よりただ》が関白の地位を背景に素腹《すばら》の后遵子《きさきじゅんし》を皇后にしたことを不満に思って出仕しなかった兼家《かねいえ》への遠慮が大きな理由だろう。天皇は退位することによって、兼家の孫懐仁《やすひと》親王（一条天皇）を春宮《とうぐう》という確固とした地位につけて、兼家や詮子《せんし》の歓心をかおうとしたのである。

円融天皇はまた頼忠の思惑をはばかって、

太政大臣藤原朝臣《あそん》ヲシテ万機ヲ関白セシムルコト一《イッ》ニ朕ノ時ノ如《ごと》シ。
（『日本紀略《にほんきりやく》』）

と、ひきつづいて頼忠が関白の地位にとどまるように、新帝に仰せられたので、兼家の不満はすぐには解消しなかった。頼忠は関白に留任したものの、

関白旧ノ如シ。花山御宇《くわざんぎよう》。但シ万機ヲ知ラズ。
（『大鏡裏書《おおかがみうらがき》』）

という有名無実なもので、政治の実権は花山天皇の母懐子《かいし》の弟義懐《よしちか》と惟成《これしげ》とが掌握していた。

『公任集』に円融院退位の折の歌がみえる。

円融院のトり居させたまひての頃《ころ》、少弐命婦《せうにのみやうぶ》といふ人「あはれ」といふを聞きて

あはれとかたださのみやは思ふべきよろづに歎《なげ》く人もある世に

初句を「あはれ誰《た》が」とする本もある。「よろづに歎く」は、円融院退位後の小野《おのの》

宮《みや》一門の前途を憂えるといった深刻なものではなく、恋歌じたてにして、思慕の情に駆られてあれこれと思いなげく意だろう。少弐命婦が「あはれ」といったのにたいして、公任は私のあなたへの思いはそんなひと言ではいいきれないとたわむれかけたのである。宮廷社会の社交的なあいさつ程度の恋愛遊戯の歌で、散文的な相手へのよびかけにとどまっている。

花山天皇の即位後も父頼忠がそのまま関白の地位にとどまったせいか、公任の態度はどうも楽天的であったようである。花山天皇が和歌に関心をもっていたことが、歌才に恵まれていた公任に幸いした。義懐との親族関係もあって、公任と花山天皇とは春宮時代から親密で、歌会などには早くから参加していた。公任が将来外戚《がいせき》となる道もまったく閉ざされていたわけではない。花山天皇の治世はわずか二年たらずではあったが、公任にとっては恵まれた青春時代であったかもしれない。

永観二年十二月十五日に、公任の妹諟子が入内した。『日本紀略』には、

太政大臣ノ女《むすめ》藤原諟子入内ス。承香殿《じようきやうでん》ヲ以《も》ツテ休所ト為《な》ス。

と二十五日のこととして記しているが、この日は女御《にようご》の宣旨が下った日のようである（『一代要記《いちだいようき》』）。『小右記《しようゆうき》』には、

早朝参殿ス。亥時《ゐのとき》姫君（諟子）入内金作車ニ乗ル。人ニ車十両ヲ給《たま》フ。朔平門《さくへいもん》（内裏の北門）ノ陣ノ辺《あたり》ニ源中納言（保光《やすみつ》）・三位《さんみ》中将（義懐）来迎フ也《なり》。徒歩ニテ参ラル。御几帳《きちやう》四本下仕之《これ》ヲ差ス。右馬頭《うまのかみ》（藤原正光《まさみつ》）・修理大夫《しゆりのだいぶ》（藤原懐遠《やすとお》）・権《ごん》中将（公任）・余（実資《さねすけ》）等、御几帳ヲ差シ助ク。常寧殿《じやうねいでん》ノ辺ニ太相府《たいしやうふ》（頼忠）之ヲ迎ヘ座ス。丑一点《うしのいつてん》参上。

とある。小野宮一門の人びとを中心に、同行と出迎えがなされ、一族の協力によって外戚への期待をこめた諟子の入内が進められたのであった。

花山院の後宮には、十月十八日に大納言藤原為光《ためみつ》の娘忯子《しし》が入内、十一月七日に女御となって弘徽殿《こきでん》に住み、十二月五日に大納言藤原朝光《あさみつ》の娘姚子《ようし》（姫子《きし》とも）が入内、諟子と同じく二十五日に女御となって麗景殿《れいけいでん》に住んでおり、翌寛和《かんな》元年（九八五）十二月五日には為平《ためひら》親王の娘婉子《えんし》女王が女御になっていて（『日本紀略』『一代要記』）、後宮の寵愛《ちようあい》争いもはげしかった。寛和元年七月十八日に忯子が死去し、これが翌年六月二十三日の花山天皇の出家につながるという筋書になって、公任の外戚への夢も断ち切られることになる。『公任集』の伝えるところは、あわただしい後宮の動きとはかかわりなく、安穏としている。これは寛和元年春のころのことだろう。

春宮にてものなど聞えける人、位に即《つ》かせたまひて後、
忘れたまひわたるかと聞えたりければ
九重のうちは変れど御垣守《みかきもり》同じ思ひぞ今も焼《た》くらし
同じ春の始めつ方
鶯《うぐひす》の声を待つとはなけれども春のしるしに何を聞かまし
と聞えたりければ
鶯は鳴けどしるしもなきものを憂きことしよりまづまさりける

花山天皇の春宮の時代から親しくしていた女房との贈答であろう。即位してから、私のことを忘れたのかといってよこしたのにたいして、公任は御代《みよ》がわりしても思いは変わらないと答える。『百人一首』で有名な大中臣能宣《おおなかとみのよしのぶ》の歌、

御垣守衛士《ゑじ》のたく火の夜は燃え昼は消えつつものをこそ思へ（詞花《しか》和歌集・恋上）

と同じ趣向で、「思ひ」に「火」を掛けたものだが、どうも口先ばかりで実意のないあいさつの歌のようである。女からかさねて、春を知らせる鶯の声を待つというわけ

ではないが、私は春のしるしになにを待ったらよいか、と公任の訪問か消息を期待する歌を贈ってくる。

春来ぬと人は言へども鶯の鳴かぬかぎりはあらじとぞ思ふ

と、『古今和歌集』春上の壬生忠岑《みぶのただみね》の歌にあるように、鶯は春の到来を告げる鳥であった。女の歌に応じて、公任は「憂きこと」「今年より」と詞《ことば》をかさねて、鶯は鳴いてもなんのかいもない、今年からいやなことが増えたからという。あいまいないいようだが、要するに相手を遠ざける応答だろう。この程度の愛情ざたは日常茶飯事だったかもしれない。

二月八日、春日《かすが》祭りの祭使となった藤原実方《さねかた》に扇を贈って歌の贈答をしたことが、『公任集』にみえる。実方は済時《なりとき》の甥《おい》で、父定時《さだとき》のなき後は済時のもとに育った。花山院に早くから出入りし、歌才を認められ、公任とも親しかった。

実方の少将祭の使《つかひ》せしに、貝を花に入れたりし扇を遣《や》りたまふとて

扇をばなほゆゆしとぞ思ひこし今日はかひあるしるしなりけり

返し

いかでかはかひのありとは見えつらむ袖《そで》のうらにも寄せじと思ふを

扇を「ゆゆし」というのは、班女《はんじょ》、すなわち班婕妤《はんしょうよ》の故事によるものだろう。班女は前漢の成帝《せいてい》の女官、帝《みかど》の寵愛が衰えたわが身を夏の扇によそえて、「怨歌行《えんかこう》」（『文《もん》選《ぜん》』）という詩をつくったといわれ、『源氏物語』など王朝の文学にしばしば引用されている。「ゆかし」とする本文もあるが、それでは意味が通じない。公任が、扇は愛情がさめるから不吉だと思ったが、今日は春日の祭使という光栄な役に選ばれて甲斐《かい》があると、扇に花の絵を象眼した「貝」に「甲斐」を掛けて祝うと、実方は恋歌めかして、袖の裏にも寄せまいと思っているのに、どうして甲斐があるとみえるのか、とたわむれかえす。「袖の裏」を歌枕《うたまくら》の「袖の浦」に掛け、「貝」「（波が）寄す」の縁語を連ねた、技巧的な歌である。

五日後の十三日に、円融院が紫野《むらさきの》に行幸され、子《ね》の日の御遊を催し、「紫野ニ於《お》イテ子ノ日ノ松ヲ翫《もてあそ》ブ」という題で歌会がおこなわれた。『小右記』に当日のくわしい記録があり、『古事談《こじだん》』第一にそのまま引用されている。歌会の題と序を平兼盛《たいらのかねもり》がたてまつっており、歌仙家集本系統の『兼盛集』の冒頭にこのときの序文と歌が収められている。

子の日して世の栄ゆべき例《ためし》には今日の行幸《みゆき》を世には残さむ

兼盛が詠んでいるように、後世に残るような盛儀であり、宮廷の公卿《くぎょう》や殿上人たちがこぞって参加した。公任の名はみえないが、官人のひとりとして座に連なっていたかもしれない。

この日、歌人として面目をほどこしたのは、兼盛をはじめとして、紀時文《きのときふみ》・清原元輔《きよはらのもとすけ》・源重之《みなもとのしげゆき》など、貫之《つらゆき》の子の時文はともかく、三十六歌仙にはいる歌壇の大家たちだった。

円融院の紫野子の日の行幸和歌は、円融朝の最後を飾る大きな歌会であったが、それはまた、和歌史的には『古今和歌集』の撰者《せんじゃ》たちから『後撰《ごせん》和歌集』の撰者たちである梨壺《なしつぼ》の五人へいたる専門歌人たちの最後の活躍の舞台であったかもしれない。花山朝にはいると、花山天皇や公任など和歌の担い手は上層貴紳が中心となって、受領《ずりょう》層歌人がそれに追従し奉仕するというかたちになり、専門歌人としての文学意識はうすれていくことになるからである。円融院を中心とする風雅な催しは退位後もしばしばおこなわれており、『小右記』にその記事が散見される。

公任は寛和元年（九八五）五月二十二日に実資と頼忠の山庄に遊んだ。当時の貴族たちの閑暇の一日における、清遊歓談のさまがしのばれる。

早朝院従リ罷《まか》リ出《い》ヅ。権中将（公任）過ギラレ、相倶《ぐ》シテ殿下（頼忠）ノ御領山《やま》科《しな》山庄ニ向カフ。皇太后宮権大夫（藤原国章《くにあき》）所領ノ音羽《おとは》ノ家ニテ聊《いささ》カ気上ヲ補フ。彼宅《かのたく》ノ預リノ男酒肴《しゅこう》ヲ献ズ。判官代 中務丞《なかつかさのじょう》 師長《もろなが》衣ヲ脱ギテ給《たま》フ。即《すなは》チ帰ル。暫《しばら》ク白河《しらかは》ニテ休ム。殿上人四五人ト期セズシテ会フ。各食物等ヲ取リニ遣リ飲食ス。晩ニ臨ミテ帰ル。

平安貴族の行楽や宴遊の地であった京都近郊の「山里」の光景が、彼らの詩想をはぐくんだことは確かである。

花山《かざん》天皇の和歌愛好

花山天皇の治世は短時日に終わったが、文学に関心が深かった天皇の存在は、和歌史のうえに大きな足跡を残した。花山天皇を中心に歌人の交友圏が形成され、歌壇活動が活発となり、若き日の公任もその一員にくわわっていた。

花山天皇の在位時代の和歌の行事でもっとも大きなものは、寛和《かんな》元年（九八五）八月十日と翌寛和二年六月十日の二度にわたる「内裏歌合《だいりうたあわせ》」だった。

寛和元年の歌合について、『十巻本歌合』の冒頭に次のように記されている。

寛和元年八月十日、殿上に俄《には》かに出《い》でさせおはしまして、侍《さぶら》ふ人人を取り分かせたまひて、歌合せさせたまひける。御かたきに権《ごん》中将公任朝臣《あそん》を召して、題六つを給《たま》ひて、御判は惟成《これしげ》なりけり。

この歌合は側近の人びとによる当座の催しらしく、規模も大きなものではないが、花山天皇の文学趣味にかなった親密な雰囲気のなかでおこなわれた、実り豊かなものだったと思われる。天皇みずから歌を詠み、寵臣《ちょうしん》の惟成が判者となり、歌人としてすぐれた藤原長能《ながとう》・菅原為理《すがわらのためよし》がくわわり、公任をまじえた五人が歌人となった。為理は『後拾遺和歌集《ごしゅういわかしゅう》』などでは橘 為義《たちばなのためよし》とあるが、花山天皇の春宮《とうぐう》時代に学士や侍読（天皇のそば近くいて書を講ずる職）をつとめた輔正《すけまさ》の子とするのがよいといわれる。長能も為理も六位の蔵人《くろうど》だったらしいが、天皇と六位の蔵人が同座して歌人として歌を詠みあうというのは、まったく異例のことだった。花山天皇の文学愛好が行事の慣例を無視することになったのだろうが、『八雲御抄《やくもみしょう》』には、御製《ぎよせい》ヲ人ト番《つが》ヘル事上古ニハ見ズ。寛和ニ之《これ》始マル。時ニ御製二首、一首ハ公任時ニ中将ニ番フ。歌ト云《い》ヒ家ト云ヒ誠ニ然《しか》ルベシ。而《しか》ルニ今一首ハ為義（為理）ト番ハル。指《さ》シタル人ニ非《あら》ズ。

と記されている。

題は季節にちなんで秋の風物の、月・風・野・露・雁《かり》・虫の六題、公任は二首の歌を詠み、いずれも花山天皇と番えられている。花山天皇の御製はもう一首あり、長能と番えられており、為理と番えられたものはない。各人の歌数は、長能四首、花山帝三首、惟成・公任二首、為理一首である。公任の詠歌を次に掲げる。月・虫の二題である。

いつも見る月ぞと思へど秋の夜はいかなる影を添ふるなるらむ
秋ごとに常《とこ》めづらなる鈴虫のふりてもふりぬ声ぞ聞ゆる

月の歌は秋の月影の美しさの格別なことをいい、虫の歌は「鈴」「振る」の縁語に「古る」の掛詞《かけことば》の技巧によって、鈴虫の声の新鮮さをうたっている。「常めづら」（新鮮な魅力をあらわす語。『万葉集』『拾遺和歌集』に用例がある。「つねめづら（し）」とも）

という古語の使用にも、注目してよいかもしれない。公任の成績は一敗一持だったが、相手が花山天皇だからやむをえないだろう。

寛和二年の歌合は参加人員も多く、大規模な宮廷行事となった。判者は天皇の外戚《がいせき》の義懐《よしちか》がなり、講師を公任・長能がつとめた。歌人は本文の異同がありあきらかにできない点もあるが、大中臣能宣《おおなかとみのよしのぶ》・曾《そ》禰好忠《ねのよしただ》・藤原実方《さねかた》などの専門歌人や練達の歌人、寵臣の惟成を中心に、藤原道綱《みちつな》・藤原道長《みちなが》・藤原斉信《ただのぶ》・藤原高遠《たかとお》・藤原敦信《あつのぶ》・藤原明《あき》理《まさ》などの廷臣がくわわり、これに公任・長能もはいって、花山天皇側近と兼家《かねいえ》一派とが呉越同舟《ごえつどうしゅう》的に顔を並べた盛儀となっている。

花山天皇の御製はないが、上層貴族が歌人として連なっているのが、この時期からの特色で、専門歌人の比重は小さくなっている。これから半月後の二十三日には花山天皇が出家し、義懐や惟成もこれに殉ずるのだから、嵐《あらし》の前の静けさというところである。『枕草子《まくらのそうし》』に、藤原済時《なりとき》の小白河《こしらかわ》の邸宅で催された法華八講《ほっけはっこう》でわが世の春を謳《おう》歌《か》する義懐の姿が記されているのも、このころのことである。この歌合での公任の歌は一首だけである。

梅《むめ》が枝に降りしく雪は一年《ひととせ》に二度《ふたたび》咲ける花かとぞ見る

梅の木の枝に降りつもる雪を花に見立てて、二度咲く花と詠んだものだが、これは菊の移ろい盛りをうたった『古今和歌集』の秋下の歌、

色変る秋の菊をば一年に二度にほふ花とこそ見れ

と類想のものである。平安貴族は、花盛りが過ぎて変色した菊を二度目の花として賞美した。

『公任集』に、松が崎の念仏聴聞の歌がある。

三月十よ日《にち》、松が崎の念仏聞きに、女御《にようご》・上などしのびておはしけるに、道のほど月朧《おぼ》ろにて風の声などはるかなり、女御殿の御《おほむ》（御歌の略）

昼ならば川辺の花も見るべきに夜半《よは》の嵐のうしろめたさよ

とありけるに

香を留めて行かば消《け》ぬべし山風の吹くままに散る影見れば憂し

夜一夜尊きこと聞き明かして、暁方に見れば、夜散りける花の遣水《やりみづ》の波に寄せられて、蘇芳貝《すはうがい》のさまなるに、桜

貝とはこれをやなど言ひて

夜もすがら散りける花を朝ぼらけ明石《あかし》の浦の貝かとぞ見る

と言ふに、倫範《とものり》（平氏。頼忠《よりただ》の家司か）

水に浮かぶ桜の貝の色見れば波の花とぞ言ふべかりける

と言ふに

朝ぼらけ春のみなとの波なれや花散る時ぞ寄せまさりける

寛和元、二年ごろに、諟子《しし》が花山天皇と松が崎へ念仏を聞きにでかけた折の歌とする説に、いちおうしたがっておくが、詞書に「上」が「女御」の後に書かれているので、公任の母厳子《げんし》女王などの可能性も考えられ、そうすればこの時期に限定しなくてもよい。

情景は幻想的なまでに浪漫《ろうまん》的である。月は朧ろで、桜花爛漫《らんまん》のなかに春の山風が吹いてくる。女御が、「昼ならば水辺の花が見えるのに、夜半の風で散らないかと気がかりだ」というと、公任は、「風のままに散る花を見るのはいやだから、香を残していくならば、いっそ消えてしまえばよい」と答える。夜が明けてから見ると、夜のうちに散った花が遣水のへりに吹き寄せられ、桜貝のように見える。公任が、「一晩中散った花は夜明けには明石の浦の貝のようだ」というと、倫範が、「水に浮かぶ桜貝の色を見ると波の花といったほうがよい」と応じ、さらに公任が、「春の朝ぼらけの川口の波なのか、花が散るときはいちだんとすばらしい」と続ける。水辺に散った花を桜貝とする見立ては新鮮で華麗であり、さらにそれを波の花と連想を飛躍させている。波の花そのものは類型的なものだが、花が貝と波に見立てられ、さらに波から花へと連想の環《わ》がつぎつぎとくりひろげられていったもので、本来の花がまったく別なかたちで詠まれていることになる。

花山天皇の和歌への愛好は退位後も続いていく。その宮廷の身分秩序による慣例を無視した文芸至上的な姿勢は、上層貴族も自在に和歌的な行事に積極的に参加する機会をあたえることになった。これが公任の歌人としての成長に大きな拍車をかけることにつながったと考えられ、花山天皇の存在の意義は公任にとってきわめて大きい。花山天皇を中心に、公任や藤原長能や藤原実方などが、歌壇的な交友圏を形成していたことがうかがわれ、さらにほかの歌人との交際へ広がって、宮廷歌壇となって活発な和歌活動がおこなわれていたのである。

花山《かざん》天皇の退位

頼忠《よりただ》が関白の地位にあったから、公任の官位の昇進も順調であり、寛和《かんな》元年（九八五）十一月二十日には、姉遵子《じゅんし》によって正四位下《しょうげ》をあたえられ、翌寛和二年三月五日には伊予権守《いよごんのかみ》を兼ねた（『公卿補任《くぎょうぶにん》』）。公任は二十一歳になっていた。

寛和二年六月二十三日、花山天皇は突然出家して退位してしまった。前年七月十八日、懐妊中に没した寵妃《ちょうき》の藤原為光《ためみつ》の娘忯子《しし》を哀惜する花山天皇の心情につけこんだ、懐仁親王《やすひとしんのう》（一条天皇）の即位をねらう藤原兼家《かねいえ》一門の画策だったらしい。『栄花物語《えいがものがたり》』『大鏡《おおかがみ》』『愚管抄《ぐかんしょう》』などの記すところによれば、陰謀の実行者は道兼《みちかね》であった。

時に花山天皇は十九歳、以後は文雅道心の世界に身をおくことになるが、天皇の退位は、小野宮家《おののみやけ》の政権への夢を決定的にうちくだくことでもあった。

一条天皇が即位すると、外戚《がいせき》の右大臣兼家が、七歳の幼帝を補佐するために摂政となり、頼忠は関白を退いた。『扶桑略記《ふそうりゃっき》』には、「太政大臣頼忠関白ヲ罷《や》メラレ蟄居《ちっきょ》ス。年六十三」とある。七月五日には、兼家の娘で一条天皇の母詮子《せんし》が皇太后となった。『大鏡』頼忠伝には、公任にとっては深刻な悲喜劇として語られている。

一条院位に即《つ》きたまへば、女御《にょうご》（詮子）后《きさき》に立ちたまひて入内《じゅだい》したまふに、大納言（公任）啓《けい》の亮《すけ》につかまつりたまへるに、出《いだ》し車より扇をさし出して、「やや、もの申さむ」と女房の聞えければ、「何事にか」とてうち寄りたまへるに、進内侍《しんのないし》顔をさし出《い》でて、「御いもうとの素腹《すばら》の后（遵子）はいづくにかおはする」と聞えたりけるに、「先年のことを思ひ置かれたるなり。自《みづ》からだにいかがとおぼえつることとなれば、道理なり。なくなりぬる身にこそとおぼえしか」とこそのたまひけれ。されど人柄しよろづによくなりたまひぬれば、事にふれて捨てられたまはず。かの内侍のとがなるにて止みにき。

かつて公任が遵子立后のときに得意になって、「この女御はいつか后には立ちたまふらむ」と兼家一門にいいかけたことにたいする、痛烈なしっぺい返しだった。素腹の后はどこに行ったか、という問いかけは、外戚争いから完全に脱落し、敗北したことを意味する。このときの公任は、内侍の嘲弄《ちょうろう》の言葉をもっともだと甘受し、自分を「なくなりぬる身」と思い、徹底した負け犬だった。人柄がよくなった、というのも、現実的になって世に妥協し、迎合したということかもしれない。才人の公任は、なにかにつけて重宝がられ、宮廷社会の花形として見捨てられることなく、内侍の失言ということで決着したが、政権の場からはまったく遠ざかった。

七月十六日、兼家の娘超子《ちょうし》が産んだ冷泉《れいぜい》天皇皇子居貞《おきさだ》親王が春宮《とうぐう》となった。居貞親王はのちの三条天皇であり、兼家は春宮の外戚にもなったことになる。

兼家一門はわが世の春を謳歌《おうか》した。兼家は従《じゅ》一位摂政で三宮（太皇太后、皇太后、皇后）に准ずる待遇を受け、三公（太政大臣、左大臣、右大臣）の上の位につき、氏の長者ともなった。弟の為光は右大臣、公季《きんすえ》は権《ごん》中納言、長男の道隆《みちたか》は正二位権大納言、四男の道兼が正二位《きんみ》権中納言と破格の昇進をし、翌永延《えいえん》元年（九八七）には、五男の道長《みちなが》、二男の道綱《みちつな》が従三位となって公卿《くぎょう》の末席に連なった。公任と道長との昇進争いはここでまったく逆転し、以後ふたりの地位はへだたるばかりだった。

花山天皇の退位は、周辺の歌人たちにも大きな衝撃をあたえた。それはまた、花山天皇を中心とする宮廷歌壇の解体ということにもつながるのであり、『実方集《さねかたしゅう》』などに、花山天皇の退位をなげく歌がいくつかみられる。

花山院下りさせたまひけるを歎《なげ》きて

言ひてなぞかひあるべくもあらなくに常なき世をも常に歎かじ

道信《みちのぶ》中将と花山の御時を思ひ出でて

花の香に袖《そで》を露けみ小野山の山の上こそ思ひやらるれ

花山院かはらせたまひて後、御仏名の削り花のありけるを、権中将（公任）のもとへやるとて

いにしへの色し変らぬものならば花ぞ昔の形見ならまし

花山天皇は退位後しばらく比叡山《ひえいざん》におり、「小野山の山の上」は比叡山をさすもの

と思われる。「仏名」は、十二月に仏の名を唱えて、その年の罪障をのぞく行事であり、「削り花」は木を削ってつくった造花で、花のない季節の仏名によく用いられた。いってもなんのかいもないこととあきらめ、花の香につけて花山天皇をしのび、変わらぬ造花を昔の形見としてながめる。花山天皇への思い出がさまざまにうたわれている。

『公任集』にも、仏名の削り花にちなんだ女流歌人御形宣旨《みあれのせんじ》や実方との贈答が収められている。

花山院下りたまうての年、仏名に削り花にさして御形宣旨のもとへ聞えたりける

ほどもなくさめにし夢の中なれどそのよに似たる花のかげかな

返し

見し夢はいづれのよとぞ思ふ間に折を忘れぬ花の悲しさ

この贈答は『新古今和歌集』雑上に入集しており、いずれも「世」と「夜」を掛け、夢のようにはかない在位で、すでに過去となってしまった治世だったが、変わることのないのは造花の姿だけだ、とたがいに時世の変移を詠嘆しあっている。

又の年、同じ折、実方の中将

いにしへに変らぬ花の色見れば花の昔の昔恋しも

返　し

昔見し花の年々似たれども同じからぬを思ひ知らなむ

この贈答は退位の翌年、永延元年の仏名の折の贈答である。実方の歌は「昔」がかさなっているが、「花」に花山天皇を寄せて、天皇の御代《みよ》だった過去という意だろう。造花の不変と人の変化との対比である。公任の歌は、『和漢朗詠集《わかんろうえいしゅう》』無常・宋之問《そうしもん》の、

年々歳々花相似タリ
歳々年々人同ジカラズ

という有名な詩句を踏まえたものであろう。

かくて花山天皇の御代は人びとのさまざまな感慨のなかに終局を迎えるが、公任には苛酷《かこく》な運命を強いることになった。

第四章　権力者をめぐる惑星

父頼忠《よりただ》の蟄居《ちっきょ》と死

花山院《かざんいん》が退位した寛和《かんな》二年（九八六）の秋、七月二十二日に一条天皇が即位し、いっぽう、花山院は書写山《しょしゃざん》におもむいている。『日本紀略《にほんきりゃく》』に、

天皇大極殿ニ於《お》イテ即位ス。
花山法皇徒行シテ播磨《はりま》国書写山ニ赴キ、性空《しやうくう》聖人ニ謁《えっ》ス。

とある。はからずも同じ日に、ふたりは対照的な運命の様相を描いている。この日、公任は昇殿を許されているが、心中は暗澹《あんたん》たるものだったかもしれない。
九月二十九日、円融院《えんゆういん》が石山寺参詣《いしやまでらさんけい》に出かけられ、殿上人たちが供奉《ぐぶ》し、公任も同行した。『石山寺縁起』には、次のように記されている。

寛和元年八月二十九日円融院御飾り下ろさせたまひて後、（寛和二年）十月一日まづ当寺に御幸なりて、即《すなは》ち御通夜あり。日頃《ひごろ》祈り申さるる御事侍《はべ》りけるにや。

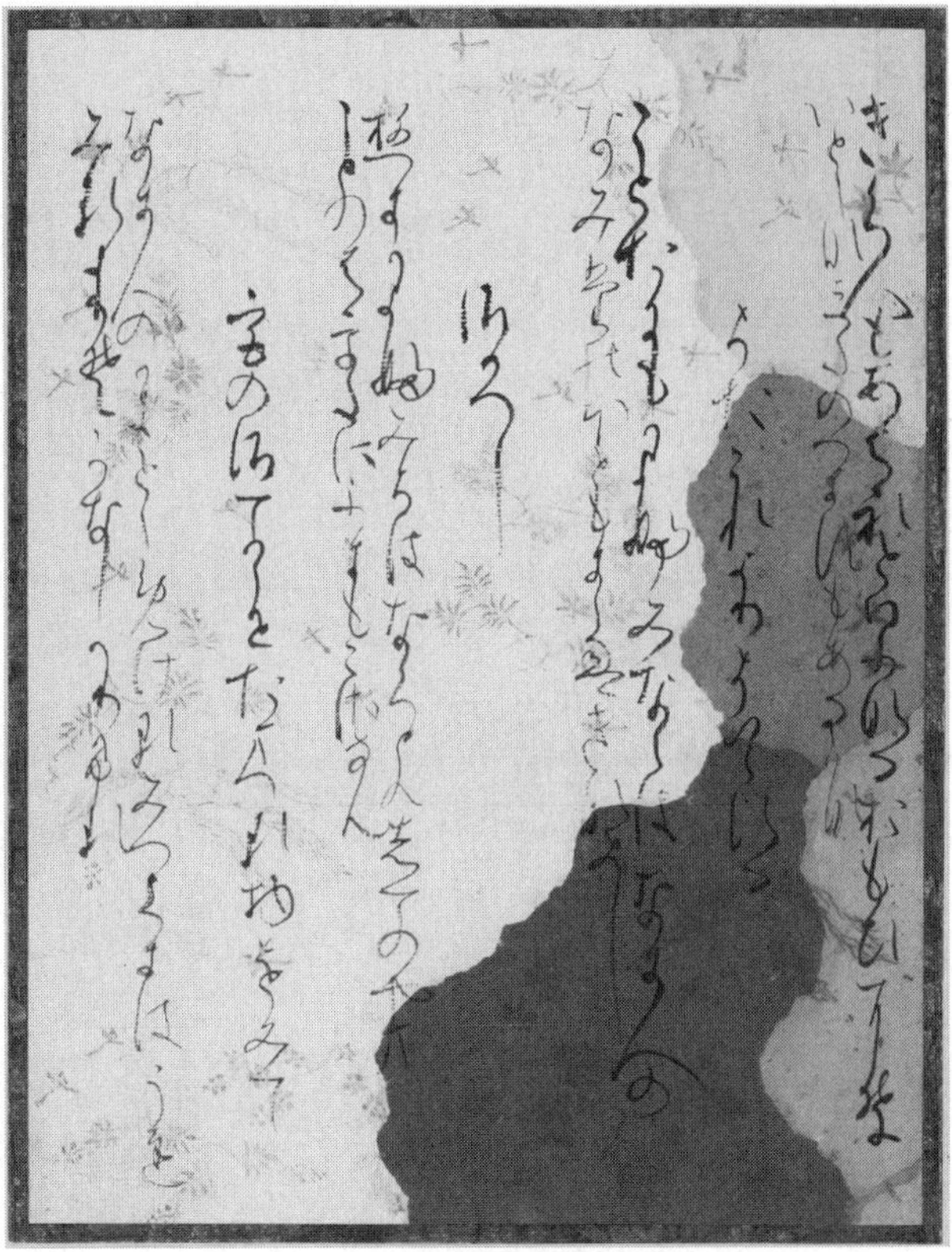

伊勢集断簡（石山切）

御願を果たされけるとぞ。左近少将斉信《ただのぶ》を勅使として、御誦経《みずきやう》を当寺に奉らせたまふ。左衛門府生錦部文安《さゑもんのふしやうにしきべのふみやす》、調布二百端、錦三百両を持参す。今度勅使布衣《ほい》を着たりけるを、時の人々傾き申すと雖《いへど》も、亭子院《ていじゐんき》紀伊《い》国に臨幸の時、延喜《えんぎ》の勅使布衣を着せし例《ためし》とぞ聞こえし。還御のついでに、崇福寺《すうふくじ》へも同じく御幸侍りけるとかや。

崇福寺はいわゆる志賀寺《しがでら》で、鎌倉時代には廃絶したが、平安時代には参詣の対象として人気があり、文学作品にもしばしば登場する。円融院が石山寺に参詣したときに、一条天皇が勅使を送って、経や布施を奉納した。これは宇多院《うだいん》が紀伊へ御幸したときに醍醐《だいご》天皇が勅使を遣わした故事にのっとったものというのである。勅使となったのは、のちに公任と昇進争いをすることになる藤原斉信である。

『公任集』に、このとき公任と藤原為頼《ためより》の詠んだ歌がみえる。為頼は紫式部《むらさきしきぶ》の父為時《ためとき》の兄で、歌人としてすぐれ、公任とも親しかった。

円融院の石山におはしますに、殿上人浮橋《うきはし》といふ所に行きて帰るとて

我だにも帰る道にはものうきにいかで過ぎぬる秋にかあるらむ

為頼

田上《たなかみ》や山のもみぢ葉数しあれば秋は終《を》ふとものどけきを見よ

「田上」は瀬田川《せたがわ》に沿った山谷で、歌枕《うたまくら》として知られる。「浮橋」は田上あたりにあった場所だろう。公任の歌は、「浮橋」から「憂き」を連想し、ゆく秋を詠んだもので、自分でさえ帰るのはなんとなくいやなのに、去っていく秋はどんな気持ちで通りすぎていったのだろうか、という意。ゆく秋という類題に、行旅の心情を付加したところに趣向がある。為頼の歌は、紅葉に象徴される秋の季節が、その紅葉が散ることによって終わるのを、数が多いので散り終わるまで時間がかかるからのんびりしている、といったもの。暦の秋が終わっても、季節の秋は紅葉が散るまで終わらない、という暦と季節とのずれが眼目である。

寛和二年二月七日、中宮遵子《じゅんし》が藤原実資《さねすけ》邸から四条宮へ移居した。父の頼忠以下、中宮大夫《だいぶ》藤原済時《なりとき》・左衛門督源重光《かみみなもとのしげみつ》・権中納言《ごん》源保光《やすみつ》・右衛門督源忠清《ただきよ》・勘解由《かげゆ》長官藤原佐理《すけまさ》・修理《しゅり》大夫藤原懐平《かねひら》・左兵衛《さひょうえ》督藤原時光《ときみつ》など、供奉した公卿《くぎょう》たちは、この記事がある『小右記《しょうゆうき》』の筆者実資をふくめて、小野宮《おののみや》一門を中心に、母厳子《げんし》の兄弟や反兼家《かねいえ》派の人びとだった。これが当時の政界地図といってもよく、以後頼忠一家は四条宮に蟄居し、一門の交流は親密だが、勢力圏はどんどん縮小していく。九日には、中宮の御在所に窃盗が押し入り、「御衣《おんぞ》一襲《かさね》・袴《はかま》・御剣・提《ひさげ》（銀・錫《すず》製のつるや注ぎ口のついた器。酒・湯をあたためるのに用いる）等」（『小右記』）が奪われている。これも斜陽になった頼忠家の権力失墜を象徴する事件かもしれない。

二月十一日、公任は実資や藤原高遠《たかとお》とともに、奝然《ちょうねん》が中国（宋《そう》）より将来した仏像や一切経《いっさいきょう》を拝観に蓮台寺《れんだいじ》におもむいている。この仏像は今も嵯峨《さが》の清涼寺《せいりょうじ》に安置されているものである。二月十三日、公任は実資・高遠・藤原実方《さねかた》らとともに金鼓《こんぐ》（仏具の楽器。鰐口《わにぐち》や鉦鼓《しょうこ》）を打ちに出かけている。二月二十五日、高遠邸で和歌の催しがあった。『小右記』に、

太相府《たいしやうふ》（頼忠）ノ御読経ニ参ル。行香畢《ぎやうがうをは》リテ、修理大夫（懐平）・権中将（公任）・彼是《かれこれ》四位以下相共ニ内蔵頭《くらのかみ》（高遠）宅ニ詣《まう》ヅ。聊《いささ》カ酒肴《しゆかう》有リ。盃酒《はいしゆ》ヲ儲《まう》ク之《の》後、三十一字ノ詠有リ。夜ニ入リテ各々分散ス。

とある。

永延《えいえん》二年（九八八）十月三日、頼忠は観音院《かんのんいん》に参詣し、公任も同行していることが、『小右記』に記されている。

早朝、太相府ニ参ル。直衣（なほし）烏帽（えぼし）。密々観音院ニ参ル。修理大夫・内蔵頭・権中将・余（実資）、皆狩衣《かりぎぬ》騎馬ニテ扈従《こしよう》ス。殿下食物ヲ随身セラル。又、殊ニ食物有リ、折櫃（をりびつ）ニ納ム僧都。（そうづ）ノ料ニ志ス也（なり）僧都ニ与ヘラル。良久《やや》シク清談セシメ給《たま》フ。晩景ニ及ビ帰リ給フ。

このように『小右記』の記事を追っていくと、政権から遠ざかった小野宮一門が連帯しながら、風雅や仏道に心をなぐさめているようすがうかがい知られる。

この年、兼家は六十の賀を迎え、宮中などで祝宴が催された。いっぽう、頼忠は籠《ろう》居《きょ》して不本意な生活を送っていた。『公任集』の次の歌などは、このころに詠まれたものだろうか。

三条殿世の中すさまじうて籠《こも》りおはしける頃《ころ》、御前の藤《ふぢ》の咲き始めたるを

年ごとに春をも知らぬ宿なれど花咲きそむる藤もありけり

春を忘れた不遇の家だが、花咲く藤もあったという感慨である。

中将におはしける時、冬の夜さうざうしとて歌合《うたあはせ》のやう
なることしたまうけるに
もみぢ葉は雨と降れども空晴れて袖《そで》よりほかは濡《ぬ》れずぞありける

散る紅葉は雨のように降るが、晴天なので涙で濡れる袖のほかはなにも濡れない、の意。雨と晴れとの対比の趣向だが、主題は悲嘆の涙であり、逆境をうたったものである。

永祚《えいそ》元年（九八九）二月二十三日、公任は蔵人頭《くろうどのとう》になった。参議に昇進した実資の推薦によるものだったらしいが、兼家の好意もあったのだろう。政界の権力争いの優劣があきらかになった今、兼家が大人ぶりを示し、公任も事態を認識して、友好的な態度で接するようになったということだろうか。このときに、道隆《みちたか》は内大臣、道兼《みちかね》は権大納言になっており、公任は蔵人頭として道隆に慶賀を奏したが（『小右記』）、まだ公卿にも列していないから、心中はおだやかでなかったかもしれない。とにかく、兼官はともかく、官位の昇進は寛和元年（九八五）以来四年ぶりのことだった。公任は二十四歳になっていた。

『公任集』の次の歌は、このころに詠まれたものだろう。

頭になりたまうて、内裏《うち》に参りたまうて、花山院の御時世に付かざる家を渡りたまうければ、言ひ出《い》だしたりける

雲居こそ昔の空にあらねども思ひしことよ変らざりけり

返し

頼みこし月日はただに過ぎにしをいかなる空の露にかあるらむ

花山天皇時代に不遇だった人が、一条天皇時代になっても境遇に変化がなかったというのか、「宮中は御代がわりしたのに、自分の思いは変わらない」といいかけてきたので、公任は、「官位の昇進を頼みにしていたのに、月日ばかりはむなしく過ぎてきたが、いったいどんな風の吹きまわしか、露ばかりの恩恵があった」と答えたのである。政治の流れのなかで、とりのこされていこうとする者どうしの交歓の贈答といったところか。

蔵人頭になった公任は、兼家との接触も多くなり、当面は華やかな場面もある。二月二十七日、兼家邸で賀茂《かも》詣《もう》での試楽《しがく》（舞楽の予行演習）が催され、「前庭ノ桜花ヲ翫《もてあそ》ブ」という題で和歌が詠まれたが、この日公任は禁色《きんじき》を許されている。

『小右記』に、

頭中将ニ禁色ノ宣旨下ル。下襲《したがさね》・表袴《うへのはかま》ヲ給ハル。中将之《これ》ヲ執ル。庭中ニ進ンデ之ヲ拝ス。便ニ随《よ》リテカ。

とある。

三月九日、円融院が灌頂《かんじょう》（受戒などの折に頭に香水を灌《そそ》ぐ密教の儀式）を受けたときに、公任は東寺におもむき奉仕し、三月十三日、石清水《いわしみず》臨時祭の祭使となった（『小右記』）。

『公任集』の、

臨時の祭の使して帰りたるに、船に、輔昭《すけあきら》

石清水かざしの藤のうちなびき君にぞ神も心寄せける

返し

水上の心は知らず石清水波の折り来し藤にやはあらぬ

同じ折に、仲文《なかふみ》

石清水昨日の藤の花を見て神の心も汲みて知りにき

という贈答歌については、菅原《すがわら》輔昭が天元《てんげん》五年（九八二）に出家しているので（『勅撰《ちょくせん》作者部類《さくしゃぶるい》』。『史料綜覧《しりょうそうらん》』は卒年としている）、この年に贈答を交わすのは疑問の点もあるが、生存していたとすれば最晩年の歌ということになろう。藤原仲文は正暦《しょうりゃく》三年（九九二）没とされているので、ここに登場してもさしつかえない。輔昭は範兼《のりかね》の『後六々撰《のちのろくろくせん》』にはいり（『中古歌仙三十六人伝』では藤原輔尹《すけただ》と混同されている）、仲文は公任の『三十六人撰』に選ばれ、ともに有数の歌人であり、『公任集』にも幾度か登場している。輔昭が、「かざしの藤がなびいているのは神が心寄せしているからだ」と祝意を述べたのにたいして、公任は「清水」の縁語の「水上」「波」を用いて、「神」「水上」を掛け、「神の心はどうかわからない、波が折りとってきた藤だろう」と、たわむれているのである。仲文の歌も「清水」「汲む」の縁語を用いて、神慮のなみなみならぬことを藤の花の色濃さからうかがい知った、といっており、「藤」「淵《ふち》」の掛詞《かけことば》を考えてもよいかもしれない。

三月二十二日には一条天皇が春日《かすが》に行幸され、公任も同行して、蔵人頭として僧侶《そうりょ》たちの昇任を伝えている。このとき、和歌も詠まれたことが『小右記』から知られる。

（上略）了《をは》リテ、摂政以下公卿五六輩御前ニテ和歌ヲ読ム。

四月二十三日、公任は賀茂祭の祭使となり、翌二十四日に還立《かえりだち》、すなわち帰参の宴がおこなわれた。

四月二十八日には兼家邸で競馬《くらべうま》が催され、公任は左方の馬の毛色を記録した毛付文《けづけぶみ》をたてまつる役を果たしている。右方は藤原道隆の子弁少将伊周《これちか》がつとめた（『小右記』）。

このように、公任は頭中将として兼家に親しく奉仕し、平穏な日々が続いていたが、大きな打撃を受ける事態が起こった。六月二十六日になって、数日来病床にあった父の頼忠が死去したのである。兼家に摂関の地位を譲り渡して名ばかりの太政大臣であったとはいえ、頼忠の存在は公任の力強い後楯《うしろだて》となっていたから、その死の公任にあたえた衝撃は大きかった。頼忠の享年は六十六歳だった。

『栄花物語《えいが》』「さまざまの喜び」には、

六月になりぬれば、暑さを歎《なげ》くほどに、三条の太政大臣《おほきおとど》いみじう悩ませたまひて、廿六日失《う》せたまひぬ。この殿は故小野宮（実頼《さねより》）の大臣の二郎頼忠と聞えつる大臣なり。失せたまひぬるを、「あないみじ」と聞き思ひおぼせどかひなし。中宮（遵子）・女御殿《にょうご》（諟子《しし》）・権中納言（公任、権中将が正しい）やなど、さまざまいみじうおぼし歎くべし。後の御諡《いみなれんぎ》廉義公《こう》と聞ゆ。あはれなる世なれど、さはいかがはとぞ。はかなう御忌もはてて、御法事などいみじうせさせたまふ。

と記されている。

『小右記』などによって、この時期の経緯をたどってみると、六月二十七日に入棺して法住寺の北にあった帝釈寺《たいしゃくじ》に移し、六月二十八日に葬礼がおこなわれた。七月二十日に頼忠に正《しょう》一位が追贈され、廉義公と諡号《しごう》された。また、駿河《するが》国が封じられた。七月二十四日に頼忠室厳子女王が出家した。八月一日、三十五日法要、八月十一日、法性寺東北院で四十九日法要。八月二十六日には、喪中で出仕を停《と》めていた公任が復任した。九月十日から十月六日にかけて、実資・佐理・公任が集まって、頼忠の遺領の庄園《しょうえん》や牧などの配分がおこなわれ、十二月十四日には頼忠の封国駿河を返上し、翌日勅答があった。

『公任集』には、亡き父頼忠を追悼する歌がいくつかみられる。

故殿失せさせたまうて後、放ちたる鈴虫の年経て鳴けば

いかでかは音《ね》の絶えざらむ鈴虫の憂き世に経るは苦しきものを

頼忠の生前に放した鈴虫だろうか、なくなったあとも鳴いている。憂き世に生きな

がらえるのは苦しいはずなのに、どうして鳴く声が絶えないのか、と問いかけている。頼忠はなくなっても、鈴虫は生きつづけているようにみえるのである。

父大臣失せたまうての頃、薫物《たきもの》人の乞《こ》ひたる遣はすとて

花だにも散りたる宿のかきねには春のなごりも少なかりけり

花が散るのは頼忠の死を暗示し、春のなごりは薫物をさすのであろう。父がなくなったわびしい家には、薫物もたいしたものはない、と相手の求めた薫香に添えた歌である。

翌正暦元年(九九〇)三月末になって、

三月のつごもり、服《ぶく》におはする頃

御いもとの女御

別れにし影さへ遠くなりゆくは常より惜しき年の春かな

春知らぬ宿には花もなきものを何かは過ぐるしるしなるらむ

と、ゆく春を追悼に寄せて詠んでいる。「春が去っていくにつれて、父の面影もうす

くなっていくような気がするので、ゆく春がふだんの年よりもいっそう惜しまれる」というのである。妹の諟子が、「父がなくなって春を忘れた家には花も咲かないから、春が過ぎていくのを、なにを目印にして知ればよいのか」と応じている。花が散るのが、春が過ぎ去るしるしなのである。

四月、衣更《ころもが》えの季節になっても、あいかわらず喪服のままである。

　四月、御服なれば、衣更へもしたまはで
墨染《すみぞめ》の衣ながらの今日なれど変れるものは昔なりけり

衣更えの日になっても、喪服のままで変わることはない、変わったものは頼忠の生前のよき日で、過ぎ去った時はふたたびもどってこない。

六月の末になって、一年の喪がようやく明け、喪服を脱ぐ。

　服脱ぎたまふとて
墨染の衣に添へて流せども尽きせぬものは涙なりけり

喪服を脱ぐにつけて涙あらたとなるが、涙はいくら流しても尽きることはない。

故大殿の御喪《おもひ》にて、そのほどはおはせざりけるを、程過ぎて遣はしける

燃ゆれども知る人なきは年積もる思ひのうちの思ひなりけり

「思ひ」に「火」を掛ける恋歌の常套《じょうとう》表現だが、ふたつの「思ひ」の前のほうは思慕、後のほうは服喪だろう。人知れず思慕の情を燃やしてきたが、喪中になって逢《あ》いにいけなかったというのである。「思ひ」の意を使いわけているが、「思ひ」の重複は思慕の強調にもなるわけで、そこに趣向がある。

『今昔物語集《こんじゃく》』巻二十四に、頼忠哀悼の歌として次の説話が収められている。

此《こ》ノ大納言ノ、三条ノ太政大臣失セタマヒタリケルニ、九月ノ中旬ノ頃、月ノ極《いみじ》ク明カリケルニ、夜更ケ行ク程ニ空ヲ詠《なが》メテ居タリケルニ、侍《さぶらひ》ノ方ニ、「極ク明ラカナル月カナ」ト、人ノ云《い》ヒケルヲ聞キテ、大納言、

イニシヘヲ恋フル涙ニ暗サレテ朧《おぼ》ロニ見ユル秋ノ夜ノ月

トナム詠ミタリケル。

この歌は『公任集』に、「九月十五日、宮の御念仏始められける夜」の詞書《ことばがき》にはじまる一連の贈答歌のひとつとして収められている。長徳《ちょうとく》三年（九九七）九月十五日、すなわち遵子が出家した年の頼忠供養の法要のさいに詠まれた歌といわれ、そこであらためてとりあげたいが、頼忠追悼の代表的な秀歌としてここに掲げておく。生前の頼忠をしのぶ涙にくれて、秋の明月が朧ろに見えるというのである。体言止めが余情をもたらしている。公任の説く優美平淡の余情美が具現化したような歌であり、淡い詠みぶりのなかに心情が深くこもっていて、そこはかとなく感慨がただよっている。

それはともかくとして、頼忠の死によって、公任をとりまく状況はいちだんときびしくなる。

結婚の前後

正暦《しょうりゃく》元年（九九〇）四月五日、公任は備前守《びぜんのかみ》を兼ねた（『公卿補任《くぎょうぶにん》』）。この年、公任に好意的だった藤原兼家《かねいえ》が病気のために、五月五日に摂政太政大臣の座を辞し、かわって関白の詔を受けたが、五月八日に関白も返上し、出家して如実《にょじつ》と名のった。長男の道隆《みちたか》が兼家のあとをついで同じ五月八日に関白となり、十三日には氏の長者、二十六日には摂政となった。七月二日には、兼家が没してしまった（以上、『公卿補任』）。

道隆が最高の権力者となったことは、公任に幸いしなかった。中宮だった姉遵子《じゅんし》の縁からか、小野宮《おののみや》一門の実資《さねすけ》や公任は円融院《えんゆういん》と親しくまじわっていたが、永祚《えいそ》元年（九八九）十二月二十三日に道兼《みちかね》が円融院の別当になっており、退位した円融院を中心に実資・公任と道兼とが社交圏を形成していたようである（『小右記《しょうゆうき》』）。花山院《かざんいん》退位に一役かった道兼に将来を期待していたのかもしれない。しかし、長幼の順にしたがって、道隆が摂政の座についたために、実資や公任の思惑ははずれてしまったのである。

この年一月二十五日に道隆の娘定子《ていし》が入内《じゅだい》し、二月十一日に一条天皇の女御《にょうご》となった。

十月五日、定子が中宮となり、中宮大夫《だいぶ》に道長《みちなが》、中宮権《ごん》大夫に道綱《みちつな》、中宮亮《すけ》に大江《おおえの》清通《きよみち》、源扶義《みなもとのすけよし》（権亮か）が任じられた（『小右記』）。円融院の中宮だった遵子は皇后となり、藤原済時《なりとき》が中宮大夫から皇后宮大夫にうつり、翌年四月二十六日に大宰大弐《だざいのだいに》だった藤原佐理《すけまさ》が皇后宮権大夫になっている（『日本紀略《にほんきりやく》』『公卿補任』）。小野宮一門はだんだんと後退していることが知られる。

公任は十月二十三日に唐物使《からもののつかい》として任命された式部大丞《しきぶのだいじょう》の藤原伊祐《これすけ》（『本朝世紀《ほんちょうせいき》』）と歌の贈答をしている。唐物使は、外国の商船の荷物の検査役で、蔵人《くろうど》が任ぜられることが多かった。公任は蔵人頭《とう》として任務についた部下を餞別《せんべつ》したのだろう。伊祐は

公任と親しかった為頼《ためより》の子だから、個人的にも親密だった。『公任集』に、

冬つ方、麗景殿《れいけいでん》の細殿にものなど言ひけるほどに、蔵人伊祐唐物使にて下るまかり申しせむとて、御物忌《ものいみ》に籠《こも》る日、明くる年冠《かうぶり》賜ふべければ、やがて上にも候ふまじき由言ひければ

西へ行く月の常より惜しきかな雲の上をし別ると思へば

伊　祐

別れ路は世の常なれやなかなかに年の返らむことをこそ思へ

とある。伊祐は唐物使として下るばかりでなく、来年は叙爵《じよしやく》して蔵人をも去るという、二重の別れを惜しんでいるのである。公任が月に伊祐をよそえ、「蔵人を去ることの別れをも加えて、常よりも別れ惜しい」といえば、伊祐は、「唐物使として下るのは常のことだが、年が明けての別れのことがかえって思われる」と答えている。

同じ正暦元年十二月二十五日、公任は昭平《あきひら》親王の娘と結婚した。『小右記』に、「頭中将、今夜密々九親王女ニ通フト云々《うんぬん》」とある。村上《むらかみ》天皇第九皇子昭平親王と多武峰《とうのみね》

少将藤原高光《たかみつ》の娘とのあいだに生まれた姫君である（『大鏡《おおかがみ》』など）。『栄花物語《えいが》』「見はてぬ夢」には、結婚の経緯について次のように記されている。

この姫君（昭平親王の娘）いみじう美しうおはするを、粟田殿《あはた》（道兼）聞しめして、この宮を迎へ奉りて、子にし奉りてかしづききこえたまふほどに、さるべき人々訪れきこえたまふ人多かりけれど、聞き入れたまはぬほどに、故三条の大殿（頼忠《よりただ》）の権中将（公任）切《せち》に聞えたまふ。はかなき御文書きも人よりはをかしうおぼされければ、思《おぼ》し立ちて取りたてまつりたまふ。二条殿の東の対をいみじうしつらひて、恥なきほどの女房十人、童《わらは》二人、下仕《しもづかへ》二人して、あるべきほどにめやすく仕立てておはし初めさせたまふ。姫君の御ありさまいみじう美しければ、いとかひありて思ひきこえたまへり。さてしばし歩きたまひて、なほかかるありさまつつましとて、四条の宮の西の対をいみじうしつらひて、迎へ聞えたまひて、宮（遵子）も女御殿（諟子《しし》）もいと嬉《うれ》しき御仲らひに思して御対面などあり。いとあらまほしきさまなれば、粟田殿いとおぼすさまに聞え交したまふ。

道兼室は藤原遠量《とおのり》の娘で、昭平親王室とはいとこどうしだった縁からか、昭平親王の姫君は道兼の養女となっていた。美貌《びぼう》の評判で、多くの男性たちが求婚したが、公任がとりわけ熱心で、才人らしく手紙の書きぶりもすぐれていて、婿取りされることになり、道兼の二条邸の東の対を立派に飾りたて、召し使いもおおぜいそろえて、公任を迎えた。公任も姫君を気にいってしばらくかよっていたが、どうも遠慮がちで、自邸の四条の宮の西の対を整えて、ひきとることになった。公任の姉妹の遵子や諟子も昭平親王の姫君と喜んで対面し、道兼も順調な結婚にたいしておおいに満足して、公任と親しく文通するようになった、というのである。『栄花物語』は公任の結婚を正暦五年（九九四）のこととするが、これは虚構であり、正暦三年には公任夫婦に長男の定頼《さだより》が生まれている。公任は昭平親王の娘と結婚することにより、道兼の姻戚《いんせき》となり、道隆から疎んじられ、官位の昇進も停滞することになった。

公任の妻は中納言定頼母として、勅撰集《ちょくせんしゅう》に二首（『後拾遺《ごしゅうい》和歌集』哀傷、『玉葉《ぎょくよう》和歌集』雑四）入集している。

昭平親王は村上天皇の第九皇子、母は藤原在衡《ありひら》の娘で、按察使《あぜち》更衣正妃、致平《むねひら》親王と同腹である。致平親王は四品兵部卿《しほんひょうぶきょう》で、天元《てんげん》三年（九八〇）五月十一日に出家、法名を悟円《ごえん》といい、三井明王院《みいのみょうおういん》に住み、智弁《ちべん》の室にはいり、明王院宮とか法三宮とかよばれ、九十一歳の高齢で、長久《ちょうきゅう》二年（一〇四一）二月二十日に没した。その子に照る中将とよばれた従《じゅ》四位上《じょう》左中将成信《なりのぶ》、従四位上右中将源致信《むねのぶ》、大僧正永円《えいえん》などがいる（『本朝皇胤紹運録《ほんちょうこういんじょううんろく》』）。

昭平親王は、天徳《てんとく》四年（九六〇）十月二日に源姓を賜り、安和《あんな》元年（九六八）八月二十三日に祖父在衡邸で元服し、同年十一月二十七日に従四位上兵衛督《ひょうえのかみ》となったが、貞元《じょうげん》二年（九七七）に親王に復帰し、四品（『日本紀略』では無品）を授けられ、常陸《ひたちの》太守《たいしゅ》となった。永観《えいかん》二年（九八四）に出家し、三井寺に住み、そののちに岩蔵《いわくら》に移ったので、岩蔵宮と号され、入道九品ともよばれる。長和《ちょうわ》二年（一〇一三）六月二十八日に六十歳で没している（『日本紀略』『本朝皇胤紹運録』『尊卑分脈《そんぴぶんみゃく》』）。『続《しょく》古今和歌集』雑下に、入道兵部卿昭平親王の歌として、

選子《せんし》内親王賀茂《かも》の斎院《いっき》下りたまひて後、対面ありけるついでに

今日ぞ思ふ君に逢《あ》はでややみなまし八十《やそぢ》余りの齢《よはひ》ならずは

という歌が収められている。『栄花物語』「殿上の花見」では、選子内親王が致平親王に贈った歌となっているが、実際には致平親王の歌と思われる。円融・花山・一条・三条・後一条朝と五代にわたって斎院《さいいん》となり、大斎院とよばれた選子内親王が賀茂の斎院を退下したのは長元《ちょうげん》四年（一〇三一）九月二十二日のことであり（『日本紀略』『一《いち》代要記《だいようき》』）、この年に昭平親王はすでに没しており、致平親王八十一歳、選子内親王六

十八歳だから、昭平親王の歌とするのは誤りだろう。
長保五年《ちようほう》（一〇〇三）八月二十五日に入宋した寂照《じやくしよう》のことを記した、成尋《じようじん》の『参天台五台山記《さんてんだいごだいさんき》』に、寂照に送った野人若愚《やじんじやくぐ》と称する国王の弟や左大臣道長などの書簡を収めているが、この野人若愚は、昭平親王のことといわれる。『京師巡覧集《けいしじゆんらんしゆう》』には、次のように記している。

アル書ニ、野人若愚ハ岩蔵ニアリ。時人イハクラノ宮ト称ス。コノ人ハ天暦帝《てんりやく》ノ子昭平親王ナリ。寂照ト友タリ。手ヲヨク書ケリ。名ヲ逃レテ三井ニ居《を》リ。又岩倉ニ入ルト。

公任は寂照と親しく、入宋のときに歌の贈答をおこなっており、昭平親王と寂照との交友も考えられることである。

円融院崩御《えんゆういんほうぎよ》

正暦《しようりやく》二年（九九一）二月十二日、円融院が崩御された。退位後七年、三十三歳だった（『日本紀略《にほんきりやく》』）。

病気が重くなったときに、遵子《じゅんし》に死別のせまった悲しみの歌を贈っており、『円融院御集』や『続拾遺和歌集《しょくしゅうい》』雑下に収められている。

御心地いと重くおはしましけるに、四条宮に聞えさせたまひける

今来むと言ひだに置かで白露の仮の宿りを別れぬるかな

白露のようなはかないこの世から、再会の約束もできないで別れ去っていく、というのである。

円融院の崩御は、姉の遵子がその皇后であったから、公任は後楯《うしろだて》をまたひとりうしなうことになり、権勢からさらに一歩後退することになった。『公任集』に、「円融院崩《かく》れさせたまうての春の世の中服《ぶく》なる頃《ころ》、つれづれなりければ、歌詠みける」という詞書《ことばがき》ではじまる九首の題詠があるが、公任の落胆や衝撃を示している。

春　雨

草も木も色づきわたる春雨に朽《く》ちのみまさる藤衣《ふぢごろも》かな

『玉葉和歌集《ぎょくようわかしゅう》』雑四に入集した歌である。草木を美しく彩る春雨だが、涙でぬれた喪服をますますぬらして朽ちさせてしまいそうだ。

鶯《うぐひす》

常ならぬ音《ね》にぞ聞ゆる山里の山辺に来鳴く鶯の声

山里にきて鳴く春告げ鳥の鶯の声も、今年の春は例年と異なって、悲しげに聞こえる。

若菜

この春は誰《た》がためにかは水も汲《く》み野辺の若菜も摘まむとぞ思ふ

今年の春は、若水を汲み若菜を摘んで、長寿を予祝する相手がいない。

霞《かすみ》

恋ひわびて君があたりを尋ぬれば野辺の霞をあはれとぞ見る

円融院が住持していた円融寺のあたりだろうか、追慕して出かけていくと、霞がしみじみとながめられる。火葬の煙を連想してのことだろう。

帰る雁《かり》

思ひ知る人もなき世にうらやまし憂き世を捨てて帰る雁がね

春になって北国へ帰る雁に、厭世《えんせい》出離の面影を求めたもの。無常の世をみきわめて仏道を志す人もない時世なのに、雁だけは世を捨てて帰り去っていく。

柳

墨染《すみぞめ》の柳ならずは青柳《あをやぎ》の緑の袖《そで》をかけて見てまし

墨染の柳でないなら、せめて柳の緑の袖を喪服のかわりとしよう。「緑の袖」は通常は地下《じげ》、六位の人を暗示するが、ここは喪服の見立てと考えてよいだろう。

散る花

花だにもはかなく散るは憂きものを数ならぬ身の頼みがたさよ

はかなく散る花の姿はわびしいが、それに劣らず、とるにたらないわが身の頼りないこと。

春の田

春の田をなほ打返し悲しきは頼り少なき我が身なりけり

諸本「なぞ」とあるが、意味が通らないので、「なほ」に改めた。「春の田をなほ打返し」が掛詞《かけことば》的序詞となって、「打返し悲しき」をみちびく。春の田をくりかえしすき返すように、かえすがえす悲しいのは頼りないわが身である。

恋

さまざまに思ひしよりは世の中に絶えぬは君を思ふなりけり

あれこれもの思いをするなかで、絶えることがないのは、亡き円融院を追慕する情である。

春の景物と恋という、歌合《うたあわせ》などにみられる四季・恋の典型的な題詠である。円融院追悼が中心的な主題だが、そこから世の無常を観取し、「数ならぬ身」「頼り少なき我が身」と、はかなく不安定な自己を省察していく方向へと展開していることに注目しておきたい。無常観もさることながら、有力な後援者がつぎつぎと世を去って、権勢から遠ざかり、官位の昇進も停滞したままの現状への感懐もこめられているのだろう。「緑の袖」は喪服と結びつけて解釈したが、不遇意識が暗示されていると理会してもよい。

『公任集』の、藤原道兼《みちかね》の粟田《あわた》山庄で詠んだ次の歌も、円融院追悼の歌といわれる。

粟田殿に人々おはして思ふ心詠むに

憂き世をば峯《みね》の霞や隔つらむなほ山里は住みよかりけり

喪中のわびしさが霞によって隔てられ、この山庄の景色に心がなぐさめられるというのである。『実方集《さねかたしゅう》』の次の歌も同じ折の歌といわれる。

同じ頃、粟田殿にて

この春はいざ山里に過してむ花の都はをるに露けし

今年の春は山里で過ごそう、花の都は、いると涙がちになってしまうから、というのである。「露」は「花」の縁語で、「花を折る」がひびかせてある。公任の個人的な述懐歌とは異なり、今日だけは春色濃い山庄で、つかのまの心情の解放を求めようという、明るい社交的な雰囲気がただよっている。喪中の閑暇での、道兼を中心にすえた反道隆《みちたか》派の連帯の場だったのかもしれない。

憂愁の日々

公任は正暦《しょうりゃく》元年（九九〇）蔵人頭《くろうどのとう》に備前守《びぜんのかみ》を兼ねてから、正暦三年八月二十八日参議となるまで（『大鏡裏書《おおかがみうらがき》』）、二年あまりのあいだ、官位の昇進がまったくなかった。この間に、蔵人頭から参議に昇任していったのは、いずれも兼家《かねいえ》一門、藤原道隆《みちたか》の子道頼《みちより》、同じく道隆の子伊周《これちか》であり、正三位《しょうさんみ》右中将だった藤原道綱《みちつな》も参議となり、藤原高遠《たかとお》・源清延《みなもとのきよのぶ》・藤原有国《ありくに》などが従《じゅ》三位に叙せられた。

蔵人頭から公卿《くぎょう》になる道は、公任にたいしては固く閉ざされていたのであって、ようやく参議になったものの、兼官の左中将は停止《ちょうじ》されてしまった。同時に昇任された平惟仲《たいらのこれなか》は右大弁を兼官していたのである。公任と同年齢の藤原道長《みちなが》は二十七歳の若さで、この年従二位権《ごん》大納言で中宮大夫《だいぶ》を兼ねていた。かつての摂関家の嫡男で、藤原道兼《みちかね》派とみなされていた公任には、風当たりも強かったのだろう。

『公任集』に、参議に昇任できなかったころの大江為基《おおえのためもと》との贈答歌が収められている。

宰相にえ成りたまはざりける九月九日、為基法師

世の中をきくに袂《たもと》の濡《ぬ》るるかな涙はよそのものにぞありける

返し

遅れ居てなほ去りがたき菊の花籬《まがき》のもとを訪《と》ふや誰《たれ》ぞも

また

世の中のきくには異に思ふべし袖《そで》の露だに散る世なりせば

返し

常ならぬこの世の花を見ざりせば露の心はのどけからまし

為基が、重陽の「菊」に「聞く」を掛けて、「世間のようすを聞くと袂が濡れる、涙は自分ではなく他人のために流すものだった、あなたの昇任されないうわさを聞くと同情の涙が流れる」といってよこしたのにたいして、公任が、籬の菊に自分をよそえて、「昇任が遅れても、なお俗世に執着して出家もしないでいる自分を慰問してくれるのは、いったいだれだろうか」と答え、さらに為基が、「世の中では菊の露を長

寿をもたらすものともてはやすが、この菊は世間と異なっていると思ったほうがよい、袖の露が散るような、運命の転変がはげしい世の中だから」と続け、公任も、「無常のこの世の花を見なかったならば、菊の露は長久のしるしだったものを」と返している。菊に綿を着せて、露がおいた綿で顔をぬぐうと老いが除かれるという、当時の風習を踏まえながら、公任の不遇のうわさを「聞く（菊）」と、袖が涙の「露」で濡れるという趣向を中心に歌を詠みかわしている。

為基は、従三位中納言にいたった文人維時《これとき》の孫で、正三位参議斉光《ただみつ》の子、定基《さだもと》（寂照《じやくしよう》）の兄、匡衡《まさひら》のいとこであり、文章博士で正五位下《げ》摂津《せつつ》守になった（『大江氏系図』『勅撰作者部類《ちよくせんさくしやぶるい》』）。赤染衛門《あかぞめえもん》と親しく、『赤染衛門集』に贈答歌がみえる。後年出家した。

為基は永祚《えいそ》元年（九八九）ころまで官職にあったらしく（『勅撰作者部類』）、この贈答がおこなわれた正暦二年ごろにはすでに出家していて、自分の境遇ともかさねあわせながら、公任に同情したのだろう。

正暦三年二月二十九日、一条天皇の生母東三条院詮子《せんし》が、石山寺に参詣《さんけい》した（『日《に》本紀略《ほんきりやく》』）。『石山寺縁起』には、供奉《ぐぶ》した人物と衣装が記されている。中宮大夫道長が直衣《のうし》、左衛門督《さえもんのかみ》藤原顕光《あきみつ》・太皇太后宮権大夫源伊陟《これただ》が束帯《そくたい》、権中納言藤原道頼・新中納言藤原伊周・右衛門督源時中《ときなか》・宰相中将藤原道綱が直衣、修理《しゆり》権大夫藤原安親《やすちか》が狩衣《かりぎぬ》、頭中将公任・頭弁平惟仲《これなか》は布衣《ほい》とある。布衣は絹にたいして麻など植物の繊維を織った布でできた狩衣である。衣服の面からも官位の差は歴然としていた。公任はいいしれぬ屈辱感を味わったはずである。

正暦四年正月十三日、公任は近江《おうみ》守を兼ねている（『公卿補任《くぎょうぶにん》』）。

二月六日、公任は藤原実資《さねすけ》らと、藤原道兼の粟田《あわた》山庄に遊び、弓に興じた。『小右記《しょうゆうき》』には、次のように記されている。

早朝、内相府（道兼）御車ヲ寄セラル。同車シテ宰相中将（道綱）ノ家門ニ向フ。同ジク招ジ乗ラレテ、粟田ニ向ハル。公卿多ク会シ、或《ある》ヒハ射、或ヒハ廐馬《きうば》ヲ以ツテ競ハル。又、晩頭左右ニ相ヒ分カレ、上達部《かんだちめ》・殿上人射ル。（略）夜ニ入リテ、各々分散ス。藤宰相（公任）ト同車シ、家ニ帰ル。

道兼との相変わらぬ親密ぶりがうかがわれる。

二月二十二日に、冷泉院《れいぜいいん》第四皇子敦道《あつみち》親王が元服し、加冠役を左大臣源雅信《まさのぶ》、理髪役を公任がつとめた。『権記《ごんき》』に、

南院ニ参ル。四宮ノ御元服也《なり》。理髪、藤宰相公任。加冠、左府。秉燭《へいしょく》ハ扶義《すけよし》・俊《とし》

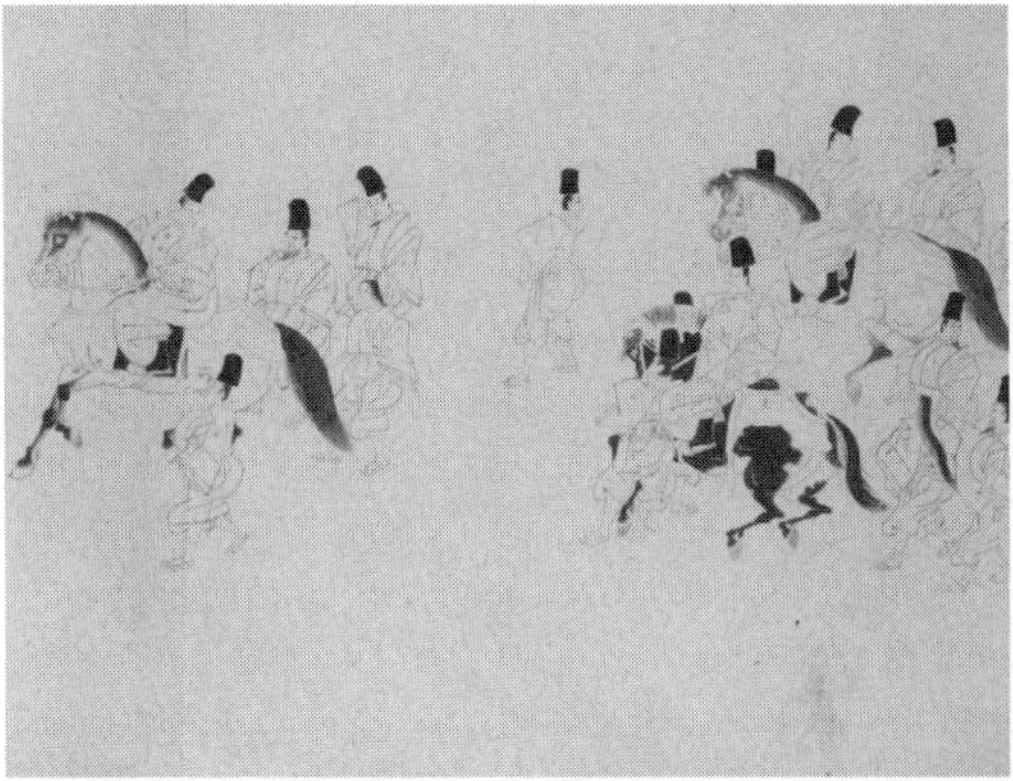

石山寺縁起絵巻

賢《かた》。大臣四人。引出物有リ。

とある。秉燭は、灯火を取り持つ役である。四月ころより公任は参議としての職務に従事しはじめ、『小右記』の四月九日条に、

藤宰相、巳《み》ノ時ニ着座ス。午《うま》、小雨上ル。午後、大雨。弘遠朝臣《ひろとほあそん》云ハク、着座ノ間、雨フラズト。

とあり、また、四月十七日条に外記庁にはじめて着座した記事がみえる。

庁ニ着ス。藤宰相今日初メテ着ス。彼《か》ノ消息ニ云ハク、故殿（頼忠《よりただ》）三条初メテ庁事ニ従フ之《の》日、上﨟《じやうらふ》参議多ク参ル。若《も》シ殊ナル障リ無ケレバ参入サルルニ更ニ何事之有ランヤト。乃《すなは》チ参入ス。権大納言（伊周）・右兵衛督《うひやうゑのかみ》（伊陟）等着庁ス。

公任は経験豊かな実資の同席を求めたのであろう。
六月三日に臨時の奉幣使が定められ、公任は平野神社におもむくことになった（『小右記』）。
六月にはいって、公任は病床に臥《ふ》す身となった。『小右記』の六月五日条に、

藤相公修善シ昨日ヨリ俄《には》カニ行ヲ始ム。悩ム所重ク、其《そ》ノ隙《ひま》無キニ依《よ》リテト云々《うんぬん》。

とあり、六月七日条に、

藤相公ノ消息ニ云ハク、日来悩ム所減ゼズ、就中《なかんづく》大行不通ニシテ、已《すで》ニ数日ニ及ブ。内外ノ祈禱《きたう》其ノ験《しるし》無キニ似タリ。若シ非常有ラバ、身後ノ雑事一向ニ憑《たの》マル。更ニ他ニ恃《たの》ム者無シト。

とあって、公任は重病のために、実資に後事を託すまでになるのである。

官位の停滞に不満をいだいていたためか、この年十一月二十七日に一条天皇がはじめて大原野神社に行幸したさいに、公任は供奉しないという事件が起こった（『日本紀略』『本朝世紀《ほんちようせいき》』）。関白以下多数の公卿が同行したのに、公任が参加しなかったので、非難をあび、一時出仕を停止される事態となった。『本朝世紀』の十二月四日条には、

次イデ権大納言藤原道長卿同ジ座ニ著《つ》キ、参議藤原公任朝臣、去ル十一月廿七日大原野社行幸ニ供奉セザル之由問ハル。而《しか》シテ勅有リ。暫《しばら》ク参入セシムベカラズトイヘリ。

とある。道長が査問役になっているのは、運命の皮肉というべきだろう。

常ならぬ世

『公任集』に、実資《さねすけ》が花山院女御《かざんいんにようご》だった婉子《えんし》女王にかよいはじめたころの贈答歌がある。婉子女王は為平《ためひら》親王と源高明《みなもとのたかあきら》の娘とのあいだに生まれた姫君である。

小野宮《をののみや》の右大臣殿、式部卿《しきぶきやう》の宮の女御のもとに参りはじ

めたまひて、三日、「いとつれづれなるに、今宵《こよひ》参りて
物語も聞こえむ」とありければ
秋風の袂《たもと》涼しき宵ごとに君待つほどは人や恨みむ
返　し
恨むべき人をば知らで秋風に尾花をあやな頼みけるかな
おはし馴れし頃《ころ》、薫物《たきもの》を聞こえたまひたりければ
いにしへは契りし宿の女郎花《をみなへし》香をむつまじみ知りもこそすれ
小君と聞ゆる返し
女郎花同じ野辺には生ふれども契りし根にはあらずとか聞く

「秋風の」「恨むべき」の贈答は、実資が婉子のもとにかよいはじめてから三日目のことである。今夜は公任のもとにきて世間話でもしたい、といってよこしたので、公任が、「肌寒い秋風が吹いて人恋しい時節がら、あなたを待ってあの人が恨みはしないか」と心配すると、実資は、「恨むかもしれない人のことはともかく、秋風に吹かれて人を招くすすきの花をなぜか頼みにしているのだ」と答える。結婚してから三日はかよわなければならない当時の風習に反する行為だが、婉子のがわにもそのように

なる事情があったのかもしれない。

『栄花物語《えいが》』「見はてぬ夢」や『大鏡《おおかがみ》』には、実資が婉子と結婚したときに、藤原道《みち》信《のぶ》がうらやんで、

嬉《うれ》しきはいかばかりかは思ふらむ憂きは身にしむ心地こそすれ

と、詠んだと記されている。婉子と道信との仲は世間の話題になるほどのものだったらしい。公任が、実資と婉子との結婚が落ち着いたころ、薫香を贈ったときの歌もふくみの多い歌である。「昔縁のあった家の女郎花だから、なじみの香とわかるかもしれない」。これにたいして、代作で、「女郎花は同じ野辺に咲いているが、かかわりのあった根とは異なっている」と返歌がある。婉子は公任ともなにか親交があったのだろうか。

この婉子は長徳《ちょうとく》四年（九九八）九月十七日に没した（『日本紀略《にほんきりやく》』）。長保《ちょうほう》元年（九九九）七月四日に、実資は禅林寺《ぜんりんじ》で一周忌の法要を盛大に催し、願文を大江匡衡《おおえのまさひら》が執筆し、公任も列席している。

『公任集』の次の贈答は、「染殿《そめどの》」が婉子をさすかどうかあきらかではない点もあるが、実資の喪中の歌であり、この時期のものとも考えられる。

小野宮の中納言、染殿の御喪《おもひ》にて、秋果てがたに聞こえたまひける

白河《しらかは》の紅葉《もみぢ》を見てや慰まむ世にふる里はかひなかりけり

と聞こえたりければ

常ならぬ思ひや何か慰まむ山辺はいとど木の葉散りつつ

実資が、「あなたは白河の山庄の紅葉を見て心なぐさむだろうが、自分は妻がなくなった自邸で、かいのない日々を過ごしている」といえば、公任も、「無常の思いはなぐさめられることはない、山辺では木の葉がますますはかなく散っているから」と共感する。実資が中納言だったのは、長徳元年八月二十八日から長保三年八月二十五日までである。

実資が婉子女王のもとにかよいはじめたのは、正暦《しょうりゃく》五年（九九四）ごろだったらしい。『栄花物語』「見はてぬ夢」には翌長徳元年の記事のなかに位置しているが、実資の結婚をうらやんだ道信は、正暦五年七月十一日にすでに没しているからである（『小右記目録《しょうゆうきもくろく》』）。道信は為光《ためみつ》の五男で、兼家《かねいえ》の養子となり、従《じゅ》四位上《じょう》左近中将までいったが、二十三歳の若さで没した（『中古歌仙三十六人伝』『勅撰作者部類《ちょくせんさくしゃぶるい》』）。夭折《ようせつ》し

たが、歌才にすぐれており、公任や藤原実方《さねかた》と親交し、『公任集』にも贈答歌が数多く収められており、道信の死は公任にとってかなりの衝撃だったはずである。『公任集』から道信関係の歌を拾ってみよう。

女院にて、朝顔を見たまひて

道信少将

明日知らぬ露の世に経る人にだになほはかなしと見ゆる朝顔

朝顔を何はかなしと思ふらむ人をも花はさこそ見るらめ

正暦二年二月十二日に円融院《えんゆういん》が崩御して、九月十六日に詮子《せんし》が出家して女院となった。道信は永延《えいえん》二年（九八八）正月二十九日に左近少将となり、正暦二年九月十六日に左近中将に昇任している。この歌は正暦二年の秋に、公任と道信が亡き円融院をしのんで詠んだものか。正暦三年六月十六日になくなった、道信の父為光を追悼する贈答という説もある。朝顔と人と、露の世に生きるはかなさを同様のものとして詠んでいる。

同じ中将の笄《かうがい》の枕箱《まくらばこ》にあなる、返しやりたまふとて

かみがきを返す返すも見る時ぞ色ごのみとはしるく見えける

又、返し

おしなべて紅葉《もみ》づる時は神垣《かみがき》の榊葉《さかきば》さへやしるく見えける

又、返し

紅葉ばは時に変るを榊葉の常なる色にいかでなるらむ

返　し

時ならで世に経る人は紅葉ばの移りやすなる色はならはず

道信の笄が枕箱におき忘れてあったのを返すときの、冗談事の応酬である。「笄」すなわち「髪掻《かみがき》」を見て、公任が「色ごのみ」とからかったのに応じて、道信は「神垣」の「榊葉」に転じて「紅葉」と対比させて答えたのである。自分は移り気な「紅葉」と異なり、志操堅固な「榊葉」だ、というのである。

その夜もろともに物しける人に、「かくなむありし」と言ひやりたまひけるついでに

うき世には心少しも行きやらで身さへとまらぬ跡なもらしそ

返し、斉信《ただのぶ》の少将

慰むる方《かた》だにあらば月影のすむべき世とは今のみや知る

道信の中将

世の中はあるかなきかぞ今はただ思ふ心を思ふどち経む

贈答のことは、『栄花物語』「玉のむら菊」に、

「月の明かりける夜、一品《いっぽん》の宮に殿上人あまた参りたまうるに、口すさびに松が浦島と宣《のたま》ひけるを聞きて内なる人」という詞書《ことばがき》ではじまる一連の贈答の一部である。この

昔とこそ今は言はめ、かの宮のおはしましし時、四条大納言の権《ごん》中将など聞えし折、月夜に参りたまひて、誰《たれ》ともなく人を呼び寄せたまひて、「女房の御中にかく聞えさせよ。松が浦島来て見れば」と、言ひかけてぞおはしにけるほどなどをかし。

とある。一品の宮は村上《むらかみ》天皇第九皇女の資子《しし》内親王、母は藤原師輔《もろすけ》の娘安子《あんし》。父帝からかわいがられ、天禄《てんろく》三年（九七二）三月二十五日に資子のいた梨壺《なしつぼ》で藤花《とうか》の宴が催されて、一品に叙せられたが、寛和《かんな》二年（九八六）正月十三日に出家し、入道一品宮

とよばれ、長和《ちょうわ》四年（一〇一五）四月二十六日に没した（『日本紀略』）。風雅な雰囲気があって、殿上人たちが参集していたようである。「松が浦島」は、『後撰《ごせん》和歌集』雑一の素性《そせい》の歌、

音に聞く松が浦島今日ぞ見るむべも心あるあまは住みけり

を引いたもので、「海人」に「尼」を掛け、「心ある尼」、資子内親王を賛美したものであろう。無常や厭世《えんせい》が詠まれているが、入道宮にちなんだもので、女房たちとのあいさつ的な贈答だから、さほど深刻なものではない。永延二年（九八八）秋の贈答とする説がある。

公任と道信とが家集らしいものを互いに交換しあったときの贈答歌もあって、興深い。

道信の中将、詠みたる歌ども書き集めたる、互《かたみ》に見むと云《い》ひやる

かくばかり経ることかたき世の中に形見にすべき跡にぞありける

返し

経ることはかたくなるとも形見なる跡は今来む世にも忘れじ

形見にするというのは戯《ざ》れごとかどうかはわからないが、事実は形見になってしまったのである。この贈答は道信の没後に第三者と詠みかわしたものとする説もある。それにしても、このとき両者が交換した家集は現存の『道信集』や『公任集』となんらかのかかわりがあるのだろうか。

また、「殿上人、金鼓《こんぐ》打ちのついでに嵯峨野《さがの》に行きて、馬こそがありけるをあはれがりて、昔を思ひやる心を」という一連の贈答がある。公任と道信との贈答に、馬こそや源兼澄《かねずみ》も加わってくるのだが、歌人たちの交流をうかがわせるものがあって、関心をそそる。馬こそは歌人の小馬命婦《こまのみょうぶ》のようである。このように道信に照明をあてると、公任の青年期にあたる時期の和歌史のうごきが大きく浮かびあがってくるのである。

道信の死の翌長徳元年（九九五）正月十三日、これも公任と親しかった藤原実方が陸奥守《むつのかみ》に任命されて都を去ることになった。公任はまたひとり友人をうしなうのである。左近中将だった実方が陸奥守となって下向していったことは、さまざまな憶測をよび、説話となって語りつたえられた。

『古事談《こじだん》』第二には、宮中で藤原行成《ゆきなり》と口論をした実方が、怒って行成の冠を取って庭へ投げすてたが、行成は平然と主殿司《とのもづかさ》に命じて冠を拾わせ、砂を払い、またかぶって立ち去ったとある。これを見ていた一条天皇が行成の態度に感心して蔵人頭《くろうどのとう》にとりたて、実方には「歌枕見テ参レ」といって陸奥守に左遷した、というのである。『撰集抄《せんじゆうしよう》』巻八には、殿上人たちが東山へ花見にいったときの話としてある。花見のさなかに突然雨が降りだし、実方は、

桜狩雨は降り来ぬ同じくは濡《ぬ》るとも花の蔭《かげ》に隠れむ

と詠んで、「漏り来る雨にさながら濡れて、装束《しやうぞく》絞り侍《はべ》る」と、雨にびっしょり濡れて衣服が絞るほどだった。同行した人びとは興深く思って、藤原斉信がこんな出来事があったと一条天皇に申しあげたところ、かたわらで蔵人頭だった行成が聞いていて、「歌は面白し。実方はをこなり」、歌はよいが、実方の行動は馬鹿げている、といったのを、実方があとで聞いて深く恨んだ、という。実方が自分から望んで陸奥守になったという説もあるが、いずれにしても都にいられないような状況があったのだろう。

実方は反兼家派の藤原済時《なりとき》に養育され、歌才もあって円融・花山朝では宮中の寵児《ちようじ》だった。一条朝になって時流からはずれ、兼家一門がどんどん出世していくなかで、四十歳ちかくなって、従四位上左中将では、不遇意識から前途をはかなむのもやむをえない。実方は、長徳四年十一月十三日に任地で没した（『尊卑分脈《そんぴぶんみやく》』）。『中古歌仙三

十六人伝』や『勅撰作者部類』には、十二月に没したとある。

実方が陸奥守として赴任していくときに、公任は馬の下鞍《したぐら》を贈り、歌の贈答をしており、『拾遺《しゅうい》和歌集』別、『公任集』『実方集』に収められている。

　陸奥《みち》の国の守実方下るに、下鞍遣《や》るとて
東路《あづまぢ》の木《こ》の下くらに見え行かば都の月を恋ひざらめやは
　返し
言伝《ことづ》てむ都の方へ行くべきに木の下くらにいとど惑ふと

「木の下暗」に「下鞍」を隠し詠みしており、「木の下暗」は夏に木の葉が生い茂って暗くなることだが、木に深く覆われた辺境としての「東路」を暗示している。「木深く昼なお暗い東国に下向していったならば、都の美しい月を恋しく思わないか」と公任がなぐさめたのにたいして、実方は、「都へ行くはずが、東国の闇《やみ》のなかでますます迷っていると言伝てしたい」と答える。「行くべきに」が「行く月に」となっている本文もある。この贈答歌をみれば、実方がみずから願って陸奥へおもむいたとは、どうも考えられない。もっとも、「暗」「惑ふ」を関連づけた言葉遊びとすれば別だが。

公任は道信や実方というふたりの親しい文学の友を正暦五年から長徳元年にかけて

うしなうことになるが、長徳元年には疫病が流行して多くの人が世を去り、政界にも大きな変化があった。四月三日に関白道隆《みちたか》が病で職を辞し、四月十日に没した。つづいて、道兼《みちかね》が四月二十七日に関白となったが、五月八日に没してしまった。公任と親しかった道兼がもっと生きていたならば、公任の運命はまた別なかたちに開けたかもしれない。道兼は七日関白とよばれるほど、あっけなく世を去ったのである。

道隆と道兼の死によって、一躍政権の中枢に躍りでたのは道長《みちなが》だった。道隆のかわりに内大臣で内覧《ないらん》の宣旨を受けていた道隆の次男伊周《これちか》を越えて、道長は五月十一日に権《ごん》大納言で内覧の宣旨を受け、六月十九日に右大臣となり、氏の長者の座についた。左大臣源重信《しげのぶ》が五月八日に没していたから、道長は時の第一人者になったのである。内覧は天皇に奏上する文書を下見する役で、本来は摂政関白の仕事である。

この年ふたりの関白と左大臣のほかに、大納言藤原朝光《あさみつ》が三月二十日、同じく藤原済時が四月二十三日、権大納言藤原道頼《みちより》が六月十一日、中納言源保光《やすみつ》が五月九日、同じく源伊陟《これただ》が五月二十二日というように、高官があいついで世を去り、そのすべてが道長の政権獲得に幸いしたのである（『公卿補任《くぎょうぶにん》』）。

紫式部《むらさきしきぶ》の伯父為頼《ためより》が三十六歌仙のひとり小大君《こだいのきみ》と無常の世をなげく歌の贈答をしている（『栄花物語』「見はてぬ夢」）。

世の中にあらましかばと思ふ人なきが多くもなりにけるかな　為頼
あるはなくなきは数そふ世の中にあはれいつまであらむとすらむ　小大君

『拾遺和歌集』哀傷には小大君の歌はなく、為頼の歌にたいして、公任が、

常ならぬ世は憂き身こそ悲しけれその数にだに入らじと思へば

という歌を返したかたちとなっていて、この贈答は『公任集』巻末の増補部分にも収められている。

『為頼集』には為頼の歌にたいして、小大君の返歌が二首ならんでいるようなかたちになっているが、「常ならぬ世」はやはり公任の歌と考えておきたい。為頼の歌は『公任集』に重出しており、『為頼集』や『公任集』の詞書によれば、長徳二年（九九六）ごろの実頼《さねより》の忌日の五月十八日に法住寺《ほうじゅうじ》で催された法華八講の折に故人となった人たちをしのんで、為頼・公任・小大君の三人が唱和した歌ということになる。親しい人がつぎからつぎへと死んでいく無常の世に、とりのこされてむざむざと生きながらえているわが身を述懐した歌である。

『公任集』に、

世の中騒がしかりける年、常に在りける人多く亡くなりて後、神無月の晦《つごもり》がたに、白河に渡りたまひけるに、紅葉の一木残れるに付けて、常に文作り歌など詠みける源中納言など思ひ出《い》でられて、いとあはれに覚えたまひければ

今日来ずば見でや止《や》ままし山里の紅葉も人も常ならぬ世に

という歌がある。紅葉も人の命も明日知れないような無常の世だというのである。『新古今和歌集』哀傷には、長徳四年八月十三日に没した源重信の子宣方《のぶかた》の死（『本朝《ほんちょう》文粋《もんずい》』に四十九日の十月十二日に大江匡衡が書いた願文が収められている）を哀悼した歌となっているが、『公任集』では同じく長徳四年に没した為頼の歌「世の中にあらましかばと」の歌が、「またの年」という詞書を付して続いているので、長徳元年十月末に詠まれた歌と考えてよいだろう。源中納言は公任の母の兄、伯父の保光と思われる。

この年、公任は八月二十八日に左兵衛督《さひょうえのかみ》、九月二十一日には皇后宮大夫《だいぶ》を兼ねた（『公卿補任』）。皇后は公任の姉遵子《じゅんし》である。翌長徳二年正月には讃岐《さぬき》守を兼ねている。

実資も四月二十八日には検非違使別当《けびいしのべっとう》を兼ね、八月二十八日には権中納言で右衛門督《うえもん》に転じている。道長は権力の座についてから、中関白家との勢力あらそいを考慮してか、小野宮一門を厚遇しており、実資が昇進転任していったあとの官職を公任が埋めるかたちになっているが、このころは比較的安穏の日々だったようである。

長徳元年十一月十三日に催された新嘗祭《にいなめさい》に、公任は小忌人《おみびと》として神事に奉仕し、父重信の喪に服していた宣方に赤紐《あかひも》を借りにやって、『公任集』にその折に両者が詠みかわした贈答歌が収められている。

小忌にさされたまひて、宣方の中将服なるに、赤紐借りに遣はしたりければ

雲の上の光もいとど遠ければなほ干しがたし墨染《すみぞめ》の袖《そで》

返し

晴れずのみ時雨《しぐ》るる方を眺むれば光も曇るものにぞありける

喪中を失念して小忌衣につける赤紐を借りにきた公任に、宣方は宮中の華やかな行事とは無縁に悲しみの涙にくれているわが身をなげいてみせたのであり、公任も同情を寄せた歌で答えている。

長徳二年にいたって、道長は中関白家の伊周・隆家《たかいえ》との政権あらそいにうち勝って、ふたりを公卿の座から追放することに成功した。

七月二十日に道長は左大臣になり、名実ともに政権を掌握することになった。このころより公任は道長との親密の度合いを深めていく。政権の帰趨《きすう》があきらかになり、自己の運命をみきわめた公任は、その才芸をいかして、風流文雅の道で采配《さいはい》をふろうと志したのであろう。一条朝という聖代は、花山院や道長を中心として文化がきらびやかに開花するが、公任は権力者をめぐる惑星として、おおいに輝くのである。

八月七日、公任は、太宰大弐《だざいのだいに》として下っていく藤原有国《ありくに》を送別するために、道長邸におもむいた。

『小右記』には、

左府ニ参ル。御消息有ルニ依ツテナリ。大弐ニ餞《はなむけ》セラル。佰銭《はくせん》（餞別の品を贈ることか）ノ事有リ。晩ニ臨ミテ和歌有リ。藤中納言（道綱《みちつな》）・左武衛（公任）・左大弁（平惟仲《たいらのこれなか》）・宰相中将（斉信）・勘解由《かげゆ》長官（源俊賢《としかた》）等也《なり》。参議ニ非《あら》ザルハ和歌ヲ読マズ。

とある。このときに公任が詠んだ歌が、『公任集』にみえる。

有国の大弐の筑紫《つくし》に下るに

別れよりまさりて惜しき命かな君にふたたび逢《あ》はむと思へば

再会を切望する歌である。この年、重陽の節句には有国の旧宅で菊の花を詠んだ贈答をして有国をしのんでいる。

有国が住まぬ家にて、九月九日

住む人もなき山里に菊の花秋のみ咲きてただに過ぎける

返し

住む人のにほひ添ふらむ菊の花まだ移ろはむことを思へば

また、水のほとりの菊

秋深き汀《みぎは》の菊の移ろへば波の花さへ色まさりけり

住む人がいなくなって見る人もなく咲いてもむなしく秋の日が過ぎていく、菊の花が移ろわないのは住んでいた人のなごりが残っているからだろう、秋が深まり菊の花が移ろい盛りになると波の花まで色がまさってくる。当時は菊を花盛りのときと盛りを過ぎて変色した移ろい盛りのときと二度賞美したのである。

公任の官職の昇進は順調で、九月十九日には右衛門督と検非違使別当を兼ねている。いずれも実資から譲られたものである。実資は正の中納言に転じた（『公卿補任』）。

翌長徳三年（九九七）三月十九日、公任の姉皇后遵子が出家し、九月十五日に故頼《より》忠《ただ》を追悼して念仏会を催している。『公任集』には前に示した、公任の代表作のひとつである、

いにしへを恋ふる涙に暗されて朧《おぼ》ろに見ゆる秋の夜の月

に続いて、次のような一連の贈答がある。

権　弁

雲間より月の光や通ふらむさやかに澄める秋の夜の月

かへし

蓮葉《はちすば》の露にもかよふ月なれや同じ心に澄める池水

これを聞きたまひて、左の大殿より

君のみや昔を恋ふるよそながら我が見る月も同じ雲居を

今よりは君が御《み》かげを頼むかな雲隠れにし月を恋ひつつ
また
今よりは阿弥陀《あみだ》が峰の月影を千代の後まで頼むばかりぞ
と聞えたりければ

権弁は藤原行成とする説もあるが、左大臣重信の子で公任とともに三舟の才をうたわれた相方《すけかた》とする説が妥当であろう。左の大殿は道長である。澄んだ月から極楽浄土の蓮の露を連想して亡き頼忠を追慕する公任に、道長が共感すると、公任は頼忠にかわって道長の庇護《ひご》を期待し、道長は初句が同じ歌で応じながら阿弥陀仏の加護を願う。この贈答で、公任はひたすら道長への恭順の意を表しており、以後公任は道長と協調することによって平穏無事な人生行路を歩むという方向をたどることになる。

この年、長徳三年四月十六日、公任が藤原斉信とともに道長邸から退出しようとしたときに、花山院の従者がふたりに乱暴をはたらくという事件があった。『小右記』には、

右衛門督（公任）示シ送リテ云ハク、宰相中将（斉信）ト同車シテ左府ヨリ退出ノ間、華山院近衛人数十人兵仗《へいぢやう》（武器）ヲ具シテ出デ来テ、榻《しぢ》ヲ持タシメナガラ

牛童ヲ捕リ籠《こ》メ、又雑人等走リ来テ礫《つぶて》ヲ飛バシ、其《そ》ノ間濫行《らんぎやう》云フベカラズトイヘリ。驚奇スルコト極リ無シ。

とある。下手人を逮捕するために検非違使が院を包囲し、院内を捜索するなどといったうわさが飛びかって、大騒動となり、花山院は面目を失した。賀茂《かも》祭りにつきものの喧嘩《けんか》だったかもしれないが、道長と親密な公任や斉信へのいやがらせとも考えられる。

長徳四年正月二十五日に、公任は備前権守《びぜんのごんのかみ》を兼ね、十月二十三日には勘解由長官も兼ねている。

この年も疫病が流行し、七月十日前権大納言源重光《しげみつ》、二十五日参議源扶義《すけよし》、三十日前参議藤原佐理《すけまさ》、八月十三日には右中将源宣方などが没し、陸奥守となった藤原実方も任地で没している。藤原為頼もなくなり、公任の縁者や親友が数多く世を去り、時代がまたひとつ改まった感がある（『公卿補任』など）。

翌長保元年（九九九）の春、具平《ともひら》親王と公任は哀悼の歌を詠みかわしている。『公任集』に、

花の盛りに藤原為頼など伴ひて岩倉《いはくら》にまかれりけるを、中将宣（実とも）方朝臣《あそん》、

「などかく侍らざりけむ、後の度に必ず侍らむ」と聞えけるを、その年中将も為頼もみまかりける。又の年、かの花の頃、中務卿《なかつかさ》のもとより

という長い詞書で収められているが、この贈答は『千載《せんざい》和歌集』哀傷にもみられる。

春来れば散りにし花も咲きにけりあはれ別れのかからましかば
行き帰り春やあはれと思ふらむ契りし人のまたも逢はねば

春になればまた花ももどってくるが、死別した人は帰らない。公任は花見を約束した宣方にふたたび逢えないのを悲しんでいるのである。長徳年間に公任は青年時代から親しんできた多くの人びとと死別し、青春のなごりもすっかりうしなわれてしまった。

第五章　栄華の余光

彰子入内屏風歌《しょうしじゅだいびょうぶうた》

道長《みちなが》との権力抗争に敗れた伊周《これちか》と隆家《たかいえ》は、長徳《ちょうとく》三年（九九七）にその罪科を許されて帰京しているが、もはや昔日の勢威はなく、左大臣道長がひとり、権力をほしいままにするようになった。公任は道長にしだいに接近して傘下のひとりとなり、道長の勢威を彩るかたちで、その才名を高くうたわれるようになっていく。

長保《ちょうほう》元年（九九九）、公任は三十四歳、円熟味をようやく増し、正月七日に従三位《じゅさんみ》に任じられ、閏《うるう》三月二十九日に勘解由《かげゆ》長官を辞している（『公卿補任《くぎょうぶにん》』）。

三月二十九日、少納言藤原統理《むねまさ》が出家した（『日本紀略《にほんきりゃく》』『本朝世紀《ほんちょうせいき》』）。統理は魚名《うおな》流の祐之《すけゆき》の子で、中務少輔《なかつかさのしょう》から少納言となって、春宮権大進《とうぐうのごんのだいじん》となり、春宮だった三条天皇から寵愛《ちょうあい》された。『今鏡《いまかがみ》』第九「昔語」や、鴨長明《かものちょうめい》の『発心集《ほっしんしゅう》』第五に統理の出家の話が収められている。統理は妻の悲しみを振りきって出家しようとして、道長に暇乞《いとまご》いに行くと、「後世を乞え」と数珠をあたえられ、多武峰《とうのみね》の増賀聖《ぞうがひじり》のもとで出家する。増賀は気性がはげしく、奇行の多かった名僧である。

出家してからのちも、統理は勤行《ごんぎょう》にはげむでもなく、もの思いにふけっている。増賀が叱責《しっせき》すると、統理は出産する予定の女が都にいて、気がかりでたまらないという。すると、増賀は都におもむき、女の出産の世話をし、生活に必要なものまで用意してやって、統理を安心させる。また、三条院より歌を贈られ、なつかしがって涙を流していると、春宮から歌を贈られても、仏になれるわけではないと、増賀がたしなめる。増賀の人となりの一面をしのばせる話である。『今昔物語集《こんじやく》』巻十九の「春宮蔵人宗《くらうどむね》正出家語《まさせること》」を統理の出家の話とする説もある。

公任は統理の出家にたいして歌を詠んでおり、『拾遺和歌集《しゅうい》』哀傷や『公任集』に収められている。

少納言藤原統理に年頃《としごろ》契ること侍《はべ》りけるを、志賀《しが》にて出家し侍ると聞きて、言ひ遣はしける

さざ波や志賀の浜風いかばかり心のうちの涼しかるらむ　（拾遺和歌集）

公任には人の死や出家にたいして、俗世間にいつまでも身をおいているわが身をかえりみ、自分とは対蹠《たいせき》的な人の生きかたを賛美する歌がいくつもある。公任は徹底しない自己をなげいているのであるが、俗世間にあくまでも執着していくのも、煩悩多い人間のむしろ一般的な生きかたであり、かえっていさぎよさもあるかもしれない。

公任の歌では統理は志賀で出家したことになっており、当時よく参詣《さんけい》された志賀寺（崇福寺《すうふくじ》）であろうか。事実としては、志賀寺とみてよいだろう。

五月六日、七日の両日にわたり、道長邸において作文会《さくもんえ》が催された。『御堂関白記《みどうかんぱくき》』の六日条に、

東ノ対ニ於《お》イテ、作文ノ人々ヲ召ス。中納言（隆家）・右衛門督《うゑもんのかみ》（公任）・宰相中将（斉信《ただのぶ》）等、然《しか》ルベキ殿上人等来タル。

七日条に、

早朝文ヲ講ズ、題、水樹佳趣多シ、（紀《きの》）斉名朝臣《ただなあそん》出《いだ》ス所ナリ。韻、深ノ字、（大《おお》江《えの》）以言《これとき》朝臣。序、匡衡《まさひら》朝臣。此《こ》ノ後、韻ヲ掩《おほ》フ。

とある。題を斉名、韻を以言が出し、序は匡衡が執筆した。一条朝の有力な文人たちが総登場しており、道長の権勢がうかがわれる。匡衡の序と詩が『江吏部集《ごうりほうしゅう》』に収められている。『本朝麗藻《ほんちょうれいそう》』に斉信と道済《みちなり》の詩が、また、『類聚句題抄《るいじゅうくだいしょう》』に斉信・道済・匡衡・斉名・以言の詩句がみえる。公任の詩は伝わっていないが、『拾遺和歌集』雑

賀に歌が残されている。

右（正しくは左）大臣家つくりあらためて渡りはじめける頃、文作り、歌など人に詠ませはべりけるに、水樹佳趣多しといふ題を

住みそむる末の心の身ゆるかな汀《みぎは》の松の影をうつせば

詞書《ことばがき》によれば、道長邸の新築を祝った催しで、漢詩と同じ題で和歌も詠まれたらしい。千代あるいは千年《ちとせ》という長久の印象をもつ松によって、新邸の永久の存続を予祝した歌である。汀の松が水に姿を映しているのを見れば、住みはじめた家が末長く続くことが予想される、という意の歌である。

八月二十日、東三条院詮子《せんし》が慈徳寺《じとくじ》に参詣し、左大臣道長・中納言平惟仲《たいらのこれなか》・参議藤原懐平《かねひら》・左衛門督藤原誠信《さねのぶ》・右衛門督公任・左大弁藤原忠輔《ただすけ》・宰相中将斉信などが騎馬で供奉《ぐぶ》し、公任は勅使をつとめた。慈徳寺は『拾芥抄《しゅうがいしょう》』に「東山寺、号華山」とある（『小右記《しょうゆうき》』『権記《ごんき》』『御堂関白記』）。

九月十二日、道長が嵯峨《さが》に遊覧し、公任も同行した。『百人一首』で有名な、

滝の音は絶えて久しくなりぬれど名こそ流れてなほ聞えけれ

が詠まれたのは、このときである。『権記』に、

早朝中将ト同車シ、左府（道長）ニ詣《まう》ヅ。左府、野望ス。一昨、左《さ》・右金吾《うきんご》・源三相公（誠信・公任・俊賢《としかた》）、幷《なら》ビニ予、右中丞《うちゆうじよう》、此ノ事相約有リ。各、餌袋《ゑぶくろ》・破《わり》子《ご》（弁当箱）ヲ調へ、先《ま》ヅ大覚寺《だいかくじ》滝殿・栖霞殿《せいかでん》ニ到《いた》ル。次デ丞相騎馬、以下之《これ》ニ従ヒ、大堰《おほゐ》河畔ニ到ル。式部権大輔《しきぶのごんのたいふ》、丞相ノ命ニ依《よ》ツテ、和歌ヲ上《たてまつ》ル。題ニ云《い》ハク、処々ノ紅葉《もみぢ》ヲ尋ヌ。次デ相府ノ馬場ニ帰リ、和歌を詠ム。初メ滝殿ニ到リ、右金吾詠ミテ云ハク、

滝音能《たきのおとの》　絶弖久《たえてひさしく》　成奴礼《なりぬれ》東《ど》　名《な》社流弖《こそながれて》　猶聞計礼《なほきこえけれ》

とある。『小右記』の十二日条に、道長から山辺の紅葉を見にいくから供をするようにさそわれたが、物忌《ものいみ》によって同行をことわったと記され、ついで十三日条に、

源相公（俊賢）談《かた》リテ云ハク、昨、左府、嵯峨・大井ヲ遊覧シ、即《すなは》チ女院ニ帰参シ、競馬《くらべうま》ノ事有リ。其《そ》ノ後、和歌ヲ読ム。左衛門督誠信・右衛門督公任追従ス。

亦《ま》タ右大弁行成《ゆきなり》蔵人頭《くらうどのとう》・外記《げき》慶滋為政《よししげのためまさ》同車、奇怪ノ事也《なり》。往古聞カザルノ事ト云々《うんぬん》。

とあり、道長の私的な催しに廷臣たちが参加し、儀礼の慣行を破り、公私混同をしていると憤慨している。もっとも、『小右記』によれば、実資《さねすけ》も二日前の十日に右兵衛督源憲定《みなもとののりさだ》らと連れだち、中原致時《なかはらのむねとき》・源兼澄《かねずみ》らの歌人たちをともない、嵯峨・大井へおもむき、和歌の会を催しているから、公憤というよりも私怨《しえん》といったほうがよいかもしれない。実資は道長に接近しはじめた公任にたいして、好感をいだいていなかったようである。『御堂関白記』には、「西山ノ辺ニ出テ、紅葉ヲ見ル。院ニ返リ参リ、馬場殿ニテ和歌ノ事有リ」と記され、道長一行は嵯峨の大覚寺《だいかくじ》から大井川畔におもむき、大江匡衡の献じた「処々ノ紅葉ヲ尋ヌ」の題で和歌を詠み、東三条院詮子のもとに帰参し、馬場殿で競馬を催し、和歌を披講した、というのが当日の行動である。

大覚寺は嵯峨天皇の御所のあったところで、貞観《じょうがん》十八年（八七六）二月二十五日、淳和《じゅんな》太皇太后正子《せいし》の御願で、離宮から寺院になった（『日本紀略』）。公任の時代には往時の面影はなく、滝殿もなかった。滝の音は絶えたが、名はとどまり今もなお聞きつたえられている、という時の推移による栄枯盛衰を、歴史意識によって詠嘆したものだが、「滝」にまつわる「音」「絶ゆ」「流る」「聞ゆ」という聴覚的映像が、夕音ナ音の反復による頭韻にみちびかれて、よどみなくつづられ、公任の説く優美平淡の余情美を具現している歌といえよう。

この歌は『拾遺和歌集』雑上、『千載《せんざい》和歌集』雑上に収められ、『拾遺和歌集』では初句が「滝の糸は」となっている伝本が多い。だが、『権記』や『公任集』のように、「滝の音は」のほうが原型であり、適切であろう。「滝の糸は」は繊細で、「絶えて」との接続もよいが、全体での言葉の脈絡が断ちきれてしまって、体をなさなくなる。『公任集』には、「大殿のまだ所々におはせし時、人人具して紅葉見に歩《あり》きたまひしに、嵯峨の滝殿にて」という詞書で収められており、このときの詠歌がもう一首ならんでいる。

殿に帰り給《たま》うて

山辺より野辺も残さず尋ね来てとまるもしるき宿のもみぢ葉

この歌が「処々ノ紅葉ヲ尋ヌ」の題に応じたものだろう。「山辺」「野辺」「宿」という場所の提示が趣向となって、「処々」をあらわしている。『長能集《ながとうしゅう》』（異本）の、

左大臣殿、大井の紅葉御覧せしに、処々の紅葉を尋ぬ、

いづこにか駒《こま》をとどめむもみぢ葉の色なるものは心なりけり

といふ題を

も、このときの詠歌である。紅葉の色はその深い心情を示すものだから、どの紅葉も自分に厚意をみせていて、どこに駒をとめてよいかわからない、というのである。

十月下旬、道長は娘の彰子が入内するために、宮廷の貴紳たちに屛風歌の詠作を依頼し、行成に執筆させた（『御堂関白記』『権記』）。

この屛風歌には花山院《かざんいん》と多数の公卿《くぎょう》たちが加わっている。従来このような屛風歌は、紀貫之《つらゆき》・凡河内躬恒《おおしこうちのみつね》、あるいは清原元輔《きよはらのもとすけ》・大中臣能宣《おおなかとみのよしのぶ》といった、卑官の専門歌人が詠進するものであった。この時代にも源兼澄・大中臣輔親《すけちか》というような専門歌人がいないでもなかったが、非力であり、藤原長能や源道済のような歌人も、指導権を発揮するまでにはいたらなかった。実力派といえる源重之《しげゆき》は藤原実方《さねかた》に同行して陸奥《みちのく》に去り、曾禰好忠《そねのよしただ》は異端視されていた。

和歌の担い手は、花山院や公任など上層貴紳の手に移り、受領《ずりょう》層歌人がそれに従属するというかたちをとっていたから、屛風歌を高官たちが詠むというのは、時代の趨《すう》勢《せい》として必然的ななりゆきだった。和歌が日常化することによって、きわめて卑俗化したかたちで君臣合体して和歌の詠作にはげむという、紀貫之が『古今和歌集』の仮名序で主張した、宮廷文学としての和歌のありようが実現した。ただ、その理想の姿からは、かなりねじ曲がっていたのである。

時代の動向はともかくとして、廷臣の娘の入内という一私事にさいして、高官たちが屏風歌を詠進するというのは、たてまえからいって、まったく奇異なことであった。摂関制という身内政治が公私の枠をとりはらい、道長の権勢に多数が従順するという状況から生みだされたものであろう。このような情勢のなかで、たてまえを押しとおしたのが、実資である。『小右記』二十三日条に、和歌の詠作を求められて、

上達部《かんだちめ》ノ役、荷汲《かきふ》（荷物を担ったり水を汲《く》んだりするような雑役）ニ及ブベキカ。

と慨嘆し、二十八日条に、

彼此《かれこれ》云ハク、昨、左府ニ於イテ和歌ヲ撰定《せんてい》ス、是《これ》入内ノ女《むすめ》ノ御料ノ屏風歌、華山《くわざん》（花山）法皇・右衛門督公任・左兵衛督高遠《たかとほ》・宰相中将斉信・源宰相俊賢、皆和歌有リ。上達部左府ノ命ニ依ツテ和歌ヲ献ズル、往古聞カザル事也。何《なん》ゾ況《いは》ンヤ法皇ノ御製ニ於イテヲヤ。又、主人ノ和歌有リト云々。

と批判している。実資自身は、俊賢を使とする道長の再三の催促を退け、詠進を辞退しており、同門の公任については、手きびしく非難している。

又、右衛門督、是レ廷尉《ていゐ》ニシテ凡人ト異ナル。近来ノ気色猶《なほ》追従ニ似タリ。一家ノ風豈《あに》此《かく》ノ如《ごと》クナランヤ。嗟乎《ああ》、痛マシキカナ。

公任は公私のけじめを弁別すべき検非違使別当《けびいしべっとう》の地位にありながら、道長の顔色をうかがって、その走狗《そうく》になっている、小野宮《おののみや》一門の気風はいったいどうなったのか、と悲憤慷慨《こうがい》しているのである。さらに三十日条には、

右大弁行成、屏風色紙形ヲ書ク。華山法皇・主人相府（道長）・右大将（道綱《みちつな》）・右衛門督・宰相中将・源宰相ノ和歌、色紙形ニ書キ、皆名ヲ書ク。後代已《すで》ニ面目ヲ失フ。但シ法皇ノ御製ハ読人知ラズ。左府ハ左大臣ト書ク。件《くだん》ノ事、奇怪事也。

と記している。

実資は律令制官僚としての規範意識をいだいていた。律令制官僚は、天皇を頂点とする律令制機構に奉仕する公的存在であらねばならないのに、最高権力者であるとは

いえ、一廷臣にすぎない道長の私事に従事するとはなにごとか、というのである。無記名ならばまだ許せるが、花山法皇が読人しらずとしたのを別にして、皆、官職姓名を記したのはけしからん、と激怒している。

このときの屏風歌は、『栄花《えいが》物語』「輝く藤壺《ふじつぼ》」に、

又、四条の公任宰相など読みたまへる。藤の咲きたる所に、
紫の雲とぞ見ゆる藤の花いかなる宿のしるしなるらむ
又、人の家に小さき鶴《つる》ども多く書きたる所に、花山院、
雛鶴《ひなづる》を養ひたてて松が枝《え》の影に住ませむことをしぞ思ふ
とぞ有る。

と記され、『拾遺和歌集』雑春には公任の歌「紫の雲とぞ見ゆる」と並んで、読人しらずの歌、

紫の色し濃ければ藤の花松の緑もうつろひにけり

が収められている。これも花山院の歌と考えられる。

公任の歌は、その代表的な名歌として世に喧伝《けんでん》されたものである。「藤の花」は藤原氏、とりわけ道長家を暗示するものであり、「紫の雲」は瑞祥《ずいしょう》であって、藤の花を紫の雲に見立てるのは、賀の歌としてふさわしい。『八代集抄《はちだいしゅうしょう》』には、『史記《しき》』の「高《こう》祖本紀《そほんぎ》」を引いて、呂后《りょこう》が高祖の居所にはいつも雲気がただよっているので、すぐにたずねだすことができた、とあるのを踏まえて、「いかなる宿のしるしなるらむ」と詠んだ、と説いている。「紫の雲」は皇后の異名でもあり、立后をすでに予祝しているる、とも解せる。「紫の雲」によそえられた藤の花は典雅で清楚《せいそ》な趣があり、これも余情美をたたえた歌といえよう。

『今昔物語集』巻二十四や『古本説話集』に、この歌をめぐる説話が収められている。公任は屏風歌の題として、「四月ニ藤ノ花ノ譋《おもしろ》ク栄《さ》キタル家」があたったが、詠進の当日になっても、なかなか参上しない。ようやくやってきて、

墓々《はかばか》シクモ更ニ否仕《え》リ得ズ。弊《つたな》クテ奉リタラムニ奉ラザルニハ劣リタル事也。其ノ中ニモ歌読ミ共ノ糸勝《いとすぐ》レタル歌共モ候ハヌメリ。其ノ歌共引カレデ、墓々シクモ非《あら》ヌガ書カレテ候ハム、公任ガ永クノ名ニ候フベシ。

と、なかなかとりだそうとしない。公任は、「どうもよく詠めなかった、下手な歌を

詠進するのならば、かえって披露しないほうがよい、まだ私より上手な歌人がきていないようだ、その人たちの歌が書かれないで、たいした詠みぶりでもない私の歌が書かれたら、後代まで悪名をとどめることになる」といって辞退した。しかし、皆から責めたてられて、おもむろにふところからとりだしたのを、道長が大声で読みあげる。それが一代の傑作だったので、一同の者が、「胸ヲ扣《う》チテ、『極《いみ》ジ』ト讃《ほ》メ喤《ののし》リケリ」という次第になった。

後世、『拾芥抄』「諸名所部」に、

四条宮　四条南西洞院東、廉義《れんぎ》公《こう》家、公任大納言家、紫雲立ツ所也。

とあるのをはじめとして、『京羽二重《きようはぶたえ》』巻二、『出来斎京土産《できさいきようみやげ》』巻一、『山城名勝志《やましろめいしようし》』巻四などの、名所記のたぐいに、公任の邸宅から朝ごとに紫の雲が立った、と記してあるのは、この歌によるものと思われる。

この彰子入内屏風歌は『公任集』に、斉信の歌一首、花山院の歌一首、公任の歌七首、あわせて九首収められている。公任の歌を掲げておこう。

人の家近く、松・梅《むめ》の花などあり。簾《すだれ》の前に笛吹く人あ

梅の花匂《にほ》ふあたりの笛の音《ね》は吹く風よりもうらめしきかな
　海づらなる人の家の門《かど》に、人来たり。人出でて逢《あ》ひたり
昔見し人もやあると訪ねては世にふることを言はむとぞ思ふ
我が門に立ち寄る人は浦近み波こそ道のしるべなりけれ
　翁《おきな》の鶴飼ひたる所
雛鶴を巣立てしほどに老いにけり雲居《くもゐ》のほどを思ひこそやれ
　山づらに煙立つ家あり、野に雉《きぎす》どもあり。道行き人立ち留まりて見たり
煙立ち雉しば鳴く山里の尋ぬる妹《いも》が家居《いへゐ》なりせば
　人の家に花の木どもあり。女硯《すずり》に向ひてゐたり
待つ人に告げや遣《や》らまし我が宿の花は今こそ盛りなりけれ
　人の家に、松にかかれる藤を見る
紫の雲とぞ見ゆる藤の花いかなる宿のしるしなるらむ

このときの屏風歌は『高遠集』にも収められており、本文が多少混乱しているが、歌題の数は『公任集』よりも多い。この屏風歌の絵は『権記』によれば、村上《むらかみ》朝の名

画工の飛鳥部常則《あすかべのつねのり》の手になるものであり、書は行成だからなかなか豪華なものだった、ということになる。

十一月一日、彰子は入内し、公任もこれに奉仕したらしい。彰子は方違《かたたが》えをしていた西の京の太秦連雅《うずまさのつれまさ》の邸宅から参内し、多くの公卿たちが供奉した。『権記』には、

今夕姫君入内ス。戌刻許《いぬのこくばか》リ蔵人右中弁道方《みちかた》御使ト為《な》リテ参ル。亥《ゐ》刻入内ス。

とあり、『小右記』二日条には、

去夜、左大臣ノ女年十二、西ノ京ヨリ入内ス。上達部多ク相送ルト云々。(中略)末代ノ公卿凡人ト異ナラズ。右衛門督公任、今朝西ノ京ニ参ル。又、内ノ直廬《ちょくろ》ニ向フ。巡検ノ装束《さうぞく》ナリ。廷尉ノ職、甚《はなは》ダ厳重、然ルベカラザルノ事也。

とある。実資は公任が略装で、西の京と宮中の宿直所《とのいどころ》とを往復して、道長や彰子のために奔走しているのを、検非違使別当の地位の者には似つかわしくないこと、と不快に思っている。

十一月七日、彰子に女御《にょうご》の宣旨が下り、公卿たちが多数慶賀に参上した。公任もそ

のなかにいた。『御堂関白記』に、

女御ノ宣旨下ル。右大将（道綱）・民部卿（懐忠《かねただ》）・太皇太后大夫（実資）・藤中納言（時光《ときみつ》）・藤宰相（懐平）・左衛門督（誠信）・右衛門督（公任）・左大弁（忠輔）・宰相中将（斉信）・殿上人等、西廊ニ於イテ慶賀ノ由正光《まさみつ》朝臣ヲ以ッテ奏ス。了《をは》リテ即チ渡御ス。上達部皆候フ。他姓ノ人々参会ス。巡行数度。

とある。いっぽう、この日、中宮定子《ていし》が三条の前但馬守《さきのたじまのかみ》平生昌《なりまさ》邸で、第一皇子敦康《あつやす》親王をさびしく出産したことを忘れてはならない（『日本紀略』『小右記』『権記』など）。彰子の産んだ敦成《あつひら》親王（後一条天皇）、敦良《あつなが》親王（後朱雀《ごすざく》天皇）の勢威におされて、帝位につくことなくして終わった、悲劇の親王である。

翌長保二年（一〇〇〇）二月二十五日、彰子が中宮となり、定子は皇后に格上げされ、また、公任の姉遵子《じゅんし》は皇太后となった（『扶桑略記《ふそうりゃくき》』『日本紀略』など）。公任は、このときに皇太后宮大夫に変わったはずだが、『公卿補任』では寛弘《かんこう》元年（一〇〇四）まで皇后宮大夫のままである。『中古歌仙三十六人伝』では、長保二年条に皇太后宮大夫と記されている。定子はこの年十二月十六日に、媄子《びし》内親王を出産したさいに崩御した（『日本紀略』）。中関白家の末路は無惨だった。

定子の女房だった清少納言《せいしようなごん》と公任とのかかわりについては前述したが、定子が中宮になった正暦《しようりやく》元年（九九〇）十月五日に掌 侍《ないしのじよう》になった馬内侍《うまのないし》とも歌を贈答している。『馬内侍集』に、

公任の君、去年《こぞ》の春遣りたりし梅の花を、文にさしておこせたれば

昔に似たる梅の花かな

と言ひたれば

梅の花昔のことを疑へど空のけしきの変れるやなぞ

とある。親しかったふたりがやや疎遠になったのを、「梅の花」「空のけしき」に託してたがいの心の変化をいいあったものである。『新古今和歌集』恋一に次のような贈答がある。

五月五日、馬内侍に遣はしける

時鳥《ほととぎす》いつかと待ちしあやめ草今日はいかなるねにか鳴くべき

返し

五月雨は空おぼれする時鳥時に鳴く音は人もとがめず

「何時《いっ》か」に「五日」、「音」に「根」を掛け、「時鳥」にわが身を託して、思慕の情にかられて泣く姿を訴えかけると、「五月雨」の縁語の「空おぼれ」によって、五月雨のころに空とぼけて鳴く時鳥の声は、だれも気にかけない、といいかえす。『公任集』にも収められている。『馬内侍集』では、この歌は一連の贈答歌のなかにあって、公任との贈答は、まだいくつか数えられそうである。この贈答は、馬内侍が大斎院選《だいさいいんせん》子《し》に仕えていた時期のやりとりかとも考えられるが、才人才女の出逢いだけあって、その舌鋒《ぜっぽう》には鋭いものがある。

『栄花物語』「鳥辺野《とりべの》」には、定子の妹で春宮（三条天皇）の女御であった原子《げんし》が、口や鼻から血を吐いて頓死《とんし》する、という事件が記されている。淑景舎《しげいしゃ》女御とよばれ、藤原済時《なりとき》の娘の宣耀殿《せんようでん》女御娍子《じょうし》と寵をあらそっていたので、毒殺されたといううわさがたった。これも悲惨な結末であった。長保四年（一〇〇二）八月三日（『権記』）のことである。

はかなき明け暮れ

長保年間《ちようほう》（九九九〜一〇〇四）、公任は、道長《みちなが》の周辺にあって、栄華の余光にあずかり、栄枯盛衰のさまざまな人生劇を演じる宮廷の人びとの動向をみつめながら、はかなく明け暮れていくわが身をいとおしんでいたようである。

長保二年（一〇〇〇）三月二十一日から二十五日にかけて、東三条院詮子《せんし》は住吉《すみよし》神社に参詣《さんけい》し、途中石清《いわし》水《みず》八幡宮や天王寺《てんのうじ》にたちよっている。同行した実資《さねすけ》は、源《みなもとのより》頼定《さだ》が勅使として派遣されてきたのにつけて、道長や公任に歌をよこし、公任が答えている。

女院の住吉詣《まう》でさせたまふるに、式部卿《しきぶきやう》宮中将の御宣旨にて参りたまへるにつけて、左の大殿、大宮大夫《だいぶ》の御もとに、小野宮《をののみや》

都人ありやと問はば津の国の国府《こふ》のわたりにわぶと答へよ

と聞えければ

誘はれぬ身こそわびつれ津の国の難波《なには》の浦を思ひやりつつ

御迎へに参りたまふ小道にて見たまひて

訪ねくる心を知りて津の国のこふとも人の告ぐるなりけり

実資の歌は、『古今和歌集』の在原行平《ありわらのゆきひら》や業平《なりひら》の名歌、

わくらばに問ふ人あらば須磨《すま》の浦に藻塩《もしほ》たれつつわぶと答へよ（雑下）

名にし負はばいざ言問《こと》はむ都鳥我が思ふ人はありやなしやと（羇旅《きりょ》）

などを踏まえたものだろう。行平の流謫《るたく》の歌、業平の東下《あずま》りの歌など、逆境を詠んだ歌を引いているのは、道長の権勢への皮肉だろうか。公任はこれにたいして、同行できぬことをなげきうらやむといった単純な応答をしている。「国府」「恋ふ」の掛詞《かけことば》の技巧が用いられている。

長保三年八月二十五日、公任は中納言に昇任し、十月三日、右衛門督《うえもんのかみ》から左衛門督に転じ、十月十日、東三条院御賀院司《おんがいんし》の賞によって正三位《しょうさんみ》に叙せられた。十二月七日には、検非違使別当《けびいしべっとう》を辞している（『公卿補任《くぎょうぶにん》』）。別当の職は、『権記《ごんき》』には前年の二月十一日に辞表を提出したとある。

二月四日、源成信《なりのぶ》と藤原重家《しげいえ》が突然出家するという事件が起こった。『日本紀略《にほんきりゃく》』

に、

今日、左大臣養子右近権《ごん》中将源成信、右大臣顕光《あきみつ》息男右近少将藤原重家ト相伴ヒテ三井寺ニ向ヒ出家ス。仍《すなは》チ両大臣驚キ、彼《か》ノ寺ニ向フ。

とある。『愚管抄《ぐかんしよう》』には、ふたりは、「テル中将ヒカル少将」と世に称せられていた、華やかな存在だったが、斉信《ただのぶ》・俊賢《としかた》・行成《ゆきなり》・公任ら四納言の才能に圧倒され、世をはかなみ出家した、と記され、『古事談《こじだん》』第一にも同様にみえるが、『権記』に記されているのが真実であろう。

従《じゆ》四位上行右近衛《じやうかううこんゑ》権中将兼 備中守《びつちゆうのかみ》 源朝臣《あそん》成信、父入道兵部《ひやうぶ》卿致平《むねひら》親王、母入道左大臣源雅信之女也《まさのぶのむすめなり》。当時ノ左丞相《さじようしやう》（左大臣）ノ猶子《いうし》也。彼ノ外家之縁ニ依《よ》ツテノ愛顧ナリ。才学乏シト雖《いへど》モ、情操取ルベシ。去年丞相累月恙《つつが》有リ。亜将（権中将）朝ニ夕ニ嘗薬《しやうやく》遑《いとま》無シ。其《そ》ノ病痾《びやうあ》損《な》クナルコト無シ。夏過ギ秋来ル。近侍童僕緩怠シ疎略ナリ。亜将人心之変改ヲ見ル毎《ごと》ニ、励情匪懈《ひかい》ス。僅《わづ》カ八月ノ中ニ及ビ、丞相之病平癒ス。其ノ後、未《いま》ダ幾程ヲ経ズシテ、早クモ以《も》ツテ遁世《とんせい》ス。在俗ノ旧朋《きうほう》ナド到《いた》リ訪ヌルノ時、相語ラヒテ云《い》ハク、栄華余リ有リ門胤《もんいん》止ンゴト無キノ人、病ヒヲ受ケテ危キニ臨ムノ時、曾《か》ツテ一分ノ益無ク、殆《ほと》ンド二世ノ計ヲ失ハントス。丞相嘗薬ノ初メ、弟子発心ノ初メナリ。今、宿念ヲ遂グ。諸仏ノ冥護《みやうご》也。時ニ年二十三。

従四位下行左近衛少将兼美作《みまさか》守藤原朝臣重家、右大臣唯一ノ子也。母、天暦《てんりやく》第五内親王也。年来本意有リト雖モ、入道能《あた》ハズ。去年晦《つごもり》、成信朝臣ト要束已《すで》ニ定メ、一夜同道シテ三井寺ニ到リ、遂《つひ》ニ以ツテ剃髪《ていはつ》ス。所謂《いはゆる》、親友知識ノ誘引トイフカ。時ニ年二十五。

成信は母方の縁により道長の養子となっていた。学識はともかく、感情のこまやかな青年だった。去年、道長はながらく病床にあり、成信が看病したが、すこしもよくならなかった。夏が過ぎ秋となり、周囲の人びとがしだいに離れていき、成信の気持ちもくじけた。八月中旬になって、道長はようやく全快した。それからまもなく、成信は出家してしまった。旧友がたずねてきたとき、成信は、「栄華をきわめ高位にのぼった人でも、病気になって命が危ういときには、なんのかいもなく、来世までの願いごともむなしくなってしまう。道長の病気が発心のはじめだ。今、本意をとげたのも、仏の加護だ」と語ったという。また、重家は顕光の一人子で、年来道心があったが、出家できなかった。このたび、成信と約束して、三井寺で入道した。すぐれた友人の手引きによる出家というべきか、と記されている。

『権記』の三日条には、殿中で行成がうたた寝の夢に、成信が手紙で出家の意志を伝える由を見て、目がさめてから成信に問いただすと、笑って正夢だと答えたという。また、三月五日条に、行成が右中弁の源道方《みちかた》とともに豊楽院《ぶらくいん》にたちよったところ、破損がひどく、

瓦松垣衣華清《ぐわしようゐんいくわせい》ノ春色ニ異ナラズ。

蔓草露滋《まんさうろしげ》クアタカモ姑蘇《こそ》ノ秋心ノ如《ごと》シ。


といった状態であって、瓦《かわら》や松に苔《こけ》むし、蔓草《つるくさ》がはびこって露がいっぱいにおく、華《か》清宮《せいきゅう》や姑蘇台の古跡のような、荒廃の光景がそこに見られた、とある。華清宮は唐《とう》の玄宗《げんそう》皇帝が楊貴妃《ようきひ》とおもむいた驪山《りざん》の離宮であり、姑蘇台は春秋時代に呉《ご》王の子夫差《ふさ》が美女西施《せいし》と遊んだ宮殿である。行成は、ある人がいったとして、出家した成信と重家のふたりがよくここへきており、そのときはどうしてかわからなかったが、今になって思えば、この荒廃のありさまを見て無常観を催すためだったらしい、と記している。

『権記』の記事は、『続古事談』第二に説話化されて伝えられている。時の最高権力

者の子弟で、充足した日常を送っていたはずの若者が突然出家したという事件は、世間の耳目を集め、その理由がさまざまに取りざたされ、説話化されていった。『発心集《ほっしんしゅう》』第五にも、才能への絶望と栄耀《えいよう》のむなしさとの両面を出家の理由とした説話が収められている。

公任も行成と、成信・重家の出家について深刻に語りあったらしい。『公任集』には、

成信の中将出家してつとめて、左大弁行成の世のはかなきこと聞えたまへりけるに

思ひ知る人もありける世の中にいつをいつとて過《す》ぐすなるらむ

という歌が収められており、この歌は『拾遺《しゅうい》和歌集』哀傷や『後拾遺和歌集』雑三にも入集している。藤原統理《むねまさ》の出家のさいと同様に、世を捨てる人があるいっぽうで、公任自身は俗事に身をゆだねて、はかなく明け暮れしているのを、忸怩《じくじ》たる思いで内省しているのである。

『新勅撰《しんちょくせん》和歌集』雑三には、成信の出家を悲しむ、祖母の一条左大臣源雅信室の歌が収められている。

右近中将成信、三井寺にまかりて出家し侍《はべ》りにけるに、
装束《さうぞく》遣はすとて、袈裟《けさ》に結び付け侍りける

けさの間も見ねば涙の留《とど》まらず君が山路に誘ふなるべし

「袈裟」に「今朝」を掛け、孫が先に出家してしまったことをなげいている。

二月二十九日、行成は世尊寺《せそんじ》供養を盛大におこない、公任も公卿《くぎよう》たちとともに出席している（『権記』）。

十月七日、東三条院詮子の四十賀の試楽が催され、右少弁藤原輔尹《すけただ》・伊賀《いが》守 橘《たちばなの》為義《ためよし》・前越前《さきのえちぜん》守藤原為時《ためとき》・蔵人道済《くろうどみちなり》などが屏風歌《びようぶうた》を持参し、公任も道長と詠んだが、採用されなかったようである。八日に、行成は屏風歌として、道長・輔尹・源兼澄《かねずみ》・大中臣輔親《おおなかとみのすけちか》・為時・為義・道済などの歌を染筆している（『権記』）。

このときの公任の歌は、『公任集』にみられる。

女院の四十の御賀の屏風歌、もしやとて設けたまへりけ
れども、さもあらざり、花ある所

春立ちて咲く花見れば行末の月日多くも思ほゆるかな

松多かる所にて、六月祓《みなづきばらへ》したる所

姫松のしげき所に尋ね来て夏ばらへする心あるらし

はらへする川辺の松も今日よりは千代を八千代に延べやしつらむ

七月七日、女、男に物言ひたるけしきしたる所

我が恋はたなばたつめにかしつれどなほただならぬ心地こそすれ

長久の意をこめた賀の歌が主体となっている。

『栄花物語《えいがものがたり》』「鳥辺野《とりべの》」には、輔尹と兼澄の歌が記されている。

御屏風の歌ども、上手ども仕うまつれり。多かれど、同じ筋のことは書かず。八月十五夜、男女物語して妻戸のもとに居たるに、弁輔尹、

天《あま》の原宿し近くは見えねどもすみ通はせる秋の夜の月

神楽したる所に、兼澄、

神山に採る榊葉《さかきば》の本末《もとすゑ》に群れて居て祈る君が万代《よろづよ》

十月九日、土御門殿《つちみかど》に一条天皇が行幸して、四十賀が催された(『日本紀略』など)。この日、道長の子の頼道《よりみち》と頼宗《よりむね》が雅楽の陵王《りようおう》と納蘇利《なそり》を舞い、絶賛されたことが、

『大鏡《おおかがみ》』「昔物語」などに伝えられている。公任は笛を贈られ（東三条院御賀記本『小《しょう》右記《ゆうき》』）、実資の勧盃《かんぱい》を受けて和歌を詠んだ（『公任集』）。

女院四十賀に、大将殿のしたまひける、盃《かはらけ》取りて

君が代に今幾度《いくたび》かかくしつつ嬉《うれ》しき折に逢《あ》はむとすらむ

詮子は十月二十七日に石山詣でに出かけ、逢坂《おうさか》の関で、

あまたたび行きあふ坂の関水に今は限りの影ぞ恋しき

と、死を予感したような歌を詠み（『権記』『栄花物語』『石山寺縁起』）、閏《うるう》十二月二十二日に崩御する（『日本紀略』）。

翌長保四年（一〇〇二）二月十日、詮子の四十九日の法会がおこなわれ（『日本紀略』『権記』など）、折から子《ね》の日にあたり、公任は追悼の歌を詠んだ（『公任集』）。

誰《たれ》にとか松をも引かむ鶯《うぐひす》のはつねかひなき今日にもあるかな

子の日に野に出て小松を引き、健康と長寿を願うのが、当時の風習だった。「初子」に「初音」を掛け、祝うべき詮子の亡き今日、子の日の松を引いても、鶯がはじめて鳴いても、誰のためともなくて、なんのかいもない、というのである。『栄花物語』には、公任の歌のすばらしさに、あとに続いて詠むものがなかった、と記されている。『拾遺和歌集』雑春にも収められている。

　前年、詮子の四十賀が催された翌十一月十三日、第一皇子敦康《あつやす》親王の袴着《はかまぎ》（幼年の男女児がはじめて袴を着るのを祝う行事。現在の七五三にあたる）がおこなわれ、公任が勧盃して賀意を表し、和歌も詠まれたが、ひっそりとしたものだった（『権記』）。

　長保四年四月二十九日、権律師覚縁《かくえん》が没した（『日本紀略』）。公任は生前に、「冬ノ日、般若寺《はんにゃじ》ニ往詣シ、故蔵闍梨《ぞうじゃり》ノ旧房ヲ見、中心之感、緒ニ触レ禁ジ難《がた》ク、遂ニ所懐ヲ書キ、覚上人ニ寄ス」と題する詩を贈っている（『本朝麗藻《ほんちょうれいそう》』下・懐旧）。

　八月十八日、道長は詮子を追悼して、法華経《ほけきょう》二十八品和歌を詠ませ、公任も詠んだ。『権記』に、「左府ニ詣ヅ。二十八品和歌之事有リ。大弼《だいひつ》、序ヲ作ル。夜ニ入リテ罷《まか》デ出《い》ヅ」とある。大弼は弾正台《だんじょうだい》の次官で、藤原有国《ありくに》のことである。有国の序は『本朝文《ほんちょうもん》粋《ずい》』巻十一にみえ、「法華経二十八品ヲ讃スル和歌ノ序」と題し、公任のほかに、斉《ただ》信《のぶ》・俊賢《としかた》・行成らも詠んでいる。公任の歌は『栄花物語』「うたがひ」に一部が収められ、『公任集』にすべてがはいっている。公任には、維摩経《ゆいまきょう》十喩《ゆ》和歌もあり、同じく『公任集』につづいて収められている。

皆経の心を詠ませたまふに、四条大納言の御歌の、中に世に伝はり、興を留めたり。寿量品《じゆりやうぼん》の常在霊鷲山《りやうじゆせん》を、

出で入ると人は見れども世と共に鷲《わし》の峰なる月はのどけし

又、普門品《ふもんぼん》、

世を救ふ中には誰か入らざらむ普《あまね》き門《かど》を人しささねば

（『栄花物語』）

ひとつは、人の目には入滅したようにみえるが、釈尊《しやくそん》はつねに霊鷲山にいて世の人を救済する、というのであり、もうひとつは、観世音菩薩《かんぜおんぼさつ》は広く門を開いているから、救済されない人はいない、というのである。

ちょうど公任の時代から、釈教歌《しやつきようか》にたいする関心が深まり、『拾遺和歌集』哀傷には釈教歌が多くふくまれ、次の『後拾遺和歌集』には釈教の部立《ぶだて》がもうけられるようになる。『長能集《ながとうしゆう》』にも法華経二十八品和歌が、『赤染衛門集《あかぞめえもんしゆう》』にも法華経二十八品和歌と維摩経十喩和歌が収められている。公任らが詠んだのが、その最初の試みかもしれない。

八月二十九日、公任は公卿たちと連れだって白河《しらかわ》に遊覧に出かけ、道長と歌の贈答

をしていることが、『権記』にみえる。

朝雨、午霽《うまは》ル。左金吾納言《さきんご》（公任）・霜台相公（有国）、門外ヲ過ギラル。同車シテ白川ニ赴ク。又、一両大夫（道綱《みちつな》・斉信）有リ。坏酒《はいしゆ》有リ、左府（道長）ヨリ右近府生正近《ふしやうまさちか》ヲ差《つかは》シ、和歌ヲ給《たま》ハル。金吾和シ奉ル。纏頭《てんとう》（祝儀）有リ。秉燭《へいしよく》（たそがれ時）之間、相公此《こ》ノ地形ノ勝《すぐ》レタルヲ記ス。

長保五年（一〇〇三）正月八日、法橋静昭《ほつきようせいしよう》が没した（『僧綱補任《そうごうぶにん》』）。高階成忠《たかしなのなりただ》の六男で、中関白道隆《みちたか》室貴子《きし》の兄弟だから、中関白家とつながりが深い。『公任集』には、この静昭と公任の贈答が二度にわたって九首収められている（『私家集大成』所収の書陵部本では「せ伊勢守あざり」「せいせ守阿闍梨」となっている）。

静昭阿闍梨の山より奉れたる

外山《とやま》なる正木《まさき》のかづらいかなれば時雨や降ると問ふ人のなき

返し

山深み雪まづ積もる宿の上を白雲添ふる住みかとや見る

返し

奥山を知らず顔にて年降れば心のうちは時雨のみして

また

雪降らぬ家も心の寒ければ峯《みね》の嵐《あらし》を忘れやはする

この贈答は、『古今和歌集』の、

深山には霰《あられ》降るらし外山なる正木のかづら色づきにけり　（神遊びの歌）

白雲の絶えずたなびく峰にだに住めば住みぬる世にこそありけれ

惟喬《これたか》親王　（雑下）

などの歌を踏まえて、山里の隠遁《いんとん》生活のさびしさを静昭が訴えてきたのに、公任は都にいてもわびしさは同じだと答えて、なぐさめている。

静昭阿闍梨、夏の初めに聞えける

白雪の深く積もると見しほどに夏の緑になりにけるかな

返し

雪消えて花さへ散りぬかくしつつ常なき世をやただに過ごさむ

又、阿闍梨返し

小止《をや》みせず流れて落つる水のごと月日の過ぐるいづちなるらむ

返し

行方も知らずと言ひし年月も我が身に積もる罪にぞありける

又

若かりし昔年月のどけくて罪の深さはとくぞ消えぬる

阿闍梨から夏の山のすがすがしさをいってよこしたのにたいして、公任は無常の世にむなしく月日を過ごして、罪をかさねていくわが身をなげく。宮廷社会の花形であるいっぽう、それをはかなき明け暮れとみる公任の姿勢は一貫して変わらない。これまでもくりかえされてきた公任の自己省察である。道長の栄華への道程のなかで敗北していった中関白家とつながる静昭とは、たがいに内面を語りあい理解することができたのであろう。

絢爛《けんらん》たる風流文事

長保《ちようほう》末年から寛弘《かんこう》年間にかけて、道長《みちなが》はいよいよ栄華の道を邁進《まいしん》していき、道長を中心に文学的な催しがくりかえされた。そのような場で公任の才能はもてはやされたが、官位の昇進はかならずしもそれにともなわず、心中おだやかならぬ折もあった。

長保五年（一〇〇三）五月六日、内裏で作文会《さくもんえ》が催され、道長・公任・斉信《ただのぶ》などが参加し、「初蟬纔《はつぜみわづ》カニ一声」の題で詩を詠んでいる。藤原広業《ひろなり》が序を執筆し、源道済《みなもとのみちなり》などの名もみえる（『権記《ごんき》』）。

五月十五日、この時期において最大規模の歌合《うたあわせ》が、道長の主催によっておこなわれた。後拾遺集時代の開幕を告げる長元《ちょうげん》八年（一〇三五）五月十六日の「関白左大臣頼《より》通《みち》歌合」に匹敵する、華やかな行事である。この「左大臣道長歌合」は、『権記』に、「参内。御読経結願ス。左大臣退出セラル。御共ニ候フ。講後、和歌合有リ」とあるように、法華《ほっけ》三十講の余興として催されたものである。この法華三十講は同じく『権記』によれば、一日より院源僧都《いんげんそうず》を導師として開始され、「雨水上ヲ緑ニ為《な》ス」の題で、大江以言《おおえのこれとき》が序を執筆し、作文会が催されている。この歌合の判者《はんじゃ》は公任だが、藤原斉信や源兼澄《かねずみ》も判者となっていたとする説もある。

この歌合の歌人をあげると、祭主大中臣輔親《おおなかとみのすけちか》・右少弁藤原輔尹《すけただ》・伊賀守《いがのかみ》橘《たちばなの》為《ため》義《よし》・蔵人式部丞《くろうどしきぶじょう》源道済・弾正忠《だんじょうのちゅう》大江嘉言《よしとき》・前越中《さきのえっちゅう》守平祐挙《たいらのすけたか》・前美濃《みの》守源為憲《ためのり》の七人が左方、前若狭《わかさ》守兼澄・前上総介《かずさのすけ》藤原長能《ながとう》・式部大丞橘行資《ゆきすけ》・外記大夫《げきのたいふ》慶滋《よししげの》為《ため》政《まさ》・丹後掾《たんごのじょう》曾《そ》禰好忠《ねのよしただ》・前肥後《ひご》守藤原敦信《あつのぶ》・前越前《えちぜん》守藤原為時《ためとき》の七人が右方であった。

歌人の顔ぶれをみると、輔親・道済・嘉言・長能・好忠などは中古三十六歌仙にはいる歌人であり、兼澄も輔親とともに専門歌人的な役割を果たしているが、文人も加わり、多くは和歌や漢詩文の才能によって権力者に従属して随時奉仕する受領《ずりよう》層で、歌合を領導していたのは上層貴族である公任であった。

この歌合は「夏ノ夜ノ月ヲ惜シム」「遥《はる》カニ郭公《ほととぎす》ヲ聞ク」「水辺ノ松ニ対《むか》フ」の三題、各七番四十二首の盛儀であり、貞元《じようげん》二年（九七七）八月十六日「三条左大臣頼忠前栽《よりただせんざい》歌合」に規模や内容が似ていて、それにならったものともいわれる（『平安朝歌合大成三』）。花山院《かざんいん》の「内裏歌合」をはさんで、頼忠・道長・頼通と歴代の摂関たちは、それぞれが和歌史的に注目される歌合を催しているのである。判者をつとめた公任はおおいに面目をほどこした。

五月二十七日、道長は宇治《うじ》に遊覧し、作文・和歌・管絃《かんげん》を楽しんだ。「晴レテ後山川清シ」の題で、作文会を催し、序を有国《ありくに》が執筆し、以言が韻字を探った。

左府ニ参ル。宇治ノ御共ニ供奉《ぐぶ》ス。左《さ》・右衛門督《うゑもんのかみ》・権《ごん》中納言・弼《ひつ》宰相・宰相中将・殿上人及ビ諸大夫、作文・和歌・管絃之《の》外、他人無シ。作文序、弼相公。題、晴後山川清。探韻、以言之《これ》ヲ献ズ。
（『権記』）

　このときに公任がつくった詩は前に掲げたが、ほかに為政や以言の詩が『本朝麗藻《ほんちょうれいそう》』や『類聚句題抄《るいじゅくだいしょう》』に伝えられている。二十八日に、作詩が披講された。

八月二十五日、寂照《じゃくしょう》が入宋した。『扶桑略記《ふそうりゃっき》』に、「寂照本朝肥前《ひぜん》国ヲ離レ、海ヲ渡リ、入唐ス。円通《えんつう》大師ノ号ヲ賜ハル」とある。寂照は俗名が大江定基《さだもと》、為基《ためもと》の弟で、匡衡《まさひら》のいとこである（『大江氏系図』）。従《じゅ》五位下三河《みかわ》守にいたったが、永延《えいえん》二年（九八八）四月二十六日に、愛妻の死を悼んで出家した（『百練抄《ひゃくれんしょう》』）。寂心《じゃくしん》（慶滋保胤《やすたね》）に師事、源信《げんしん》や仁海《にんかい》にも学び、三河の聖《ひじり》とよばれた。

渡宋の年時については、長徳《ちょうとく》年中（『続本朝往生伝《ぞくほんちょうおうじょうでん》』）、長保二年（『元亨釈書《げんこうしゃくしょ》』）ともいわれるが、『日本紀略《にほんきりゃく》』の前年の長保四年三月十五日条に、「入道前三河守大江定基法名寂昭上状ス、大宋国ニ向カヒ、五台山《ごだいさん》ヲ巡礼スルコトヲ」とあり、この年に念願かなって渡航したのだろう。

寂照も兄為基と同じく、公任と親しく、入宋をめぐっての歌の贈答が『公任集』に収められている。

　三河の入道の唐に渡る門出を白河《しらかは》にしたりけるに、遣《や》り
　たまうける

我が宿に宿る門出の行末は旅寝ごとにも忘れざらなむ

　　返し

音に聞く黄河《くわうが》の水はかへるとも白河の名をいつか忘れむ

　　七月七日、船に乗るに遣りたまうける

天《あま》の川後《のち》の今日だに遥けきをいつとも知らぬ我ぞ悲しき

公任が、「自分の家に泊まってから出立したことを、旅寝をかさねても忘れるな」というと、寂照は、「たとえ黄河の水が逆流しても白河の名を忘れない」と答える。「天の川」の歌は、『拾遺《しゅうい》和歌集』雑秋や『後拾遺和歌集』別にも入集しており、「一年後に再会する織女《しょくじょ》や牽牛《けんぎゅう》でさえも、はるかに隔たっているように思われるのに、いつ再会できるかわからない自分は悲しい」という意である。

寛弘元年（一〇〇四）二月五日、道長の長男頼通（幼名、田鶴《たづ》）が春日《かすが》祭りの勅使となって出立したが、翌日は大雪が降り、道長は頼通の身を案じて、公任や花山院と歌の贈答をしている。『栄花《えいが》物語』「初花」に、

立たせたまひぬる又の日、雪のいみじう降りたれば、殿の御前、

　若菜摘む春日の野辺に雪降れば心遣ひを今日さへぞやる

大納言公任、

身をつみておぼつかなきは雪やまぬ春日の野辺の若菜なりけり

聞《きこ》しめして、花山院、

我すらに思ひこそやれ春日野の雪間をいかで鶴《たづ》の分くらむ

と記されており、この贈答は『御堂関白記《みどうかんぱくき》』『公任集』『後拾遺和歌集』雑五にもみえ、花山院の歌にたいする道長の返歌、

三笠山《みかさやま》雪や積むらむと思ふ間に心の空に通ひけるかな

も、『御堂関白集』に収められている。雪が降りつもる奈良の地を、歌枕《うたまくら》の「春日野」や「三笠山」に託して、頼通の安否を気づかって思いやる道長を、公任や花山院は、頼通を「若菜」や「鶴」によそえて、同情し、なぐさめるのである。宮中の最高の地位にある人びとの社交のあいさつは、まさに王者の雅《みやび》といった優雅なものであった。

三月三日、内裏に作文会があり、公任も参加した。『御堂関白記』に、

広業朝臣《あそん》来リテ云《い》ハク、仰セラレテ云フ、只今《ただいま》参ルベシトイヘリ。作文ノ事有リ。即《すなは》チ左衛門督ト同車シ、参入ス。

とあり、『権記』によると、題は「花ノ顔年々同ジ」で、韻字は「春」、序を匡衡が執筆している。翌四日、披講された。

三月七日条の『権記』に、「因幡《いなば》国言上ス、于陵嶋人《うるまのしまびと》十一人ノ事等」とあり、『本朝麗藻』に関連する為憲や有国の詩が収められているが、新羅《しらぎ》のうるまの島の人十一人が、漂着でもしたのか、因幡に上陸して都に上る、という事件があった。言葉も通じなかったらしく、『公任集』にそれを題材にした贈答がみえ、『千載《せんざい》和歌集』恋一にも入集している。

新羅のうるまの島人来て、ここの人のいふ言《こと》も聞き知らず、と聞かせたまひて、返り事聞えざりける人に

おぼつかなうるまの島の人なれや我がうらむるを知らず顔なる

返　し

遥かなるその島人の言の葉を散るとは見けむ風のたよりに

公任は、「あなたはどうもはっきりしない、私があなたのつれなさを恨んでいるのを、知らぬ顔をしているのは、言葉のわからないうるまの島の人なのか」というと、

相手の女性は、「私は風のたよりに、あなたの言葉が頼りなく散ると聞いている」と応酬してくる。新しい事件をすぐに恋愛の贈答にとりいれているところに、公任の機才がしのばれるのである。

三月二十八日に、花山院が白河に花見に出かけ、公任も同行して和歌を詠んだ。花山院は退位後も歌合を催したり、実方《さねかた》や長能などの歌人も親しく出入りし、和歌への愛好はあいかわらず続いており、『拾遺和歌集』の撰集《せんしゅう》もこの時期におこなわれていたはずである。『御堂関白記』に、

華山院《くわざん》ヨリ右近中将公信《きみのぶ》朝臣来タリテ云ハク、仰セ事ニ、花御覧ニ参ルベシトイヘリ。只今参ル由申シテ、即チ参入ス。兼ネテヨリ此《これ》ヲ聞クコト有リ、仍《すなは》チ其《そ》ノ意用《こころもち》ヒ無キニアラズ。余ノ車ヲ召シテ御ス。即チ御車ニ候フ。白河殿ヲ覧《み》ル。後、山辺ヨリ御馬ニ御ス。観音院《くわんおんゐん》勝算ノ房ニ御ス。余儲《まう》クル所ノ御前ノ物幷《なら》ビニ破子《わりご》、彼《か》ノ房ニ於《お》イテ供ス。左衛門督ニ仰セテ、和歌ヲセシム。題二首ノ料、院ニ帰リ給ヒテ後、歌ヲ奉ル。御製有リ、之ヲ賜フ。後、退出ノ間、御馬ヲ賜ハル。

とあり、『権記』や『百錬抄』にもみえる。

この遊覧のときの歌は『公任集』に収められており、題は「残リノ花ヲ尋ヌ」「山

寺ニ遊ブ」のふたつであったことが知られる。

花山院、観音院におはして、残りの花を尋ぬ、山寺に遊ぶ、といふ題、詠ませたまうけるに

見るままにかつ散る花を尋ぬれば残りの春ぞ少なかりける

常にます鷲《わし》の峰をしまだ見ねば今日山里の珍らしきかな

あわただしく散る花から、残り少ない春の日を惜しみ、仏の常住するという霊鷲山《りようじゆせん》によそえて、観音院のたたずまいを賞するのである。『長能集』にも同題の歌があるから、長能も参加していたことが知られる。

九月九日、清涼殿《せいりようでん》で作文会が催され、公任・斉信・藤原有国・菅原輔正《すがわらのすけまさ》・行成《ゆきなり》などが参加した。式部大輔《しきぶのたいふ》の輔正が「菊ハ九日ノ花ト為ル」という題を献じ、左大弁藤原忠輔《ただすけ》が「芳」を韻字とし、序も輔正が執筆した。翌十日朝に、披講された（『御堂関白記』『権記』）。

九月十二日、道長邸で作文会が催された。大江以言が「水清ク晴漢ニ似タリ」という題を献じ、「秋」を韻字とし、序を高階積善《たかしなのもりよし》が執筆した。『類聚句題抄』によれば、藤原顕光《あきみつ》・斉信・公任・有国・以言・源孝道《たかみち》・積善・道済・為政・菅原宣義《のぶよし》が加わっ

ている。このときの公任の作は、

色是碧《あを》ク霄風《せうふう》暁ヲ洗フ
望メバ猶《なほ》銀漢月瑩《あきら》カナル秋
菊両岸ニ開キ星《さ》将《まさ》ニ乱レムトス
柳曲流ニ浸リ査《いかだ》自ラ浮カブ

で、青く澄んだ大空から風が吹いてくる暁、天の川にかかる月は明るく、星のような菊が川岸に乱れ咲き、水に浸る柳は筏《いかだ》のように浮かぶ、という意である。

この時期、一条天皇・花山院・道長を中心に、絢爛たる風流文事がくりひろげられ、公任はそのほとんどにかかわっていたのである。三十代の後半にあった公任は、文雅の中心となって活動していた。

無念の籠居《ろうきょ》

寛弘《かんこう》元年（一〇〇四）は閏《うるう》月で九月がかさなった。公任は陽明門院禎子内親王《ようめいもんいんていし》の乳母《めのと》となり、命婦《みょうぶ》の乳母とよばれた歌人源《みなもとの》兼澄《かねずみ》の娘と親交があったようで、十月一日に贈答歌を詠みかわしており、『公任集』にみえる。禎子は三条天皇の皇女で、後《ご》朱雀《すざく》天皇の皇后、後三条天皇の生母である。命婦の乳母も歌人で、『後拾遺《ごしゅうい》和歌集』哀傷に、禎子の母で三条天皇の皇后だった妍子《けんし》の死を悼む歌が入集している。『公任集』の歌は、

九月二つある年の十月ついたちの日、兼澄がむすめのもとに、霧のいみじう立ちふたがりけるに

常よりもほどへて過ぐる秋なれどなほ立ちどまれ今朝の朝霧

返　し

置きかはる霜にまぎれて立つ霧は久しき秋のためしなりけり

で、「霧」を秋、「霜」を冬の景物として、ゆく秋を惜しむ歌となっている。兼澄の娘はなかなか才気があったらしく、公任との贈答はほかにも、

二月に雪のいと高う降りたるに、ゆきより（拾遺集歌人の橘《たちばなのゆきより》行頼か）が曹司《ざうし》（部屋）の前に、雪の山をいと高う造りて煙を立てたるに、雪のなほいたう降れば、唐傘

を覆ひて立てたりければ

東路《あづまぢ》の富士の高嶺《たかね》にあらねども三笠《みかさ》の山も煙立ちけり

返し、兼澄が娘、春日祭《かすが》の日になむありける

三笠山煙の空に立ちぬるは春日の野辺を今日や焼くらむ

があり、「唐傘」を「三笠山」にとりなして詠んだものだが、あたかも『枕草子《まくらのそうし》』の世界といった感がある。同じ折か、

ゆきよりが曹司に雪の山を造りたるに、物に書きて挿させたまひける

音に聞く越《こし》の白山白雪の降り積もりてのことにぞありける

返し、兼澄がむすめ

降り積もる雪をのみ見る白山の今日はかひある心地こそすれ

もある。雪の山を有名な歌枕《うたまくら》「越の白山」に見立てたものである。

この贈答後まもなく、十月ころから公任は出仕しなくなった。公任のあとを追って、官位の昇進を続けていた藤原斉信《ただのぶ》が、逆に公任をぬいて上位に立ったのを、不満に思

ってのことである。斉信は太政大臣為光《ためみつ》の二男で、母は公任のいとこである左少将敦《あつ》敏《とし》の娘である（『尊卑分脈《そんぴぶんみゃく》』）。斉信は『枕草子』にも才名をうたわれており、康保《こうほう》四年（九六七）生まれで、公任より一歳年若い。正暦《しょうりゃく》元年（九九〇）左中将、同五年蔵人《くろうどの》頭《とう》、長徳《ちょうとく》二年（九九六）参議、長保《ちょうほう》二年（一〇〇〇）従三位《じゅさんみ》、長保三年正《しょう》三位、右衛《うえ》門督《もんのかみ》とつねに公任より一歩下位に立っていたが、この年十月二十一日に一条天皇の松尾・平野両社行幸行事賞によって従二位をさずけられ、ついに公任を越えてしまった（『公卿補任《くぎょうぶにん》』）。いっぽう、公任は、長保三年十月に正三位左衛門督になって以来、官位の昇進がなかった。斉信が道長《みちなが》一門ならまだしも、公任のいとこの子であり、才名を競いあっていた相手だから、公任の衝撃は大きく、そのまま籠居してしまい、出仕しなくなった。

『今昔《こんじゃく》物語集』巻二十四の説話のなかに、

亦《ま》タ此《こ》ノ大納言世ノ中ヲ恨ミテ蟄居《こもり》タリケル時、八重菊ヲ見テ読ミケル、
　オシナベテ咲ク白菊ハ八重八重ノ花ノ霜トゾ見エワタリケル
ト。

とある歌はこの蟄居中の作である。『後拾遺和歌集』雑三にも同内容の詞書《ことばがき》で収めら

れている。『公任集』には、親交していた具平《ともひら》親王との贈答歌として収められている。

中務《なかつかさ》の宮に、八重菊植ゑたまうて、文作り、遊びしたま
ひける

おしなべて開くる菊は八重八重の花の霜にぞ見えわたりける

宮

閨《ねや》の上の霜とおき居て朝な朝なひとへに家の花をこそ思へ

公任は籠居中も中務宮とは私的な交遊をしていたのだろうか。「八重八重の花の霜」が、暗鬱《あんうつ》なものとして説話化したとも考えられる。

十二月十五日に、公任は辞表を提出したことが、『御堂関白記《みどうかんぱくき》』に記されている。

経通朝臣《つねみちあそん》、左衛門督ノ辞書ヲ持チ来タル。即《すなは》チ奏セシム。中納言・左衛門督等也《なり》。両度ノ行幸ノ行事、右衛門督奉仕シ、加階シテ上臈《じやうらふ》ト為《な》ルヲ以《も》ツテ辞ス。仍《すなは》チ其《そ》ノ後、参内セズ。其ノ心也。

この辞表は二十日に却下された。

左衛門督ノ辞状、返シ給《たま》フ。

この事件について、赤染衛門《あかぞめえもん》の夫だった大江匡衡《おおえのまさひら》をめぐる説話が、『袋草紙《ふくろのそうし》』上、『十訓抄《じっきんしょう》』第七などに伝えられている。公任は上表しようとして、紀斉名《きのただな》や大江以言《これとき》などというような、当時のすぐれた文人たちに辞表を書かせたが、どうも気にいらず、最後に匡衡に依頼した。匡衡は、自分よりすぐれた人たちがつぎつぎと執筆しても満足しなかったのに、どうして自分の書いたものが受けいれられるだろうか、と思案していると、赤染衛門が助言する。

彼《か》ノ人ユユシク餝慢《しょくまん》有ル之《の》人也。吾身《わがみ》、先祖止《や》ム事無キ者ニテ、沈淪《ちんりん》之由ヲ若《も》シ書カザルカ、如何《いかが》。尤《もっと》モ其ノ旨有ルベシト云々《うんぬん》。

公任は虚栄心が強い自信家だから、家門が高貴なのに不遇であることを書かなかったのではないか、家系のことを特筆すべきだ、と入れ知恵したのである。そこで匡衡は、公任のことを、「五代之太政大臣之嫡男也」と書きたてると、公任はやっと満足した、というのである。

このときに匡衡が執筆した上表文は、『本朝文粋《ほんちょうもんずい》』巻五に、「四条大納言ノ為《ため》ニ中納言・左衛門督ヲ罷《や》メント請フ状」という題で収められており、問題の箇所は、「臣幸ニ累代上台之家ヨリ出《い》デ、謬《あや》マッテ過分顕赫《けんかく》之任ニ至ル。才拙《つたな》ウシテ零落セリ」と記されている。公任は赤染衛門とは説話の世界で接触するわけだが、貞節で良妻賢母型との評判が高い赤染衛門が、ここでは辛辣《しんらつ》な人物批評家として登場しているのである。

翌寛弘二年（一〇〇五）四月一日、道長は公任に歌を贈ってなぐさめている（『小右記《しょうゆうき》』）。『拾遺和歌集』雑春、『千載《せんざい》和歌集』雑中、『御堂関白集』などにも収められているが、『公任集』には次のようにある。

世の中すさまじう籠《こも》り居る頃《ころ》、大殿より、春のことなり

谷の戸を閉ぢやはてたる鶯《うぐひす》の待つに声せで春も過ぎぬる

御返し

行きかはる春をも知らず花咲かぬ深山《みやま》がくれの鶯の声

鶯は春になると奥山の谷から出てきて鳴くというが、花も咲かない深山にこもったままで、春も過ぎてしまったというのであり、「鶯」に公任をよそえている。『公任集』の行成《ゆきなり》との贈答は、この道長との贈答を受けたものではないかといわれる。

梨《なし》の花に時過ぎたる実の付きたるに、右大弁

春深み深山がくれの花なしといふにつけては分きぞかねつる

返し

常ならぬみをぞ恨むるならぬより花なしといふ世にこそありけれ

また、かくてはと

ありといふほどだにあるをかつ見つつ花なしといふ春をこそ思へ

「花梨」に「花無し」、「実」に「身」を掛けて、春になっても花が咲かぬわが身の転変をなげき恨むのである。花が咲いてもあっけなく散ってしまう、これはまして花なしという名の花で、時期はずれの実がついている。ただ、なぐさめるにしては、あまりにも状況がぴったりしすぎているので、別な折の戯《ざ》れごとかもしれない。

四月十七日、実資《さねすけ》は公任の子に小野道風《おののとうふう》の書いた手本を贈っている。『小右記』に、

道風手跡一巻ヲ与フ。資平《すけひら》ヲ以ツテ送ラシムル也。帰リ来リテ云《い》ハク、金吾涕泣《きんごていきふ》スルコト雨ノ如《ごと》シ、哀憐之《こ》レ甚《はなはだ》シ、附属ノ詞敢《ことばあ》ヘテ云フベカラズ、トイヘリ。

とある。籠居中の公任は、実資の厚情に感泣しているのである。

五月三日に、公任は精神的な救済を求めてか、性空《しょうくう》聖人を訪問している。

今日、左衛門督、播磨《はりま》ノ性空聖《ひじり》ノ許《もと》ニ向カフト云々。件《くだん》ノ聖、播磨ノ国書写山《しょしゃざん》ニ住ス。

和泉式部《いずみしきぶ》が、その代表的な名歌、

暗きより暗き道にぞ入りぬべき遥《はる》かに照らせ山の端《は》の月　（拾遺和歌集・哀傷）

を送ったのも、この性空にたいしてであり、当時の代表的な名僧であった。

七月二十一日、公任はまた上表したが、許されず、藤原時光《ときみつ》を超えて従二位に除せられた（『公卿補任』）。公任の念願は達せられたわけだが、以後、斉信の上位に立つことはなかった。『小右記』には、

今日、左衛門督上表ス。即チ返シ給フ。次イデ従二位ニ叙ス。件ノ表ノ使、右中弁経通ト云々。（中略）表ヲ返シ給フノ勅命ニ云ハク、懐《おも》フ所有ツテ之ノ表ヲ上

ラルカ、殊ニ一階ヲ叙ス、元ノ如ク仕フベシトイヘリ。是ハ資平帰リ来リテ伝ヘ示ス所也。件ノ慶《よろこ》ビ希代之事也。先日ノ恥ヲ雪《すす》ギ、還《かへ》リテ光華ヲ増ス。

とあり、『御堂関白記』には、

是レ朝議ニ非《あら》ズト雖《いへど》モ、採用スル人有ル也、仍チ之ヲ行ハル。

とある。『権記《ごんき》』『日本紀略《にほんきりやく》』『扶桑略記《ふそうりやつき》』などにも記事がある。

公任の悲願がかなえられ、昇進したわけであるが、いっぽうでは強引な官位獲得でもあって、朝議でもない異例な人事だったわけである。摂関家の嫡男という自負が、公任にごり押しの態度をとらせたのであり、その不協和感が匡衡や赤染衛門の説話などを生みだしたのかもしれない。ともあれ、公任の生涯を通じての大事件だった。

加階後、公任は以前のごとく出仕し、宮中や道長邸での作文会《さくもんえ》にも、しばしば登場している。

九月九日には内裏で作文会があり、道長・伊周《これちか》・公任・俊賢《としかた》・忠輔《ただすけ》・有国《ありくに》・行成などが参加、題は「菊ハ是レ花ノ聖賢」、韻字は「情」、序を匡衡が執筆した（『小右記』『権記』『御堂関白記』）。

十一月十三日、敦康《あつやす》親王の読書始《とくしよはじめ》がおこなわれ（『日本紀略』など）、『本朝麗藻《ほんちようれいそう》』下・書籍部に、「冬ノ日飛香舎《ひぎやうしや》ニ陪《ばい》シ、第一皇子始メテ御注孝経ヲ読ムヲ聴キ、教ニ応ズル詩」と題して、以言《これとき》の序と詩、道長・伊周・公任・俊賢・輔正《すけただ》・匡衡・宣義《のぶよし》の詩が収められている。公任の詩を掲げる。

今日天孫初メテ道ヲ問フ
聡悟《そうご》ヲ廻《めぐ》ラシ研鑽《けんさん》ニ就カントス
聖明ノ治跡何《なん》ゾ相改メム
貞観《ぢやうぐわん》ノ遺風眼《まなこ》ニ触レテ看《み》ル
　唐ノ太宗、諸王皆学ニ就カシム。故ニ云フ。

唐の太宗にならって学問の道についた、というのである。

敦成《あつひら》親王誕生

寛弘《かんこう》年間にはいって、道長《みちなが》は栄華の頂点に達する。娘の彰子《しようし》が、一条天皇の実質的な皇位継承者である敦成親王を寛弘五年（一〇〇八）九月十一日、敦良《あつなが》親王を寛弘六年十一月二十五日にあいついで出産したからである（『日本紀略《にほんきりやく》』など）。いずれも、のちに帝位につき、後一条天皇、後朱雀《ごすざく》天皇となって、道長の栄華を確固たるものとし、摂関政治の爛熟期《らんじゆくき》をもたらした。政権継承競争に完敗した公任は、ひたすら道長の賛美者となり、文化面での担い手としてわが道を進んでいく。公任の歌学書の大部分は、この寛弘期に成立したと推測される。また、道長の好尚もあってか、作文会《さくもんえ》が多く催され、公任もひんぱんに出席している。

寛弘三年（一〇〇六）三月二十日、道長邸で作文会があり、公任・斉信《ただのぶ》・俊賢《としかた》・有国《ありくに》らが参加している（『御堂関白記《みどうかんぱくき》』）。

三月四日、東三条邸で花の宴が催され、一条天皇と中宮彰子とが出御し、作文会がおこなわれた（『御堂関白記』）。忠輔《ただすけ》が「水ヲ渡リ落花舞フ」という題を献じ、「軽」を韻字とした。匡衡《まさひら》が序を執筆し、その功によって、子の挙周《たかちか》が蔵人《くろうど》に補せられた。『本朝麗藻《ほんちようれいそう》』上・春に、匡衡の序と詩、道長・伊周《これちか》・公任・斉信・源明理《みなもとのあきまさ》・紀為基《きのためもと》・源孝道《たかみち》・橘為義《たちばなのためよし》・藤原為時《ためとき》・藤原広業《ひろなり》の詩が収められている。公任の詩を次に掲げる。

洞中今落花ノ明《あ》カルキヲ望ミ
水ヲ度《わた》リ舞フ時眼ヲ驚カス

粧楼ヲ下ルニ応ジテ岸ニ飄《ひるがへ》ル処《ところ》
羅袖《らしう》飄《ひるがへ》ルニ似タリ波ヲ映ス程
雙行《さうかう》ノ蝶《てふ》導キ流心動ク
送曲ノ風来タリテ浮艶軽シ
為《ため》ニ陽春新調ノ奏倩《うるは》シク
宮商自ラ治安ノ声有リ

池に落花が美しく舞い、舞の姿や管絃《かんげん》の音は華麗であり、天下の安泰をことほぐがごとくの、花の宴のにぎわいを謳歌《おうか》している。

三月二十四日、道長邸でまた作文会が催され、題は「花鳥ハ春ノ資貯ナリ」、韻字は「心」であった（『権記《ごんき》』）。『本朝麗藻』上・春に、斉信・公任・大江通直《おおえのみちなお》の詩が収められている。公任の詩を示す。

春ハ資貯多ク相尋ヌルニ足ル
啻《ただ》ニ花ガ飛ブノミニ非《あら》ズシテ鳥吟ズ
錦《にしき》ヲ裁ツハ惜シク将《まさ》ニ風底ノ色タラントス
珠《たま》ヲ貫《ぬ》キテ銜《くは》ヘ月前ノ音ヲ得タリ

林ハ茅土《ばうど》三千戸ニ勝リ
谷ハ華山一万金ヲ笑フ
歓語関々トシテ頻《しき》リニ奉ズル処
葩《はな》ヲ拾ヒ還《かへ》リテ不廉《ふれん》ノ心ヲ耻《は》ヅ

春の花の色の美しさ、鳥の声の楽しさを、幾多の財宝にもまさる、と賛美したものである。

翌寛弘四年、二月二十八日から三十日にかけての道長の春日詣《かすがもう》でに、公任は同行した。三月三日の道長邸の曲水宴の作文会に出席、題は、菅原輔正《すがわらのすけまさ》が出した「流レニ因《よ》ツテ酒ヲ汎《うか》ブ」、序を大江匡衡が執筆、斉信・俊賢・忠輔・有国・行成《ゆきなり》・源則忠《のりただ》らが列席した。三月九日に、道長の石清水《いわしみず》臨時祭見物に同行した。三月二十日に、俊賢とともに道長邸の作文会に参加、題は、「林ニ花落チ舟ニ灑《そそ》グ」、韻字は「風」。四月二十五、六日に催された内裏の密宴に出席。四月二十九日、道長邸の作文会に、斉信・俊賢・有国らとともに参加、題は「流水ニ笙歌《しやうか》調ブ」、韻字、「音」。以上、『御堂関白記』の記事から抄出したが、この時期において、公任がいかに道長と親密であり、文雅の催しに協力していたかが、うかがい知られよう。

十一月八日に、道長の次男教通《のりみち》が春日祭りの勅使として出立し、十日に帰京して、

還立《かえりだち》の宴が催された（『御堂関白記』など）。このとき、公任は道長と歌の贈答をしており、『公任集』に、

夫君《せぎみ》の少将、春日の使したまうて帰りたまひ、いみじう霧の立ちければ、これより大殿に

三笠山《みかさやま》春日の原の朝霧に帰り立つらむ今朝をこそ思へ

御返し

三笠山麓《ふもと》の霧をかき分けて秋をしるべに今や来ぬらむ

とあり、『後拾遺和歌集《ごしゅういわかしゅう》』雑五にも収められている。折からの「霧」を題材に、道中を思いやって詠んだものである。

寛弘五年九月十一日、彰子が敦成親王を出産した前後のことは、『紫式部日記《むらさきしきぶにっき》』『栄《えい》花《が》物語』「初花」や漢文日記などに詳細に記されている。その一部は紫式部との交渉を記した箇所に掲げておいたが、それ以外では、出産五日の祝いの宴に、公任は歌を詠んでおり、『公任集』に、

中宮の御産屋の五日の夜

秋の月影のどけくも見ゆるかなこや長き夜の契りなるらむ

とある。月の姿に長久の賀意をみたものである。十月十六日の一条天皇土御門《つちみかど》邸行幸のさいに、公任は斉信とともに「万歳千秋」と誦《しょう》した（『紫式部日記』）。十二月二十日、百日の祝いに和歌が詠まれたことが、『御堂関白記』の記事から知られる。

後、上達部倭歌《かんだちめやまとうた》ヲ奉仕ス。左衛門督《さゑもんのかみ》盃《さかづき》ヲ進メ、左大弁盃ヲ取リ、而《しか》シテ帥《そち》筆ヲ取リ題ヲ書ク。人々相寄ル。七八人奉仕ノ間、御盃ヲ召ス、右大臣之《これ》ヲ献ズ。

公任・行成・伊周などが、中心となっている。

翌寛弘六年（一〇〇九）八月十七日、敦成親王が参内し、公任も出席している。（『御堂関白記』）。

この年、十一月二十五日、彰子は前年につづいて敦良親王を出産した。出産七日の祝いの宴で、公任は和歌を詠んでいる。『公任集』に、

後朱雀院生まれさせたまひて、七夜に

いときなき衣の袖《そで》はせばくとも劫《こふ》の石をば撫《な》で尽くしてむ

とあるのは、十二月二日の作だが、『後拾遺和歌集』賀に収められている。「劫」は仏教でいう非常に長い時間で、その内容は諸説あるが、ここでは「劫の石」とあるから、天人が方四十里の石を薄衣《うすぎぬ》で百年に一度払って、石が磨滅してもまだ終わらない、という説によっているのだろう。生まれた皇子の産着の袖を、劫の石を払う天人の袖に見立てて、長寿を予祝した歌である。

公任は十二月四日の、九日の祝宴にも出席して、勧盃《かんぱい》し寿を献じている。

翌寛弘七年正月二日、公任は道長邸の臨時客に出席してから（『紫式部日記』）、参内して、子《ね》の日の宴の管絃をしている（『権記』）。

聊《いささ》カ管絃ノ事有リ。四条大納言（公任）拍子、左宰相中将（源経房《つねふさ》）笙《しやう》、左衛門督（藤原頼通《よりみち》）和琴《わごん》、頭弁（源道方《みちかた》）琵琶《びは》、定頼《さだより》少将笛、以上小板敷ニ候フ。

官職や顔ぶれがかなり変わっている。公任も前年三月四日に権大納言に昇進しており、（『公卿補任』）、公任の長男定頼の名もみえている。

正月十五日、五十日の祝いがおこなわれ、公任はこの日も管絃の拍子をとっている（『紫式部日記』）。閏《うるう》二月六日の百日の祝いにも、公任は出席している（『権記』『御堂関白記』)。

道長は外戚《がいせき》の地位の安泰をはかり、二月二十日に次女の妍子《けんし》を春宮《とうぐう》(三条天皇)に入内《じゅだい》させた。二月二十六日に春宮の居貞《おきさだ》親王が妍子の局《つぼね》に渡御され、公任も出仕した(『御堂関白記』)。

三月十五日、石清水臨時祭の勅使を教通がつとめ、公任は道長と和歌の贈答をしている(『権記』『御堂関白記』)。『公任集』に、

石清水臨時祭の使、殿の少将舞人にて渡りたまひけるに、大殿の物見たまひけるに聞えたまうける

小忌人《をみびと》の木棉《ゆふ》肩掛けて行く道を同じ心に誰《たれ》眺むらむ

返　し

小忌衣袂《をみごろもたもと》に着つつ石清水心をなべて汲《く》まずもあらなむ

とあるのは、このときの作だろうか。「小忌衣」や「木棉」は祭事に奉仕する人が身につけるもので、道長の歌は教通の行事ぶりを案ずる親心があふれている。

九月九日、雨のために、内裏の重陽の宴が停止され、道長邸で作文会が催された。題は、「菊ハ是《こ》レ花ノ中ノ主」、韻字は「心」、大江為清《ためきよ》が序を執筆した。斉信・公

任・俊賢・有国・源頼定《よりさだ》などが参加している（『御堂関白記』）。

寛弘の末年には、公任とかかわりが深かった人びとが、つぎつぎと世を去っている。寛弘四年十月二日に帥宮敦道《そちのみやあつみち》親王、寛弘五年二月八日に花山院《かざんいん》、寛弘六年七月二十八日に具平《ともひら》親王、寛弘七年正月二十八日には藤原伊周、寛弘八年六月二十二日に一条天皇（以上、『日本紀略』）、ひとつの時代に終止符がうたれた感がある。

なかでも具平親王は、村上《むらかみ》天皇の皇子で、母は代明《よあきら》親王の娘の荘子《そうし》女王で、公任の母と姉妹だったから、公任と具平親王とはいとこにあたり、非常に親しかった（『本《ほん》朝皇胤紹運録《ちょうこういんじょううんろく》』『尊卑分脈《そんぴぶんみゃく》』）。『栄花物語』「初花」に、

いみじう御才賢《ざえ》うおはするあまりに、陰陽道《おんみゃうだう》も医師の方もよろづにあさましきまでに足らはせたまへり。作文・和歌などの方世にすぐれめでたうおはします。

と記されているように、前中書王《さきのちゅうしょおう》兼明《かねあきら》親王にたいして、後《のちの》中書王と併称される、才芸すぐれた人物で、仏書の『弘決外典抄《ぐけつげてんしょう》』などの著がある。公任が『三十六人撰』をあらわす契機になったのは、具平親王と柿本人麿《かきのもとのひとまろ》と紀貫之《つらゆき》の優劣を論じて敗れたからだ、といわれる（『袋草紙《ふくろのそうし》』）。『拾遺和歌集』雑上の、

月を見侍《みはべ》りて

世に経るにもの思ふとしもなけれども月の幾度《いくたび》ながめしつらむ

などは代表的な秀歌だが、『公任集』には贈答歌が多数みえ、『後拾遺和歌集』春上の、

大納言公任、花の盛りに来むと言ひて、訪れ侍らざりければ

花もみな散りなむ後は我が宿に何につけてか人を待つべき

からも、その親交ぶりがしのばれる。

寛弘八年七月十一日に、藤原有国が没した（『日本紀略』）。道長の側近のひとりで、詩歌の才にすぐれ、公任とも親しく、十七日の薨奏《こうそう》に公任が奉仕している（『御堂関白記』）。このほかにも、菅原輔正・大江以言《もちとき》・藤原長能《ながとう》など、一条天皇朝の文学を支えた人が数多く没し、聖代も終幕を迎えた。

第六章　憂愁の晩年

道長《みちなが》の専横と栄耀《えいよう》

一条天皇の没後、道長は栄華におごって、横暴な態度をとることが多くなったが、公任はこれに追従し、実資《さねすけ》は憤慨している。『小右記《しょうゆうき》』の寛弘《かんこう》八年（一〇一一）七月十八日条に、公任・源《みなもとの》俊賢《としかた》などが、崩御された一条院を誹謗《ひぼう》したと記している。

> 皇太后宮大夫《だいぶ》（公任）幷《なら》ビニ子ノ定頼《さだより》、故院（一条院）ニ為《な》シ奉ルニ等閑《なほざり》ノ事有リト云々《うんぬん》。一夜、左府ノ宿所ニ於《お》イテ、近習上達部《かんだちめ》会合シ、誹謗シ嘲哢《てうろう》スルコト有リト云々。其《そ》レヲ専ラニスル一人ハ礼部納言俊賢ト云々、齢艾年《よはひがいねん》ヲ過ギ、人一族ニ非《あらざ》ルヤ、嗟乎《ああ》々々。

艾年は五十歳、俊賢は五十二歳で分別ざかり、しかも源氏で天皇とは一族のはず、その人がなくなったばかりの天皇を、尻馬《しりうま》に乗って人一倍悪口雑言しているという事態を、実資は慨嘆するのである。

一条天皇は崩御の九日前の六月十三日、居貞《おきさだ》親王（三条天皇）に譲位する。次の春《とう》宮《ぐう》には定子《ていし》の産んだ第一皇子の敦康《あつやす》親王が立つべきだったが、道長をはばかり、彰子《しょうし》の産んだ第二皇子の敦成《あつひら》親王を春宮坊に立てた（『日本紀略《にほんきりゃく》』）。

三条天皇にたいしても、道長の態度は冷たかった。三条天皇は兼家《かねいえ》の娘超子《ちょうし》の子で、一条天皇と同じく、道長の外孫ではなかったから、道長は早く敦成親王を皇位につけようとしたのである。

三条天皇には女御《にょうご》がふたりおり、ひとりは藤原済時《なりとき》の娘娍子《じょうし》、ひとりは道長の娘妍子《けんし》であった。娍子には敦明《あつあきら》親王など皇子がいたが、天皇は道長をはばかって、長和《ちょうわ》元年（一〇一二）二月十四日に妍子を中宮にした。彰子は皇太后になり、公任の姉遵子《じゅんし》は太皇太后となった（『日本紀略』）。公任は太皇太后宮大夫になる（『公卿補任《くぎょうぶにん》』）。

道長は娍子を皇后に立てることを奏請したが、あくまでも表面上のことで、立后の四月二十七日には、公卿の多くは道長に追従して出席しなかった。実資は天皇の御召しによって、病中の身をかえりみず参内して冊立（勅命によって皇后などを正式に立てること）の行事を執行した（『小右記』）。天皇は実資の厚意に感謝し、雑事の相談をするようになった。実資は、『小右記』翌二十八日条に、

弥《いよいよ》知ル、王道弱リ、臣威強キコトヲ、嗟乎々々。

五月一日条に、

左大臣ノ所為《しよゐ》極メテ奇怪也《なり》。諸卿同心シ朝威ヲ失フ。歎《なげ》キ思フコト少ナカラズ。此《かく》ノ如《ごと》キ事ニ依《よ》ツテ、命暫《しばら》ク保タント欲ス。頗《すこぶ》ル思《おぼ》シメス所有ランカ。

と記して、三条天皇に同情し、世相を慨嘆している。

十二月二十二日、公任は正《しよう》二位に叙せられている。

長和二年五月十六日、藤原高遠《たかとお》が没した。斉敏《ただとし》の子で、実資の兄、正三位《さんみ》太宰大弐《だざいのだいに》にいたった。中古三十六歌仙のひとりで、家集がある。『公任集』に公任とふたりして、

唐撫子《からなでしこ》を

色ことににほへる宿のなでしこはいにしへからの種にぞあるらし

高遠の君

種わきて色しも深きなでしこの花に心も染みてこそ見れ

と、撫子を詠んだ歌があり、『高遠集』にも次のような贈答がある。

四条大納言のもとに言ひやりし
山里は恋しきことぞ忘れける訪《と》はぬ心を恨みつる間に
返　し
今とだに告げて山辺に入る人は恋しきこともあらじとぞ思ふ
又、大納言のもとより
秋の月西にめぐりて東路《あづまぢ》の山辺をさへや遅く出《い》づらむ
返　し
月の入る西はうき世の方《かた》なれば思はぬ山を越えや出づらむ

「思はぬ山」とは、もの思いをしない山という意である。

九月十六日、三条天皇の道長邸行幸があり、管絃《かんげん》がおこなわれ、公任はここでも拍子をとっている（『小右記』）。九月二十三日、敦康親王邸で作文会《さくもんえ》があり、『小右記』の翌二十四日条には、「後日、四条大納言云《い》ハク、帥宮《そちのみや》ノ才智《さいち》、太《はなは》ダ朗《あきらか》ナリ、尤《もっと》モ感歎ニ足ルト云々」と、公任が親王の文才を激賞した、と記している。

十月三日、道長は斉信《ただのぶ》や公任と大井川に遊び、十月六日には宇治川《うじがわ》におもむき、管絃・聯句《れんく》（ふたり以上の人が参加して一首の漢詩をつくること）・和歌などを舟中でおこない、作文会を催している。題は「江山《こうざん》一家ニ属ス」、韻字は「情」、斉信・公任・俊賢・行成《ゆきなり》・教通《のりみち》・経房《つねふさ》・兼隆《かねたか》・頼宗《よりむね》・道方《みちかた》が参加した。四納言がそろっている。題の川や山が道長一家に属するものとは、ずいぶん思いあがったものである（『御堂関白《みどうかんぱく》記《き》』）。

十月二十日、妍子が産んだ禎子《ていし》内親王の百日の出産祝いがあり、『御堂関白記』に、「両三巡後、太皇太后宮大夫献盃《けんぱい》、和歌ヲ以《も》ツテ賀有リ」とあり、公任は賀の歌を詠んだことが知られる。

長和三年七月十六日、公任の母厳子《げんし》女王が没した（『小右記目録』）。『小右記』六月六日条に、重病の由が記されている。『公任集』の、

秋の暮つ方、母上の御許《もと》に参りたまうけるに、日頃《ひごろ》も悩ませたまひて、いと弱げにならせたまへれば、女御殿に聞えさせたまひける

風やまぬ秋の林にもみぢ葉の色はいかにと見るぞ悲しき

は、没年近くのものであろう。

長和四年四月二十六日、入道一品宮資子内親王《いっぽんのみやしし》が没した（『日本紀略』）。村上《むらかみ》天皇の

皇女で、公任がこの宮に出入りして、風雅な雰囲気を楽しんでいたことは、前に記した。この時期になると、公任の周辺の人たちはしだいに姿を消していき、寂寥《せきりょう》の色がすこしずつ濃くなっている。

八月二十八日、道長は倫子《りんし》とともに桂《かつら》の山庄におもむき、公任も同行して和歌を詠んだ。『御堂関白記』によれば、参加したのは、道綱《みちつな》・公任・頼通《よりみち》・俊賢・教通・頼宗・経房・兼隆・道方・能信《よしのぶ》・公信《きみのぶ》・朝経《あさつね》ら、『小右記』に、「殿上人已上《いじやう》、和歌ヲ読ム」とあり、『公任集』の次に示す歌は、このときに詠まれたものである。

八月二十八日、桂殿に左の大殿の北の方などおはして、稲刈らせて見たまひけるに

千代を経て刈り積む宿の稲なれば多くの年をあたる君かな

山里の紅葉《もみぢ》は時も分かぬかな秋のなかばに色深く見ゆ

とや言はましと思ひて、懐紙《ふところがみ》に書きて持たせたまへるを、大殿の御一つ車にて落としたまへりければ、帰りたまひて、又の朝《あした》に、かくや言はましとなむおぼえしとて、聞えたまへりける

山里にまだき散りける言《こと》の葉《は》を宿の主《あるじ》やかきとどめけむ

九月三十日に、道長・斉信・公任らは皇太后宮彰子のもとで九月尽の和歌を詠み、十月十二日に、道長の宇治遊覧に同行して、清明なる月を見て舟中で和歌を詠んだ(『御堂関白記』)。同行する上達部の顔ぶれはほぼ一定しており、公任は道長の有力な側近のひとりだった。

三条天皇は以前から目をわずらっていたが、この年になって悪化し、道長はこれを口実に譲位をせまり、公任や俊賢は道長に同調して天皇を圧迫した。実資は、『小右記』十月十一日条に、

今世間ノ形勢ヲ見ルニ、万事惣《すべ》カラク一家ニ帰ス。向後、事弥《いよいよ》千倍カ。四《し》非常《ひじやうの》偈《げ》ノ仏説虚《むな》シキガ如シ。

と慨嘆し、十月十七日に、道長たちが彰子のもとで作文会を催したのを、「主上《しゆじやう》不予之《の》間、遊宴ノコト如何《いかん》」と、天皇が病中なのに遠慮しないことを非難している。

十月二十五日、道長の五十賀が彰子の主催で土御門《つちみかど》邸でおこなわれている。これに先立って、二十三日に、道綱・斉信・公任・頼通・頼宗・経房・能信などが屏風歌《びようぶうた》を詠み、行成が染筆しており、当日、祝宴の席で公任は道長と和歌を詠みかわしている。

数献後、太皇太后宮大夫（公任）、盃ヲ取リ進メ、余ニ賀ノ心ノ和歌有リ、侍従中納言（行成）筆ヲ取ル。
相生《あひお》ヒノ松ヲイトドモ祈ルカナ千歳《ちとせ》ノ蔭《かげ》ニ隠ルベケレバ
我
老イヌトモ知ル人ナクハイタヅラニ谷ノ松トゾ年ヲ積ママシ
人々、此《こ》ノ歌ヲ褒誉《ほうよ》スル気有リ。度々吟詠ス。
（『御堂関白記』）

三条天皇は、道長の圧力に屈して譲位を決意し、十月二十七日道長を准摂政に任じ、翌長和五年（一〇一六）正月二十九日に譲位された。後一条天皇が即位し、敦明親王が春宮に立ったが、親王は三条院没後の寛仁《かんにん》元年（一〇一七）八月九日、道長の圧迫によって、彰子の子敦良《あつなが》親王（後朱雀《ごすざく》天皇）に春宮を譲って、小一条院とよばれた（『日本紀略』）。かくて、道長は栄耀栄華の極に達することになる。

長和五年三月二十六日、道長邸で作文会がおこなわれた。題は、「藤花紫紋ヲ作ル」、韻字は、「長」。斉信・公任・俊賢・行成・実成《さねなり》・頼定《よりさだ》・頼通・教通・頼宗・能信などが参加している（『御堂関白紀』）。

六月に公任は赤痢《せきり》をわずらって病臥《びょうが》する。

寛仁元年六月一日、公任の姉遵子が没した（『日本紀略』）。長く公任の後楯《うしろだて》となっていたから、公任の落胆は大きかったことであろう。『栄花物語《えいが》』「玉のむら菊」に、

かくて、四条の皇太后宮悩ませたまひて、祭など果てて後、失《う》せさせたまひぬ、といふ。あかるる方なく、四条大納言扱ひきこえさせたまふ。いとあはれなる世の中なり。

とある。太皇太后宮大夫も停止された（『公卿補任』）。

三月十六日に道長は摂政を頼通に譲り（『公卿補任』）、翌寛仁二年正月二十三日に大《たい》饗《きょう》がおこなわれたが、二十一日に大饗のための屏風詩や屏風歌を選定した。『左経記《さけいき》』に、

按察《あぜち》大納言（斉信）・四条大納言（公任）、大殿ニ於イテ摂政殿ノ大饗ノ料ノ御屏風詩幷ビニ歌等撰定《せんてい》シ、侍従中納言（行成）ニ書カシメ給《たま》フ。詩ノ作者ハ、按察・四条両亜相、式部大輔《しきぶのたいふ》広業《ひろなり》、内蔵権頭《くらのごんのかみ》為政《ためまさ》、大内記《だいないき》義忠《のりただ》。歌ノ作者ハ、大殿（道長）、四条大納言、輔親《すけちか》・輔尹《すけただ》・式部女《むすめ》等也。

とあり、『御堂関白記』にも、

摂政大饗ノ料ノ屛風詩幷ビニ和歌等持チ来ラル。上達部ト相定ム。按察大納言・四条大納言、各詩五首、是《こ》レ皆上《たてまつ》ル。仍《すなは》チ、広業・為政・義忠・為時《ためとき》法師等、相定メ、各両三入ル。心吉《よ》カラヌ、数有リ。和歌ハ輔親・輔尹・江《ごう》式部、相定メ之《これ》ヲ入ル。心吉ク無キ多シ。我、少々之ヲ入ル。大納言一首、随《まま》ニ有リ。

と記している。『栄花物語』「木綿四手《ゆうしで》」に、道長・公任・輔親・輔尹・和泉《いずみ》式部の歌が掲げられているが、この時期でもっとも注目すべき和歌行事であった。公任の歌を示す。

四条の大納言、別に二首奉らせたまへり。桜の花見る女車ある所、

春の花秋の紅葉も色々に桜のみこそ一時は見れ

又、紅葉ある山里に男来たり、

山里の紅葉見るとや思ふらむ散り果ててこそ訪ふべかりけれ

後者は『公任集』、『後拾遺《ごしゅうい》和歌集』秋下にも収められている。実資はこの屛風詩詠

進にたいして、「儒者ニ非ザル上﨟《じやうらふ》ノ公卿、下官ノ命ニ依《よ》リ屏風詩ヲ作ルコト如何、凡人ニ異ナラズ」と批判し、とくに公任にたいしては、「就中《なかんづく》、公任卿ハ故宮（遵子）ノ周忌ニ候《さぶら》フ内ニ、此ノ興有ルハ如何」と、姉の喪中に道長に迎合して屏風詩歌の制作に従事したことを、強く非難している。

三月二十九日、道長は公卿たちと大白河《おおしらかわ》・小白河と花見をした。『公任集』の歌は、たまたま白河にいた公任が、供奉《ぐぶ》していた源頼定に贈ったものという（『御堂関白記』）。

白河にしのびておはしたるに、大白河といふ所に殿上人多くおはしたりと聞きたまひて、その日、式部卿宮の中将大白河におはしけるに

白河の同じ河辺の桜花いかなる宿を人尋ぬらむ

返し

花の色の深さ浅さにおのづから宿分く人となりにけるかな

公任が訪問してこないことをなじったのにたいして、頼定は花の色の濃さ、友情の深さにかこつけて、たわむれかえしたのである。

八月十日、道長邸に公任がおとずれて、屏風歌について語り、八月十五日、斉信・

公任・俊賢らがきて、「月光波ニ随《したが》ヒテ動ク」の題で作文、春宮の病気によって延期し、九月五日、披講した。九月十六日には、小一条院が嵯峨野《さがの》や大井川に野遊・管絃をし、和歌を詠んだ。慶滋為政《よししげのためまさ》が「紅葉水ニ浮ブ」という題を献じ、序を執筆し、道長の桂殿で、藤原経通《つねみち》を講師として和歌が披講された。参加者は、道長・道綱・斉信・公任・教通・頼宗・経房・実成・兼隆・道方・通任《みちとう》・朝経・資平《すけひら》ら。春宮を退位した小一条院を、今度は最大限に優遇したのである。利害に露骨な態度には、さすがに驚かされる。十一月十七日、道綱や公任が道長邸にやってきて、作文会が催される。題は「樹無ク春ヲ期セズ」、韻字は「情」。人生の結末を暗示するような、いささか象徴的な題である（『御堂関白記』）。

この年、十月十六日、道長の娘威子《いし》が皇后となった。彰子・妍子・威子と、道長の娘は三代の天皇の皇后となったわけである。道長は栄華の絶頂に立った心境を、

　この世をば我が世とぞ思ふ望月《もちづき》の欠けたることもなしと思へば

と詠んだ。満座の人びとはこの歌をくりかえし吟詠した（『小右記』）。この世の願望を達した道長は、翌寛仁三年三月二十一日出家し、法名を行願《ぎょうがん》と号した（『日本紀略』）。以後、万寿《まんじゅ》四年（一〇二七）十二月四日に没するまで余生を送るが（『日本紀略』）、す

でに道長の時代は終わった。公任は治安《じあん》元年（一〇二一）正月二十八日按察使《あぜち》を兼ねるが、晩年の気配はいっそう色濃くなった（『公卿補任』）。

公任の子供

公任の晩年は、その子供の運命に左右されることが大きかった。
公任の子供は、『尊卑分脈《そんぴぶんみやく》』によると、定頼《さだより》・任入《にんにゆう》・女子の三人となっているが、『栄花物語《えいが》』「日蔭《ひかげ》の蔓《かずら》」に、

四条の大納言の御娘二所を、中姫君は四条宮に生まれたまふより取り放ちきこえたまひて、姫宮とてかしづききこえたまふ。大君をぞ大納言世になきものとかしづききこえたまふ。

とあり、姫君がふたりいたことが知られる。
任入は、『小右記《しようゆうき》』長和《ちようわ》三年（一〇一四）三月六日条に、

阿闍梨明尊《あじやりみやうそん》随身任円《にんゑん》師来タル、……太皇太后宮ノ御消息有リ、任円ハ四条大納言

之《の》子也《なり》、后之《きさきこれ》ヲ養ヒ給《たま》ハシム者也。

とある任円と同一人であろう。任円も、遵子《じゅんし》のもとで養育されていたらしい。古典大系本『栄花物語』の注では、「後悔の大将」に登場する良海内供《りょうかいないぐ》を公任の子とするが、今は任円（任入、入円とも）を公任の子としておく。

公任の子供でよく知られているのは、定頼である。歌人としてすぐれ、中古三十六歌仙のひとりであり、『百人一首』にも、

朝ぼらけ宇治の河霧絶え絶えにあらはれ渡る瀬々の網代木《あじろぎ》　（千載《せんざい》和歌集・冬）

がはいっている。

定頼が生まれたのは、『公卿補任《くぎょうぶにん》』の記述から計算すると、正暦《しょうりゃく》三年（九九二）である。『中古歌仙三十六人伝』によれば長徳《ちょうとく》二年（九九六）になるが、『公卿補任』のほうが正しいだろう。

『御堂関白記《みどうかんぱくき》』によれば、寛弘《かんこう》四年（一〇〇七）十二月十日に童殿上《わらわてんじょう》（名家の子弟が宮中の作法を学ぶために昇殿すること）し、十二月二十五日に元服している。十六歳だった。

左衛門督《さゑもんのかみ》ノ子、元服ス。即《すなは》チ、皇太后宮（遵子）当年未《いま》ダ爵《しゃく》ヲ給《たま》ハラズト申サルレバ、宣旨下ル。教通《のりみち》、表衣ヲ送ル。次《つい》デ、他ノ装束相加ヘテ之ヲ送ル。馬一疋《ぴき》、引物ニ新タニ又送ル。夜ニ入リテ冠者来タル。

定頼はこのときに従《じゅ》五位下《げ》に叙せられている。遵子の助力が大きかったこと、教通や道長《みちなが》が祝儀の品物を数多く贈っていることが知られる。

定頼は正《しょう》二位権《ごん》中納言兵部卿《ひょうぶきょう》にいたって、寛徳《かんとく》二年（一〇四五）正月十九日に五十四歳で没している（『公卿補任』）。

定頼には家集の『定頼集』があり、勅撰集《ちょくせんしゅう》には、『後拾遺《ごしゅうい》和歌集』十四首、『千載《せんざい》和歌集』三首、『新古今和歌集』四首、『新勅撰和歌集』二首、『続後撰《しょくごせん》和歌集』五首、『続古今和歌集』一首、『続拾遺和歌集』一首、『玉葉《ぎょくよう》和歌集』七首、『続千載和歌集』一首、『続後拾遺和歌集』一首、『風雅《ふうが》和歌集』三首、『新千載和歌集』一首、『新拾遺和歌集』一首、『新後拾遺和歌集』一首、『新続古今和歌集』一首、あわせて四十六首入集している。

私撰集には、『続詞花《しょくしか》和歌集』七首、『万代《まんだい》和歌集』三十二首、『夫木《ふぼく》和歌抄《しょう》』九首などのほか、『玄玄集《げんげんしゅう》』『後葉《ごよう》和歌集』『後六々撰《のちのろくろくせん》』『秋風抄《しゅうふうしょう》』『雲葉《うんよう》和歌集』『二八要《にはちよう》抄』などに収められている。

歌合《うたあわせ》では、長元《ちようげん》五年（一〇三二）十月十八日「上東門院彰子菊合《じようとうもんいんしようし》」に列席、長元八年五月十六日「関白左大臣頼通《よりみち》歌合」（『平安朝歌合大成　巻三』）に出詠している。頼《より》宗《むね》・輔親《すけちか》・赤染衛門《あかぞめえもん》・能因《のういん》・相模《さがみ》などが歌人となり、判者は輔親がつとめた。後拾遺集時代の開幕を告げる、この時期でもっとも注目すべき歌合であって、『栄花物語』「歌合」や『左経記《さけいき》』にも記されている。公任が撰歌したともいわれる（『袋草紙《ふくろのそうし》』）。定頼の歌は、

池　水

年を経てすむべき君が宿なれば池の水さへ濁る世もなき

瞿《とこ》　麦《なつ》

瞿麦のにほへる庭は唐国に織れる錦《にしき》もしかじとぞ思ふ

で、二首とも勝となっている。

『大鏡《おおかがみ》』頼忠《よりただ》伝に、「左大弁定頼の君、若殿上人の中に、心あり、歌なども上手にておはすめり」とあるように、定頼は公任のひな型のような人物で、管絃《かんげん》にも書道にも通じていた。詩文の作品は、『日本詩紀』では『新撰朗詠集《しんせんろうえいしゆう》』から五句を掲出してい

るが、これは公任の作を混同したもので、定頼の作とされるものは伝わっていない。

定頼は人物としては、風流好色の貴公子で、すきもの的な存在だったようで、公任とは異なって、ずいぶんと艶聞《えんぶん》を流していたらしい。たとえば、『後拾遺和歌集』の詞書《ことばがき》をみると、大弐三位《だいにのさんみ》や相模といった著名な閨秀《けいしゅう》歌人と恋愛関係にあったことがうかがい知られるが、『百人一首』で有名な小式部内侍《こしきぶのないし》の、

大江山生野《いくの》の路《みち》の遠ければまだ文《ふみ》も見ず天《あま》の橋立　（金葉《きんよう》和歌集・雑上）

が詠まれたのも、『俊頼髄脳《としよりずいのう》』『袋草紙』『十訓抄《じっきんしょう》』『古今著聞集《ここんちょもんじゅう》』などに伝えられるように、定頼のたわむれからである。

小式部内侍の歌は、かねてから和泉式部《いずみしきぶ》が代作しているといううわさがあった。和泉式部が藤原保昌《やすまさ》の妻として丹後《たんご》へ下っていたときに、たまたま京都で歌合が催されることになり、小式部内侍の局《つぼね》の前を通りかかった定頼がからかい半分に、「丹後に歌の詠作を依頼した使者は帰ってきましたか。歌合にまにあいそうですか」といいかけると、小式部は御簾《みす》のなかから身を乗りだして、定頼の直衣《のうし》の袖《そで》をとらえて、即座にこの名歌を詠みかけたので、定頼は意外のなりゆきに呆然《ぼうぜん》として、あわてて袖をひきはなして逃げだした、というのである。

「生野」に「行く」、「文」に「踏み」を掛け、都、大江山、生野、天の橋立と、道筋の地名を並べあげて、丹後などへ足を踏みいれたことはない、まして、母から代作歌を書いた手紙など受けとっていない、と定頼をやりこめた小式部内侍は、歌人としての名声がおおいに上がったが、定頼は滑稽《こっけい》劇の三枚目をつとめることになった。軽薄な才子の定頼は、宮廷女房から結構もてたのだろう。

『宇治拾遺《うじしゅうい》物語』巻三には、定頼が小式部内侍のもとをおとずれたときに、さきに関白教通がきているのを知り、帰りながら経文を誦《しょう》したところ、小式部内侍がそれを聞いて失神した、という話があり、定頼は美声でもあったらしい。『古事談《こじだん》』第二では、右大臣頼宗の話となっており、小式部内侍らしい女房が、定頼の誦経《じゅきょう》を聞いて感泣したので、定頼におよばないと悟って、出家を決意した、となっている。

　公事《くじ》にはあまり熱心ではなかったらしく、三条天皇春日《かすが》神社行幸の行事役となったが、定頼の従者と敦明《あつあきら》親王の従者とが争いごとを起こして、行事役を停止されて面目をうしなったり（『小右記』長和三年十二月一日、五日条）、後一条天皇の大嘗会《だいじょうえ》の行事役をきめるさいに、定頼が指名されるはずだったが、

　定頼ハ才能太《はなは》ダ賢シ、然《しか》レドモ緩怠ノコト極《きはま》リ無ク、博雅《ひろまさ》ノ如《ごと》シト。博雅ハ文筆・管絃ノ者也。但シ天下ノ懈怠白者《げたいしれもの》也ト、世ニ以《も》ッテ伝フ。定頼ノ為《ため》ニ辛《つら》キ事

也。

とあるように（『小右記』長和五年四月八日条）、道長が、定頼は源博雅のように才芸はすぐれているが怠慢ぶりがはなはだしいといって反対したために、行事役からはずされたりしている。

『江談抄《ごうだんしょう》』第二には、定頼が蔵人頭《くろうどのとう》となったときに、頼通の言として源顕定《あきさだ》を嘲弄《ちようろう》し、頼通に叱責《しつせき》されて、半年ばかり出仕を止められた、と伝えられている。

公任はこの不肖の子がかわいかったらしく、『栄花物語』「衣の珠《たま》」には、定頼を目の前にして、

人の子にて見むに、羨《うらやま》しくも持たらまほしかるべき子なりや。眉目《みめ》、容貌《かたち》、心ばせ、身の才《ざえ》いかでありけむ。

と、もし他人の子として見たら、どんなに羨ましく自分の子にしたいと思ったことだろう、容姿・性格・才芸、どれもふしぎなほどすばらしい、と思っていたと記されている。

『西行上人《さいぎようしようにん》談抄《だんしよう》』では、定頼の代表作、

水もなく見えわたるかな大井川峯《みね》の紅葉《もみぢ》は雨と降れども　（後拾遺和歌集・秋下）

を、「上句平懐《へいぐわい》なれども良き歌」の例として掲げ、次のような説話を伝えている。一条院の御代《みよ》、大井川行幸があり、和歌が披講されたとき、公任が自分の歌はどうでもよい、定頼がよい歌を詠んでほしい、と思っていたところ、この歌の上句が読みあげられたのを、駄作《ださく》と顔色を変えたが、下句によって秀歌とわかって安心した、という。公任の親心とともに、定頼の才知を伝えるものである。

公任の子供のなかで、定頼と並んでよく知られているのは、道長の子教通と結婚した上の姫君である。姫君は、長和元年四月二十七日に、教通と結婚しており、『御堂関白記』に、

此《こ》ノ夜、左三位中将（教通）、太皇太后宮大夫《だいぶ》（公任）ノ因縁ト為《な》ル。彼《か》ノ宮（四条宮）ノ西ノ対ニオイテ此ノ事有リト云々《うんぬん》。

と記され、『小右記』には姫君の年齢が十三歳と記されているので、この姫君の生まれたのは長保《ちょうほう》二年（一〇〇〇）ということになる。この年教通は十六歳であった。

『栄花物語』「日蔭の蔓」にも、その事情が詳細に記されている。公任の妻はすでに尼になっていたし、もうひとりの姫君は姉の遵子が育てていたから、公任はこの姫君をとくに気にかけていたので、折よく教通という格好な相手と結ばれたことを、おおいに喜んだ。

道長もこの結婚を歓迎した。

大殿（道長）も、「いと目やすきわざなめり。かの大納言（公任）は、いと恥づかしうものしたまふ人なり。思ひのままに振舞ひてはいとほしからむ」など、常に諫《いさ》めきこえさせたまひし。

道長は教通に、結構な縁組だ、あの公任は立派な人だから、身勝手な行動をしては気の毒だ、とつねに教えさとしていた、という。長和四年（一〇一五）四月十三日、教通邸が焼失したときに、道長は公任の姫君のために、わざわざ二階棚（棚が二段になっている調度）や櫛箱《くし》をくわえて、物品を贈っているのである（『御堂関白記』）。

結婚の翌年には懐妊し、長和三年八月十七日に、のちに後朱雀《ごすざく》天皇女御《にょうご》になった生《せい》子《し》が生まれた（『小右記』十月七日条に五十日の祝いの記事）。

さて八月十五日に、いと平らかに、いみじううつくしき女君生まれたまへり。大殿よりも宮（遵子）よりも、喜びの御消息、余りなるまで頻《しき》りに聞えさせたまふ。大納言殿・尼上（母北の方）などの御けしき思ひやりて知りきこえつべし。

（『栄花物語』「玉のむら菊」）

長和五年二月二十三日には、次女の真子《しんし》が生まれている（『小右記』『御堂関白記』）。寛仁《かんにん》二年（一〇一八）十一月十七日、道長の京極邸で、生子と真子の袴着《はかまぎ》が催された。公任は出席したが、尼君だった公任室は出席しなかった。腰結《こしゆい》（袴の腰ひもを結ぶこと）の役は、公任と道長とが、姉妹それぞれにつとめた（『小右記』『御堂関白記』、『栄花物語』「袴着」）。

同じく十二月二十四日、正二位権大納言にいたった信家《のぶいえ》が誕生し、翌寛仁三年二月十三日、五十日の祝いがあり、和歌も詠まれている（『小右記』）。

教通室には、ほかに治安《じあん》元年（一〇二一）に生まれ、後冷泉《ごれいぜい》皇后となった歓子《かんし》、治安二年に生まれ、従一位太政大臣にいたった信長《のぶなが》などがいる（『尊卑分脈』）。

『公任集』には、公任・教通室・尼上との贈答が収められており、『後拾遺和歌集』冬に、公任の歌が入集している。

雪の年返りて降りたるに、内の大殿の上
降る雪は年と共にぞ積もりけるいづれか深くなりまさるらむ
御返し
雪積もる君が年をも数へつつ君が若菜を摘まむとぞ思ふ
尼上の聞えたまうける
積もるとも雪と共なる年ならば返る返るも君にひかれむ

年を越して降り積もる雪に年齢を重ねあわせて、祝賀した歌である。

公任の晩年は、ふたりの娘がつぎつぎと先立っていくという悲運に見舞われることになる。

治安三年三月二十八日ころ、公任の下の姫君がなくなっている。『栄花物語』「本の雫《しずく》」では前年のこととするが、『小右記』五月十六日条に四十九日法要の記事があるから、この年のことと考えてよいだろう。

これに先立って、公任夫妻は諟子《しし》や姫君と天王寺に参詣《さんけい》したが、その帰途に姫君は発病し、看護のかいもなく没したのである。

三月二十余日のほどに失《う》せたまひぬ。大納言殿も尼上もおろかに思《おぼ》さむやは。弁の君（定頼）も折しも御嶽《みたけ》に詣《まゐ》りたまひにしかば、さまざまあはれに思し歎《なげ》きて、さりとてやはとて、後の御事どもしきこえさせたまふ、いみじうあはれなり。

（『栄花物語』）

公任夫妻の悲しみは大きかった。定頼が気持ちを奮いおこして、葬送や法事を采配《さいはい》した。

公任は、諟子と姫君とが住んでいた四条宮の寝殿に植えてあった撫子《なでしこ》が枯れたのを見て、歌を詠んだ。

露をだにあてじと思ひて朝夕に我が撫子の枯れにけるかな

枯れた「撫子」に姫君をよそえ、姫君を養育していた亡き姉遵子の忘れ形見とも思って、大切に育ててきた姫君の死を悲しんだ歌である。

また、尼上は天王寺で梳《くしけず》ったときに抜けおちた姫君の髪が、たまたま物の中から出てきたのを見て、歌を詠んだ。『後拾遺和歌集』哀傷にも収められている。

あだにかく落つと歎きしむばたまの髪こそ永き形見なりけれ

四十九日の法事が過ぎてから、尼上は悲しみを紛らわせるために、教通室のところに移り住んだ。姫君の使っていた櫛箱を、公任は歌を添えて尼君のもとに贈った。

明け暮れも見るべきものを玉匣《たまくしげ》ふたたび逢《あ》はむ身にしあらねば

姫君が日常使うべきはずの櫛箱なのに、今は二度と逢えない人となっているのである。「蓋《ふた》」「身」は「玉匣」の縁語。

公任の悲しみはつきない。姫君が生前になくした数珠が、また物の中から出てきたのを見て、

しるくしも見えぬなりけり数知らず落つる涙の玉にまがひて

という歌を詠み、数珠につけて、妹の諟子を通して、尼上のもとに贈ると、尼上も、

別れにし人に代へても見てしがな程《ほど》経て帰る玉もありけり

と詠みかえす。公任が数珠の玉が涙に紛れて見えないというと、尼上は久しぶりに出てきた数珠の玉を、姫君の魂と思ってみたいと答えたのである（以上、『栄花物語』）。『公任集』の次の歌は『新勅撰和歌集』雑一に収められているが、『定頼集』と照合すると、この年の秋九月二十日に詠まれたものらしい。

歎くこと侍《はべ》りける頃《ころ》、紅葉の散るを見て

紅葉にも雨にも添ひて降るものは昔を恋ふる涙なりけり

これにたいして、定頼は次の歌を返している。

春散りし花を恋ひつつもみぢ葉も涙も今は目にぞとまらぬ

翌万寿《まんじゅ》元年（一〇二四）三月、公任は定頼とともに初瀬詣《はせもう》でにでかけた。帰途、木《き》津川《づがわ》のほとりで、定頼は、去年の春、姫君の死去の知らせを受けたのは、御嶽詣での帰路、ここだったと歌を詠む。

見るごとに袖ぞ濡《ぬ》れける和泉川《いづみがは》憂きこと聞きしわたりと思へば

公任も、これに応じる。

妹背《いもせ》山《やま》よそに聞くだに露けきに子恋の森を思ひやらなむ

（『栄花物語』「玉のうてな」、『定頼集』）

「和泉川」は、木津川のこと。「妹背山」は大和《やまと》、「子恋の森」は伊豆《いず》の歌枕《うたまくら》といわれ、夫婦、子を恋うことをそれぞれ暗示する。公任の歌は、夫婦の死別をよそに聞くのさえ悲しいのに、まして子をなくした親の気持ちをわかってほしい、の意。この夫婦の死別は、藤原長家《ながいえ》と藤原行成《ゆきなり》の娘のことという。『更級《さらしな》日記』にもみえ、当時大きな話題となった。

公任にさらに衝撃をあたえたのは、教通室の死である。治安三年十二月二十七日、この年二十四歳、すでに信家・信長・静覚《じょうかく》・生子・真子・歓子などの母となっていた姫君は、男児を出産したが、産後の回復が悪く、翌万寿元年正月六日（五日ともいわれる）に死去し、正月十四日に葬送がおこなわれ、二月二十四日に四十九日の法事が催された（『栄花物語』「後悔の大将」、『小右記』『日本紀略』）。

公任の悲しみは深かった。『大鏡』頼忠伝に、その御女《むすめ》、ただ今の内大殿（教通）の北の方にて、年頃多くの君達《きんだち》生み続けたまへりつる、去年の正月に失せたまひて、大納言よろづを知らず思し歎くことかぎりなし。

とあり、『栄花物語』には、死の前後の事情が詳細に記されており、死の直後に、

殿（教通）も大納言殿（公任）もえ見たてまつらせたまはず、いとあさましう声どもささげてののしり泣かせたまふもいみじきに（後略）。

と、号泣したと語られている。公任は下の姫君がなくなったときに、出家も考えたが、この教通室の存在を生きがいにして、生子などの成長を楽しみに、思いとどまったのだが、今度は心の張りもなくなって、四条宮にさびしくもどった。

出家と死

治安《じあん》三年（一〇二三）八月十一日、道長《みちなが》は宇治《うじ》殿で、魚の放生会のために法華《ほっけ》八講

を催しており（『小右記《しょうゆうき》』、『栄花物語《えいが》』「御裳着《もぎ》」）、『公任集』にはそのさいの贈答歌がある。

宇治殿の八講に

水底に沈める底のいろくづを網にあらでもすくひつるかな

とありけるに

宇治川の網にあらねど誰《たれ》はるか君にひかれて浮かばざるべき

「いろくづ」は、鱗《うろこ》、魚のこと。供養によって救済された魚を詠んでいる。道長の歌に、公任が応じたものである。

この年、十月十三日に、土御門《つちみかど》殿で道長の北の方倫子《りんし》の六十賀が催された（『小右記』、『栄花物語』「御賀」）。公任・道長・実資《さねすけ》・頼通《よりみち》・教通《のりみち》・斉信《ただのぶ》・行成《ゆきなり》・頼宗《よりむね》・能信《よしのぶ》などが和歌を詠み、行成が染筆した。行成は序も献じている（『本朝文集』）。このときの公任の歌は、

万代《よろづよ》と今日ぞ聞えむ方々に御山《みやま》の松の声を合はせて

で、漢の武帝《ぶてい》が嵩山《すうざん》に登ったときに、どこからともなく万歳を三唱する声が聞こえてきたという、「嵩呼《すうこ》」の故事によっているという。三才の公任にふさわしい歌だが、教通室の死を境にして、公任の姿は晴れの舞台ではみられなくなる。

万寿《まんじゅ》元年（一〇二四）三月下旬、道長は法成寺《ほうじょうじ》薬師堂に仏像を遷座して供養をおこない、鳥の舞は本物の孔雀《くじゃく》・鸚鵡《おうむ》・鳧雁《ふがん》・鴛鴦《おしどり》かと思われるような華麗な行事だったが、「内大臣殿（教通）・按察《あぜち》大納言（公任）などぞ参りたまはぬも口惜し」と『栄花物語』「鳥の舞」にあるように、公任は参加していない。

九月十九日、『駒競行幸絵巻《こまくらべぎょうこうえまき》』で有名な後一条天皇の高陽院《かやのいん》行幸の翌日、後宴が催され、歌会があったが、公任がいないことを人びとは残念に思った。和歌の題は「岸の菊久しくにほふ」で、序を慶滋為政《よししげのためまさ》が執筆し、和歌を為政・頼通・斉信・俊賢《としかた》・頼宗・能信・実成《さねなり》・道方《みちかた》・長家《ながいえ》・公信《きみのぶ》・資平《すけひら》・経通《つねみち》・定頼《さだより》・頼任《よりとう》・公成《きんなり》・顕基《あきもと》・義忠《のりただ》らが詠んだ。

今日の事のいみじう物の栄《はえ》なく口惜しかりつるは、内の大臣の参りたまはぬ、四条大納言の参らせたまはぬをなむおぼしめす。殿ばらも同じ心におぼし聞えたまふ。

（『栄花物語』「駒競の行幸」）

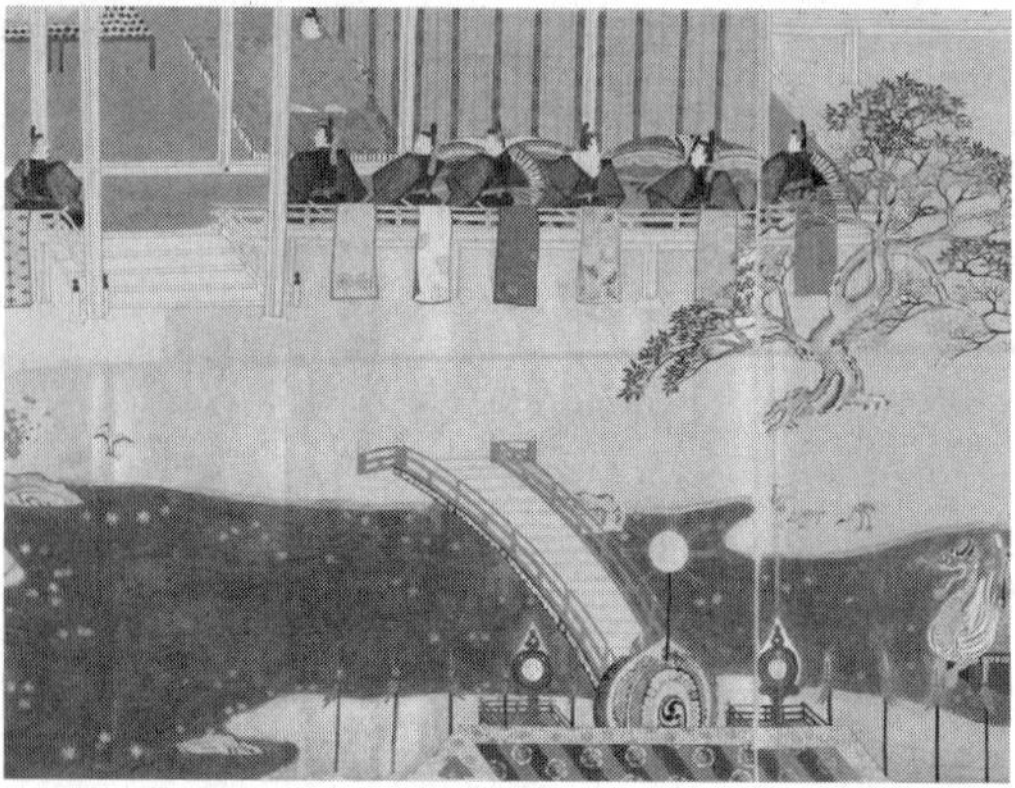

駒競行幸絵巻

このときの和歌は『高陽院行幸和歌』としても伝えられている。

ついに公任は十二月十日に辞表を提出し、十二日に右近少将藤原実康《さねやす》を使として勅答があって受理され、致仕（辞職）することになった。時に公任は五十九歳、政治家としての公任は終止符をうった（『日本紀略《にほんきりやく》』『公卿補任《くぎょうぶにん》』）。

万寿二年正月二十三日の皇太后妍子《けんし》の大饗《たいきょう》にも公任は出席しない。教通は盛儀を見物したくて、女房のなかにまぎれこんでいた、という（『栄花物語』「若ばえ」）。

公任にとって重ねての不幸は、正月二十五日、四条宮が火事で焼失したことであった。

かくて、あさましき事は、この二十五

日の夜、四条宮は焼けぬ。さるは、尼上など、今はかの宮にこそは住ませたまへば、いみじきことなりや。大納言、思《おぼ》し立つこともあるに、いとほしきわざかな、と思して、又の日より、まづ対一つを急ぎあはせたまひてせさせたまふ。

（『栄花物語』「若ばえ」）

四条宮には教通室の死後、尼上や孫たちが住んでおり、公任は応急に対の屋ひとつを造営した。

「思し立つこと」は、出家のことである。公任は若年のときより人の死や出家を見聞きして、無常観をいだき、出家願望もあった。しかし摂関家の嫡男という自負から、あえて俗世間に身をおき、政治の世界では道長に屈従しながらも、文雅の世界では第一人者としての名をほしいままにしてきた。野心も矜持《きょうじ》もいちおう満足し、道長も出家して政界を去った今、公任は俗事への執着もなくなった。そんな公任を徹底的に揺さぶったのは、ふたりの姫君のあいつぐ死だった。

『栄花物語』「衣の珠《たま》」には、公任の出家の経緯が詳細に記されている。

公任は、教通室の死後、仏道の勤行《ごんぎょう》にはげみ、法師と同じような、読経の日々を送っていたが、妹の禔子《しし》や孫の生子《せいし》などの絆《ほだ》しが断ちがたくなることを恐れて、早く出家しようとする。

公任の出家を案ずる禔子とのあいだに歌の贈答がある。

かかるほどに、椎《しひ》を人の持て参りたれば、女御殿《にようご》の御方へ奉らせたまひける。御筥《はこ》の蓋《ふた》を返したてまつらせたまふとて、女御殿、

ありながら別れむよりはなかなかに亡くなりにたるこの身ともがなと聞えたまひければ、大納言殿の御返し、

奥山の椎がもとをし尋ね来ばとまるこの身を知らざらめやは

女御殿、いとあはれと思さる。

女御が、「生別の悲しみを味わうよりも、いっそのこと死んでしまいたい」というと、公任は、「奥山の椎の木のもとを尋ねてくれれば、そこにいる私をわからないことはない、たとえ山にはいるようなことになっても、私はいつまでも力になるから安心しなさい」と答える。公任は出家する意志を暗示しているのである。

十二月十六日、公任は小二条殿に行き、孫たちや尼君などと対面、四条宮にもどって禔子や乳母と対面し、それぞれと最後の別れをしてから、十九日に長谷におもむいた。内心期することがあったが、肉親の人たちが別れがたく思っているのを察した公任は、

長谷に堂立てむと思ふに、北に当りたれば、いと恐しければ、かの寺に年の内に行きて、四十五日そこにて過ぐして、来年の二月ばかりなむ京に出《い》づべき。

と、四十五日の方違《かたたが》えを口実に、長谷に籠居《ろうきょ》したのである。

万寿三年正月二日、定頼は長谷の公任を訪問している（『栄花物語』）。それから二日後の正月四日、公任は出家した。

致仕大納言藤原公任、解脱寺ニ於《お》イテ出家ス。（『日本紀略』）

『栄花物語』には、次のように記されている。

かくて、ついたち四日のつとめて、御堂《みだう》（道長）に、三井寺の別当僧都《そうづ》（心誉《しんよ》）尋ねに御消息ものせさせたまへば、参りたまへり。さて心のどかに御物語などありて、御本意のことも聞えたまへば、僧都うち泣きて御髪剃《みぐしおろ》したまひつ。戒など授けたてまつりたまひぬ。

公任は道長を介して三井寺の心誉を召し寄せて、剃髪《ていはつ》受戒した。公任出家の事実は、心誉から即刻都の人びとに伝えられ、大きな反響をもたらした。
　公任が籠居していた長谷については、『山城名勝志《やましろめいしようし》』巻十二に、

大納言公任卿《きやう》山庄　クニ人《びと》（土地の人）云《い》ハク、旧跡、今、朗詠谷ト曰《い》フ。聖護院山荘ヨリ八塩岡《をか》ヲ右ニ見テ、長谷川ニ傍《そ》ヒテ、北、山中ニ入ル。五六町許《ばか》リ解脱寺ノ跡有リ。又、一町許リ北ニ至リ平地有リ。

とみえる。朗詠谷というのは、公任が『和漢朗詠集《わかんろうえいしゆう》』を長谷籠居中に撰《せん》した、という伝承によるもので、『雍州府志《ようしゆうふし》』巻一「山川門」に、

朗詠谷　長谷ニ在リ。四条大納言公任卿、斯《こ》ノ谷ニ閑居シテ、倭漢《わかん》朗詠集ヲ撰スト云フ。

とあるのや、『京師巡覧集《けいしじゆんらんしゆう》』巻十四に、

朗詠谷　一条帝ノ御宇ニ、四条亜槐相《あくわいしやう》公任卿、ココニスミテ、和漢ノ詩歌ヲ摘《えらびと》

リテアツメシ処《ところ》ナリ。

などとある。『和漢朗詠集』は、教通室の結婚の引き出物として編纂《へんさん》されたと伝えられ、寛弘《かんこう》末年から長和《ちょうわ》初年にかけて（一〇一一～一〇一二）成立したというのが、現在の通説であるが、朗詠谷という呼称も悪くはない。寛弘年間は、公任が多くの歌学書や秀歌撰をあらわしていた時期で、歌学者・歌人として飛躍的に成長して、歌壇の指導者としての地位を固めた時期である。

公任の出家を聞いて、道長から装束一領に和歌を添えて贈ってきた（『栄花物語』）。

いにしへは思ひかけきや取り交しかく着むものと法《のり》の衣を

これにたいして、公任は、

遅れじと契り交して着るべきを君が衣にたち遅れける

と返した。道長が、「昔はふたりが僧服を贈りかわして着るようになるとは思いもよらなかった」といい、公任は、「ふたりそろって僧服を着るように約束すべきだったたのに、私が遅れてしまった」と答えている。『公任集』や『千載和歌集《せんざい》』雑中では、公任の返歌の本文がかなり変わっている。

　同じ年契りしあれば君が着る法の衣をたち遅れめや

公任と道長とは同年だった。
定頼との贈答もあり、『定頼集』には四首みえる。『栄花物語』には、後半二首が記されている。

　　長谷に入りたまひて後、中納言の参りたまひて帰りたま
　　ふとて、長谷より
見捨てては帰るべしやは風やまぬ峰の紅葉《もみぢ》ののどけからぬを
　　返　し
嵐《あらし》吹く峯《みね》の紅葉も見ぬ時も心は常に留めてぞ来る
　　長谷に住み侍《はべ》りける頃《ころ》、風はげしかりける夜の朝、中納
　　言定頼のもとより
故里《ふるさと》の板間の風に夢覚めて谷の嵐を思ひこそやれ

返し

谷風の身にしむごとに故里の木のもとをこそ思ひやりつれ

いずれも、はげしい山嵐や谷風に籠居のわびしさをよそえて、親子の情の断ちがたさを訴えあっている。

雪の降る日、妹の提子から歌が贈られてくる（『栄花物語』『公任集』）。

思ひやる心ばかりは奥山の深き雪にもさはらざりけり

兄公任への深い思いやりが、切実にうたわれている。

出家した中将成信《なりのぶ》との贈答もあった（『栄花物語』『公任集』『後拾遺《ごしゅうい》和歌集』雑三）。

かかるほどに、三井寺より入道の中将の君、聞えたまへりける、

まだ馴《な》れぬ深山《みやま》隠れに住みそむる谷の嵐はいかが吹くらむ

とあれば、長谷の御返り、

谷風に馴れずといかが思ふらむ心は早くすみにしものを

成信が馴れぬ出家生活はつらいだろうと同情してきたのにたいして、公任は心は早くから澄(住)んでいたから、馴れないはずはないと応酬したのである。

教通や斉信も長谷を訪問して、涙ながらの対面をしている(『栄花物語』)。

生子とも次のような歌の贈答をしている。

雨の降る頃、長谷より、「鶯《うぐひす》の雨に濡《ぬ》れて鳴くを、御匣殿《みくしげどの》に御覧ぜさせばや」とて、

思ひやる人もあらじを鶯のなど春雨にそぼちては鳴く

とて、尼上の方に聞えたまへれば、尼上、御匣殿の御方にこれを奉りたまへれば、御匣殿、

見る人を思ひ捨てつつ鶯の入りし山辺にいかで鳴くらむ　(『栄花物語』)

公任が、生子へのなつかしさを鶯に託して訴えると、生子はむしろ、見すてられた恨めしさを投げかけるのである。

長谷は紅葉の美しいところだったらしい。『公任集』には、「長谷に紅《くれなゐ》の岡といふは、例の草木にもあらず、人の名も知らぬ木どもの林にてあるが、いみじうめでたう紅葉するなりけり、八入《やしほ》の岡と付けたまへりけるが、紅葉のいとめでたき頃、中納言のも

とより」という長い詞書《ことばがき》を付した定頼との贈答歌がある。

出家生活は、かえって公任に心の安泰をもたらし、自然の美しさを味わう余裕もあったらしい。「八入」というのは、染料に八回も浸したような、あざやかな彩りのことである。また、『公任集』には、長谷の桜の美しさをうたった「ゑんよ僧正」（心誉の誤字とも）との贈答もあり、花紅葉と親しむ生活であった。

万寿四年（一〇二七）十二月四日、道長と行成とが、ともに没した。公任は斉信に次のような歌、

見し人の亡くなりゆくを聞くままにいとど深山ぞさびしかりける
（『栄花物語』「鶴の林」）

を贈り、斉信も、

消え残る頭の雪を払ひつつさびしき山を思ひやるかな
（『栄花物語』「鶴の林」）

と答えて、知友がひとりずつ欠けていく老境のさびしさを詠みあっている。

また、亡き行成などをしのび、哀悼の歌を詠んでいる。

見るままに人は煙となりはてぬこそ火の家はあはれなりけり
（『栄花物語』「殿上の花見」）

ただ、この歌は『定頼集』にあり、定頼が子の喪中に詠んだもので、「こそひ」は「おもひ」の誤字ともいわれる。いずれにしても、いわゆる「火宅」を詠んだ歌である。

公任が詠作した歌で、もっとも遅いものは、『栄花物語』「暮待つ星」にみえる、長久《ちょう》《きゅう》元年（一〇四〇）九月に、内裏が焼失して、後朱雀《ごすざく》天皇や女御生子が、二条殿に遷御してきたときに詠みかわしたものであろう。鵜《う》が魚を食べたのを詠んだものだが、本文に混乱があるともいわれ、歌意はあきらかではない。公任の歌、

いかでかはうはの空には知りにけむかもめ見ゆるに世にあへりとは

は生子に贈ったもので、後朱雀天皇がこれに答えている。

祈りつつ緩《ゆる》ぶる網のしるしには飛ぶ鳥さへもかかるぞと見る

さらに公任の返歌があったらしいが、脱落している。帝徳は鵜のような鳥にまでおよぶという意のやりとりであろう。

公任の歌壇の交友は広く、早く藤原仲文《なかぶみ》や小大君《こだいのきみ》など三十六歌仙の歌人にはじまり、近くは能因《のういん》や和歌六人党にいたっている。たとえば、『能因法師集』に、

秋、人のもとに言ひやる

ひたぶるに山田守《も》る身となりぬれば我のみ人をおどろかすかな

とある歌は、傍記によれば公任に贈った歌ということになる。また、『金葉《きんよう》和歌集』恋下に、

公任卿家にて、紅葉・天《あま》の橋立・恋と、三つの題を人々に詠ませけるに、遅くまかりて、人々皆書くほどになりければ、三つの題を一つに詠める歌

恋わたる人に見せばや松の葉の下紅葉する天の橋立

という藤原範永《のりなが》の詠んだ歌がある。公任の歌壇における名声は、晩年にいたるまで衰えず、前述したように、長元《ちょうげん》八年（一〇三五）五月十六日の「関白左大臣頼通歌合《うたあわせ》」にも、公任の存在は大きく影を落としているのである。

長久《ちょうきゅう》二年正月一日、公任は七十六歳で没した。『扶桑略記《ふそうりやつき》』には、

入道前《さきの》大納言公任薨《こう》ズ。年七十六。是《こ》レニ先ダッテ出家シ、多年解脱寺ニ住シ、念仏ス。前関白太政大臣藤原朝臣頼忠《あそんよりただ》ノ嫡子也《なり》。

とあり、病状については、『春記《しゅんき》』の著者藤原資房《すけふさ》が、二月十九日、四十九日の法事に父資平とともなって長谷におもむき、定頼から聞き、書き記している。資房は実資の孫である。

未《いま》ダ晴レザルニ、督殿《かん》（資平）ニ参ル。即《すなは》チ長谷ニ向ハル。予、御車ノ後ニ候《さぶら》フ。巳《み》ノ時参リ着ク。中納言（定頼）、入道大納言（公任）ノ入滅ノ作法ニツイテ謁談《えつだん》セラル。瘡湿《さうしつ》ヲ煩ヒ、十日許《ほど》ニテ滅亡ノ由也。元日午《うま》ノ時許《ばか》リニ入滅シ給《たま》フト云々《うんぬん》。午ノ時許リ帰リ給フ。

公任は、はれものができて、十日ばかりわずらい、正月一日の昼ごろに死んだことが知られる。

公任の生涯は、歌人・歌学者という枠にとどまらず、政治家・才芸者といった大きな足跡のものであった。政治家としては、道長という巨星をめぐる惑星的な存在にとどまったが、才芸者としては、林鵞峰《はやしがほう》が『本朝一人一首』巻五で評するように、「世ニ才芸ヲ称スル者ノ曰《いは》ク、前ニ公任有リ、後ニ経信《つねのぶ》有リト」と、源経信と併称されるほどであって、著名度においては、はるかに経信を上まわっている。公任が才芸者として多角的な活動ができたのは、一条天皇の聖代、道長という大政治家の存在と、王朝文化の黄金時代に生まれあわせた幸運にも恵まれていたのであろう。大舞台に大役者が立ったのであり、その活躍の幅広さは、現代の多能な文芸家たちと似通うものがあるかもしれない。

漢詩人、管絃者《かんげんしゃ》、有職故実《ゆうそくこじつ》学者と多様な顔をもつ公任の才芸のなかで、もっとも中心となるのは和歌の面であり、正統な和歌史の継承者としては、貫之《つらゆき》と定家《ていか》の中間に立つ人物といってよいだろう。公任は古今集的な和歌を集大成し、次代の和歌史の展開の基盤をつくりあげたのである。

解説

谷《たに》　知《とも》　子《こ》

滝の音は絶えて久しくなりぬれど名こそ流れてなほ聞こえけれ
（滝の水音は、絶えてから長い年月がたったけれども、その名声は今も世間に流れ、聞こえてくることよ）

『百人一首』に撰《えら》ばれた藤原公任の一首である。実にうまい、手練《てだ》れの歌である。滝の音は絶えて久しいと言いながら、「鳴り（「成り」の掛詞《かけことば》）」「流れ」「聞こえ」と、「滝」の縁語を駆使して、和歌のことばによって滝の水を流し、音をたててみせたのだ。この歌は、長保元年（九九九）九月十二日、左大臣藤原道長が嵯峨に遊覧し、公任も同行、大覚寺（現在の京都府右京区嵯峨大沢町）滝殿で詠まれたという。大覚寺滝殿は、嵯峨天皇の御所があった名所だったが、道長一行が行ったときには滝水はすっかり涸《か》れていた。そこで公任は、和歌の中で過去の滝の水音を蘇《よみがえ》らせたのだ。さすが、とうならせる一首だ。

公任の才は和歌に限らない。いわゆる「三舟の才」である。本書第一章から引用しよう。舞台は嵐山。一行の主はやはり道長である。大井川に漢詩・管絃《かんげん》・和歌の三つの舟を仕立て、それぞれ得意なものに乗せて、才芸を競わせた。

同行の人びとは公任に注目した。公任は漢詩・管絃・和歌のいずれにも堪能《たんのう》だったからである。

道長がどの舟に乗るかとたずねると、公任は和歌の舟を選んで、見事な歌を詠んで人々を感嘆させたという。その歌が次の一首である。

朝まだき嵐の山の寒ければ紅葉の錦《にしき》着ぬ人ぞなき
（朝がまだ早く、嵐山は寒いから、山風で散る紅葉の錦を着ない人はいない）

「嵐の山（嵐が吹く山）」に地名の「嵐山」を掛け、散りかかる紅葉を「錦の衣」に見立てるという凝った趣向を用いながら、歌全体はすらりとした自然体で、やはりこれまた熟練の技である。

公任の功績は和歌にとどまらないが、やはりその筆頭は、天下無双の歌人としての業績だろう。本書第一章から引用すると、『拾遺抄』の撰集、秀歌撰『三十六人撰』、歌学書『新撰髄脳』、私家集『公任集』と枚挙に暇《いとま》がない。三才のうちの漢詩文については、作文会での作詩、『和漢朗詠集』(和歌も)があり、音楽については、管絃の名手としての数々の逸話を有し、風俗歌、仏教音楽にも通じていたとされる。三才以外にも、書にも優れ、有職《ゆうそく》故実に通じ、名著『北山抄』を著わすなど、まさに才人である。

しかも、公任は、本書第二章に詳しいように、名門出の貴公子であった。とすると、さぞや公任は栄華を極めたに違いないと思われるだろう。しかし、公任が生きた時代には、たぐいまれな政治家道長がいた。本書は「三舟の才人、天下無双の歌人」にひき続き、「権力者をめぐる惑星」と、もう一つの公任の顔を描きだしてゆく。華麗なる家系に生まれ、人並みはずれた能力を持ちながら、巨星(道長)をめぐる惑星のような人生を余儀なくされた公任。同時代の藤原実資には道長への追従と映ることもあった(『小右記』)。しかし、道長と正面切って争うには、公任は賢明すぎた。道長が栄華の絶頂に到達した時代には、「ひたすら道長の賛美者となり、文化面での担い手としてわが道を進んでいく」道を選んだと小町谷氏は言う。しかし、その内面には様々な葛藤《かっとう》があっただろう。本書は、そのあたりの心の襞《ひだ》にまで分け入って、生々しい描写がなされ、読者はぐいぐいと引き込まれてゆく。

小町谷氏は、人間に対して強い関心があるのだろう、道長以外にも多くの人物との交流が描かれていて、本書の大きな魅力の一つとなっている。和歌、日記、説話など諸資料を縦横無尽に引用しながら、登場人物の心にも分け入ってゆく。リアルかつ立体的な人物像の描き方はまるでドラマや映画を見ているような面白さがある。公任失意の時代で言えば、「公任の態度はどうも楽天的であったようである」「痛烈なしっぺい返しだった」「公任には苛酷《かこく》な運命を強いることになった」などと、現代人の共感を誘う表現がちりばめられている。

また、公任の時代は、女房文化が栄えた時代である。第一章には、紫式部、清少納言といった才女たちが登場する。清少納言との交流は「当代の才子才女の機知くらべ」「おたがいに舌鋒《ぜっぽう》がさえたやりとり」と表現し、紫式部も「公任に一目おいていた」と指摘する。和泉式部も、公任の白河の別荘を訪問して、歌の贈答をしていたという。

公任の機才がもてはやされて、宮廷社会の花形になっていたことが、これらの才女たちとの交渉から、うかがい知られるのである。

また、藤原実資、道信、実方、為頼らとの交流も、主に私家集の贈答歌を読み解きながら、その実態を解き明かしていく。研究者にとって初見の内容も多く、一条朝の人間関係や文化のありようが見事に描き出されている。圧巻とも言うべき箇所である。

小町谷氏は、公任を次のように総括する。

公任は個の叙情を歌う歌人というよりも、ひとつの時代の文学を担った指導者だったのであり、そのカリスマ性に意義があったといえよう。（略）公任の生涯は、歌人・歌学者という枠にとどまらず、政治家・才芸者といった大きな足跡のものであった。

さらに、道長との関係については、次のように締めくくる。

公任が才芸者として多角的な活動ができたのは、一条天皇の聖代、道長という大政治家の存在と、王朝文化の黄金時代に生まれあわせた幸運にも恵まれていたのであろう。大舞台に大役者が立ったのであり、その活躍の幅広さは、現代の多能な文芸家たちと似通うものがあるかもしれない。

これはまさしく愛のことばである。公任の生涯に対する最高の讃辞《さんじ》だと思う。小町谷氏の修士学位論文は公任がテーマだったという（倉田実編『小町谷照彦セレクション2　拾遺和歌集と歌ことば表現』花鳥社）。本書は、きわめて優れた研究者である小町谷氏が、長年の研究に基づき、愛をこめて社会に送り届けた、最も優れた「藤原公任」論である。

（フェリス女学院大学教授）

藤原公任関係図

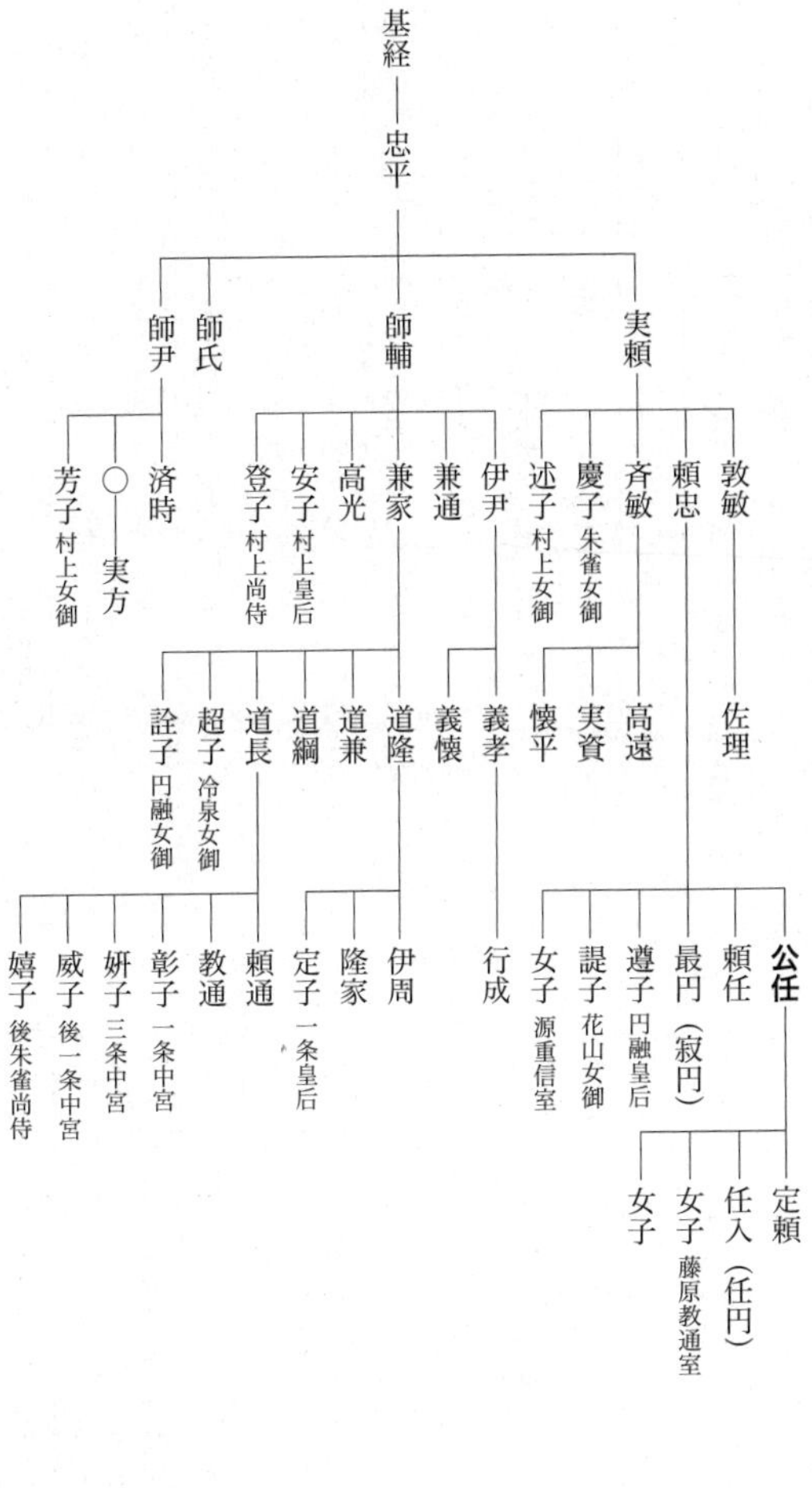

基経
忠平
実頼
師輔
師氏
師尹
敦敏
頼忠
斉敏
慶子 朱雀女御
述子 村上女御
伊尹
兼通
兼家
高光
安子 村上皇后
登子 村上尚侍
済時
○
実方
芳子 村上女御
佐理
高遠
実資
懐平
義孝
義懐
道隆
道兼
道綱
道長
超子 冷泉女御
詮子 円融女御
公任
頼任
最円（寂円）
遵子 円融皇后
諟子 花山女御
女子 源重信室
行成
伊周
隆家
定子 一条皇后
頼通
教通
彰子 一条中宮
妍子 三条中宮
威子 後一条中宮
嬉子 後朱雀尚侍
定頼
任入（任円）
女子 藤原教通室
女子

公任略年譜

天皇	年号	西暦	年齢	公任の事跡	一般事項
村上	康保3	九六六	1	この年、摂関家の嫡男として生まれる。父、頼忠、母、厳子女王。	12・27小野道風没（71歳）。この年、藤原道長生まれる。
円融	安和2	九六九	4	8・13祖父、実頼摂政となる。	3・26安和の変。
	天禄元	九七〇	5	5・18実頼没（71歳）。	
	貞元2	九七七	12	頼忠、4・24左大臣、10・11関白となる。	11・8藤原兼通没（53歳）。
	天元元	九七八	13	4・10姉遵子入内し、5・22女御となる。	
				10・2頼忠、太政大臣となる。	
	3	九八〇	15	2・25清涼殿で元服。昇殿を許される。3・7禁色を許される。7・1侍従に任ぜられる。	6・1懐仁親王（一条天皇）生まれる。
	4	九八一	16	1・7従四位下にのぼる。同・10昇殿。	
	5	九八二	17	3・11遵子中宮。5・7遵子の立后後はじめての参内に供奉。同・7皇后入内賞として従四位上となる。	12・16源高明没（69歳）。
	永観元	九八三	18	1・26讃岐守を兼ねる。12・13左近衛権中将となる。	源順没（73歳）。

花山	2	九八四	19	2・1尾張権守を兼ねる。12・15妹の諟子入内。	10・10花山天皇即位。
	寛和元	九八五	20	5・22藤原実資と頼忠の山庄に遊ぶ。8・10内裏歌合で歌を詠む。11・20遵子によって正四位下をあたえられる。	
一条	2	九八六	21	3・5伊予権守を兼ねる。6・10内裏歌合で歌を詠む。10・13円融院の大井川御幸に供奉し、詩歌管絃の才能を発揮する。	6・23花山院、出家、退位。7・22一条天皇即位。
	永延元	九八七	22	12・19仏名の折、退位した花山院をしのび、藤原実方と歌を贈答。	
	永祚元	九八九	24	2・23蔵人頭となる。同・27禁色の宣下ある。3・9円融院が灌頂を受けるさい、東寺におもむき奉仕。同・13石清水臨時祭の祭使となる。4・23賀茂祭の祭使となる。6・26頼忠没（66歳）。7・24厳子女王出家。	
	正暦元	九九〇	25	4・5備前守を兼ねる。10・5遵子、皇后となる。12・25昭平親王の娘と結婚。	7・2藤原兼家没（62歳）。
	3	九九二	27	8・28参議となる。	藤原頼通生まれる。

天皇	年号	西暦	年齢	事績	関連事項
一条	4	九九三	28	1・13近江守を兼ねる。2・22敦道親王元服のさい理髪役をつとめる。11・27大原野行幸に供奉せず、一時出仕を停止される。	閏10・20故菅原道真に太政大臣を贈る。
	5	九九四	29	この年以前に藤原道信と歌を贈答するか。「春来てぞ人も訪ひける山里は花こそ宿の主なりけれ」	7・11藤原道信没。
	長徳元	九九五	30	8・28左兵衛督となる。9・21皇后宮大夫を兼ねる。11・13新嘗祭に小忌人として神事に奉仕。長男定頼誕生。	4・10藤原道隆没（43歳）。5・8藤原道兼没（35歳）。
	2	九九六	31	1讃岐守を兼ねる。9・19右衛門督と検非違使別当を兼ねる。このころより、道長との親密の度合いを深めていく。	4・24藤原伊周、隆家配流。5・1中宮定子落飾。7・20道長、左大臣となる。
	3	九九七	32	3・19遵子出家。4・16藤原斉信とともに道長邸から退出するさい、花山院の従者数十人に乱暴される。9・15遵子の頼忠追善供養に詠歌。「いにしへを恋ふる涙に暗されて朧ろに見ゆる秋の夜の月」	
	4	九九八	33	1・25備前権守を兼ねる。10・23勘解由長官を兼ねる。	11・23藤原実方、任地陸奥で没。

一条	長保元	九九九	34	1・7従三位に叙される。閏3・29勘解由長官を辞す。9・12道長の嵯峨遊覧に同行し詠歌。「滝の音は絶えて久しくなりぬれど名こそ流れてなほ聞えけれ」10・27道長の娘彰子入内のための屏風歌を詠進。「紫の雲とぞ見ゆる藤の花いかなる宿のしるしなるらむ」このころ、『拾遺抄』成るか。	3・29藤原統理出家。11・1藤原彰子入内、同・7女御となる。同日敦康親王生まれる。
	2	一〇〇〇	35	2・25遵子が皇太后となったことに伴い、皇太后宮大夫となる。この年、長女教通室生まれる。	2・25藤原定子皇后、藤原彰子中宮となる。12・16皇后定子崩御（25歳）。
	3	一〇〇一	36	2・5「思ひ知る人もありける世の中にいつをいつとて過すなるらむ」8・25中納言となる。10・3右衛門督から左衛門督にうつる。同・9東三条院詮子四十賀の宴に出席し詠歌。同・10正三位となる。12・7検非違使別当を辞す。	2・4源成信、藤原重家出家。閏12・22東三条院詮子崩御（40歳）。
	4	一〇〇二	37	2・10東三条院詮子四十九日法要に出席し詠歌。「誰にとか松をも引かむ鶯のはつねかひなき今日にもあるかな」8・18道長の命により、法華二十八品和歌を詠進。同・29白河に遊覧し、道長と歌を贈答。このころ、『新撰髄脳』成るか。	6・13為尊親王崩御（26歳）。

一条	5	一〇〇三	38	5・15「左大臣道長歌合」の判者をつとめる。同・27道長の宇治遊覧に同行し作詩。7寂照と歌を贈答。	8・25寂照ら入宋。
	寛弘元	一〇〇四	39	2・5道長の息頼通が春日祭の勅使となったさい、道長と歌を贈答。3・28花山院の白河花見に同行し作歌。10ごろより籠居。12・15中納言、左衛門督を辞する状を提出し、同・20却下される。	3・7于陵《うるま》の島人来着。
	2	一〇〇五	40	4・1道長と歌を贈答。7・21再度上表。却下され、従二位に叙せられる。	『拾遺和歌集』このころ成る。このころ、紫式部出仕。
	4	一〇〇七	42	11・10教通の春日祭使につき、道長と歌を贈答。12・25定頼元服。このころ、『金玉集』成るか。	3・10性空没（98歳）。10・2敦道親王崩御（27歳）。
	5	一〇〇八	43	9・15、11・1、12・20など、敦成親王（後一条天皇）出産・成長祝いに出席。このころ『深窓秘抄』成るか。	2・8花山院崩御（41歳）。9・11敦成親王生まれる。
	6	一〇〇九	44	3・4権大納言となる。この年以後『三十六人撰』『和歌九品』成るか。	7・28具平親王没（46歳）。11・25敦良親王（後朱雀天皇）生まれる。この年、和泉式部出仕。

一条	寛弘7	一〇一〇	45	1・2子の日の宴の管絃、拍子をとる。同・15、閏2・6など、敦良親王成長祝いに出席。3・15石清水臨時祭に道長と歌を贈答。	2・20藤原妍子入内。
三条	8	一〇一一	46	7・17藤原有国の薨奏に奉仕。	7・11藤原有国没（69歳）。
	長和元	一〇一二	47	2・14遵子、太皇太后。それに伴い太皇太后宮大夫となる。4・27長女、教通と結婚。12・22正二位に叙される。 このころ、『和漢朗詠集』成るか。	7・16大江匡衡没（61歳）。
	2	一〇一三	48	9・16三条天皇の道長邸行幸のさい、管絃の拍子をとる。 10・6道長・斉信らと宇治川に遊び、作歌。	5・16藤原高遠没（65歳）。
	3	一〇一四	49	7・16歳子女王没。	
	4	一〇一五	50	8・28道長・倫子の桂の山庄行きに同行し詠歌。9・30皇太后宮彰子のもとで九月尽の歌を詠む。10・12道長の宇治遊覧に同行し詠歌。10道長五十賀の屏風歌を詠み、また祝宴の席で道長と歌を詠みかわす。	4・26一品の宮資子内親王没（61歳）。
後一条	寛仁元	一〇一七	52	6・1遵子没（61歳）。	5・9三条天皇崩御（42歳）。
	2	一〇一八	53	1・21摂政頼通の大饗のための屏風歌を撰定する。	2・9道長、太政大臣を辞す。

後一条	治安元	一〇二一	56	1・28按察使を兼ねる。	
	3	一〇二三	58	3・28ごろ娘（遵子養育）没。10・13道長室倫子六十賀の宴に出席。	
	万寿元	一〇二四	59	1・6娘（教通室）没。3定頼と初瀬詣でに出かける。12・10辞表を提出。同・12受理される。政治家としての生活に終止符をうつ。	
	2	一〇二五	60	1・25四条宮焼失。12・16小二条にて孫、尼君らと対面し、最後の別れを告げる。同・19長谷に籠居。	
	3	一〇二六	61	1・4出家。	1・19彰子出家。
	4	一〇二七	62	道長・行成の死去にさいし、斉信と歌を贈答。	6・13源俊賢没（68歳）。12・4道長没（62歳）。藤原行成没（56歳）。
	長元8	一〇三五	70	5・16頼通家歌合の撰評をするか。6・21禔子没。	3・23藤原斉信没（69歳）。
後朱雀	長久元	一〇四〇	75	9内裏が焼失し、後朱雀天皇や女御生子が二条殿に還御のさい、歌をかわす（最後の詠作）。	
	2	一〇四一	76	1・1昼ごろ没。	大江匡房生まれる。

参考文献

「藤原公任傳の研究」（『東海大学紀要・文学部』第二輯）村瀬敏夫・昭三四
「藤原公任の研究―公任集作歌年次考―」（『山梨県立女子短期大学紀要』第四号）竹鼻績・昭四五
「公任年譜考」（『国文学研究資料館紀要』第一〇号）伊井春樹・昭五九
「歌学者歌人としての藤原公任」（『平安の和歌と歌学』）小沢正夫・昭五四・笠間書院
「藤原公任の歌―寛弘期の和歌の性格」（『和歌史に関する研究』）宇佐美喜三八・昭二七・若竹出版
『平安中期歌壇の研究』杉崎重遠・昭和五二・桜楓社
『花山院の生涯』今井源衛・昭四三・桜楓社
「公任集に関する一考察」（『国文』二三）竹石美智子・昭四〇
「公任集考―成立の問題を中心として」（『言語と文芸』六九）竹鼻績・昭四五
「『公任集』の成立をめぐる問題」（『並木の里』一四）増淵勝一・昭五二
『公任歌論集』久松潜一・昭二六・古典文庫
『日本歌学の源流』山田孝雄・昭二七・日本書院
『平安・鎌倉時代秀歌撰の研究』樋口芳麻呂・昭五八・ひたく書房
「公任撰著所収全歌初句索引」（『山梨県立女子短期大学紀要』第五号）竹鼻績・昭四六

「藤原公任の歌論」（『和歌と中世文学』）木越隆・昭五二・東京教育大学中世文学談話会
『王朝秀歌選』〈岩波文庫、岩波クラシックス〉樋口芳麻呂・昭五八・岩波書店
『平安朝歌合大成』全一〇巻　萩谷朴・昭三二～四四・私家版、昭五四・同朋舎
『校本拾遺抄とその研究』三好英二・昭一九・三省堂
『拾遺抄―校本と研究―』片桐洋一・昭五二・大学堂書店
『倭漢朗詠集考證』柿村重松・大一五・目黒書店、昭四八・芸林舎
『和漢朗詠集』〈日本古典文学大系〉川口久雄・昭四〇・岩波書店
『和漢朗詠集』〈新潮日本古典集成〉大曽根章介・堀内秀晃・昭五八・新潮社

公任和歌索引（初二句、（連）＝連歌、配列は歴史的かなづかい順）

【あ行】

【か行】

【さ行】

【や行】

【わ行】

本書は、一九八五年六月に集英社から刊行された『王朝の歌人（7）藤原公任』を改題し、文庫化したものです。

藤《ふじ》原《わらの》公《きん》任《とう》

天《てん》下《か》無《む》双《そう》の歌《か》人《じん》

小《こ》町《まち》谷《や》照《てる》彦《ひこ》

令和5年 10月25日　初版発行

発行者●山下直久

発行●株式会社KADOKAWA
〒102-8177　東京都千代田区富士見2-13-3
電話　0570-002-301（ナビダイヤル）

角川文庫 23870

印刷所●株式会社暁印刷
製本所●本間製本株式会社

表紙画●和田三造

ISBN 978-4-04-400789-8　C0195

角川文庫発刊に際して

角川源義

第二次世界大戦の敗北は、軍事力の敗北であった以上に、私たちの若い文化力の敗退であった。私たちの文化が戦争に対して如何に無力であり、単なるあだ花に過ぎなかったかを、私たちは身を以て体験し痛感した。西洋近代文化の摂取にとって、明治以後八十年の歳月は決して短かすぎたとは言えない。にもかかわらず、近代文化の伝統を確立し、自由な批判と柔軟な良識に富む文化層として自らを形成することに私たちは失敗して来た。そしてこれは、各層への文化の普及滲透を任務とする出版人の責任でもあった。

一九四五年以来、私たちは再び振出しに戻り、第一歩から踏み出すことを余儀なくされた。これは大きな不幸ではあるが、反面、これまでの混沌・未熟・歪曲の中にあった我が国の文化に秩序と確たる基礎を齎らすためには絶好の機会でもある。角川書店は、このような祖国の文化的危機にあたり、微力をも顧みず再建の礎石たるべき抱負と決意とをもって出発したが、ここに創立以来の念願を果すべく角川文庫を発刊する。これまで刊行されたあらゆる全集叢書文庫類の長所と短所とを検討し、古今東西の不朽の典籍を、良心的編集のもとに、廉価に、そして書架にふさわしい美本として、多くのひとびとに提供しようとする。しかし私たちは徒らに百科全書的な知識のジレッタントを作ることを目的とせず、あくまで祖国の文化に秩序と再建への道を示し、この文庫を角川書店の栄ある事業として、今後永久に継続発展せしめ、学芸と教養との殿堂として大成せんことを期したい。多くの読書子の愛情ある忠言と支持とによって、この希望と抱負とを完遂せしめられんことを願う。

一九四九年五月三日

角川ソフィア文庫ベストセラー

ビギナーズ・クラシックス　日本の古典
三十六歌仙
編／吉海直人

「歌の神」として崇拝されてきた藤原公任撰『三十六人撰』の歌人たち。代表歌の鑑賞、人物像と時代背景、「百人一首」との違い、和歌と歌仙絵の関係など、知っておきたい基礎知識をやさしく解説する入門書。

ビギナーズ・クラシックス　日本の古典
権記
藤原行成
編／倉本一宏

藤原道長や一条天皇の側近として活躍した、能吏が書き記した摂関期の宮廷日記。『行成卿記』ともいわれ、宮廷での政治や儀式、秘事までが細かく書き残されており、貴族たちの知られざる日常生活が分かる。

紫式部日記
現代語訳付き
紫式部
訳注／山本淳子

華麗な宮廷生活に溶け込めない複雑な心境、同僚女房やライバル清少納言への批判――。詳細な注、流麗な現代語訳、歴史的事実を押さえた解説で、『源氏物語』成立の背景を伝える日記のすべてがわかる！

ビギナーズ・クラシックス　日本の古典
源氏物語
紫式部
編／角川書店

日本古典文学の最高傑作である世界第一級の恋愛大長編『源氏物語』全五四巻が、古文初心者でもまるごとわかる！　巻毎のあらすじと、名場面はふりがな付きの原文と現代語訳両方で楽しめるダイジェスト版。

ビギナーズ・クラシックス　日本の古典
古今和歌集
編／中島輝賢

春夏秋冬や恋など、自然や人事を詠んだ歌を中心に編まれた、第一番目の勅撰和歌集。総歌数約一一〇〇首から七〇首を厳選。春といえば桜といった、日本的美意識に多大な影響を与えた平安時代の名歌集を味わう。

角川ソフィア文庫ベストセラー

伊勢物語
ビギナーズ・クラシックス 日本の古典

編／坂口由美子

雅な和歌とともに語られる「昔男」（在原業平）の一代記。垣間見から始まった初恋、天皇の女御となる女性との恋、白髪の老女との契り——。全一二五段から代表的な短編を選び、注釈やコラムも楽しめる。

うつほ物語
ビギナーズ・クラシックス 日本の古典

編／室城秀之

異国の不思議な体験や琴の伝授にかかわる奇瑞などの浪漫的要素と、源氏・藤原氏両家の皇位継承をめぐる対立を絡めながら語られる。スケールが大きく全体像が見えにくかった物語を、初めてわかりやすく説く。

和泉式部日記
ビギナーズ・クラシックス 日本の古典

和泉式部
編／川村裕子

為尊親王の死後、弟の敦道親王から和泉式部へ手紙が届き、新たな恋が始まった。恋多き女、和泉式部が秀逸な歌とともに綴った王朝女流日記の傑作。平安時代の愛の苦悩を通して古典を楽しむ恰好の入門書。

更級日記
ビギナーズ・クラシックス 日本の古典

菅原孝標女
編／川村裕子

平安時代の女性の日記。東国育ちの作者が京へ上り憧れの物語を読みふけった少女時代。結婚、夫との死別、その後の寂しい生活。ついに思いこがれた生活を手にすることのなかった一生をダイジェストで読む。

大鏡
ビギナーズ・クラシックス 日本の古典

編／武田友宏

老爺二人が若侍相手に語る、道長の栄華に至るまでの藤原氏一七六年間の歴史物語。華やかな王朝の裏の権力闘争の実態や、都人たちの興味津津の話題が満載。『枕草子』『源氏物語』への理解も深まる最適な入門書。

角川ソフィア文庫ベストセラー

ビギナーズ・クラシックス 日本の古典
新古今和歌集
編／小林大輔

伝統的な歌の詞を用いて、『万葉集』『古今集』とは異なった新しい内容を表現することを目指した、画期的な第八番目の勅撰和歌集。歌人たちにより緻密に構成された約二〇〇〇首の全歌から、名歌八〇首を厳選。

ビギナーズ・クラシックス 日本の古典
紫式部日記
紫式部
編／山本淳子

平安時代の宮廷生活を活写する回想録。同僚女房や清少納言への冷静な評価などから、当時の後宮が手に取るように読み取れる。現代語訳、幅広い寸評やコラムで、『源氏物語』成立背景もよくわかる最良の入門書。

ビギナーズ・クラシックス 日本の古典
御堂関白記 藤原道長の日記
藤原道長
編／繁田信一

王朝時代を代表する政治家であり、光源氏のモデルとされる藤原道長の日記。わかりやすい解説を添えた現代語訳で、道長が感じ記した王朝の日々が鮮やかによみがえる。王朝時代を知るための必携の基本図書。

ビギナーズ・クラシックス 日本の古典
とりかへばや物語
編／鈴木裕子

女性的な息子と男性的な娘をもつ父親が、二人の性を取り替え、娘を女性と結婚させ、息子を女官として女性の東宮に仕えさせた。二人は周到に生活していたが、やがて破綻していく。平安最末期の奇想天外な物語。

ビギナーズ・クラシックス 日本の古典
梁塵秘抄
後白河院
編／植木朝子

平清盛や源頼朝を翻弄する一方、大の歌謡好きだった後白河院が、その面白さを後世に伝えるために編集した歌謡集。代表的な作品を選び、現代語訳して解説を付記。中世の人々を魅了した歌謡を味わう入門書。

角川ソフィア文庫ベストセラー

ビギナーズ・クラシックス 日本の古典
西行　魂の旅路
編／西澤美仁

平安末期、武士の道と家族を捨て、ただひたすら和歌の道を究めるため出家の道を選んだ西行。その心の軌跡を、伝承歌も含めた和歌の数々から丁寧に読み解く。桜を愛し各地に足跡を残した大歌人の生涯に迫る！

ビギナーズ・クラシックス 日本の古典
堤中納言物語
編／坂口由美子

気味の悪い虫を好む姫君を描く「虫めづる姫君」をはじめ、今ではほとんど残っていない平安末期から鎌倉時代の一〇編を収録した短編集。滑稽な話やしみじみした話を織り交ぜながら人生の一こまを鮮やかに描く。

大鏡
校注／佐藤謙三

一九〇歳と一八〇歳の老爺二人が、藤原道長の栄華にいたる天皇一四代の一七六年間を、若侍相手に問答体形式で叙述・評論した平安後期の歴史物語。人名・地名・語句索引のほか、帝王・源氏、藤原氏略系図付き。

ビギナーズ・クラシックス 日本の古典
百人一首（全）
編／谷　知子

天智天皇、紫式部、西行、藤原定家――。日本文化のスターたちが繰り広げる名歌の競演がスラスラわかる！　歌の技法や文化などのコラムも充実。旧仮名が読めなくても、声に出して朗読できる決定版入門。

新古今和歌集（上）（下）
訳注／久保田　淳

「春の夜の夢の浮橋とだえして峰に別るる横雲の空　藤原定家」「幾夜われ波にしをれて貴船川袖に玉散る物思ふらむ　藤原良経」など、優美で繊細な古典和歌の精華がぎっしり詰まった歌集を手軽に楽しむ決定版。